광화문 광장

광화문 광장 光化門廣場

초판 1쇄 인쇄 2018년 6월 12일
초판 1쇄 발행 2018년 6월 20일

지 은 이 유중원
펴 낸 이 최종숙
펴 낸 곳 글누림출판사
책임편집 이태곤
편   집 문선희 권분옥 박윤정 홍혜정
디 자 인 안혜진 홍성권
마 케 팅 박태훈 안현진 이승혜

주 소 서울시 서초구 동광로46길 6-6(반포4동 577-25) 문창빌딩 2층(우 06589)
전 화 02-3409-2055(대표), 2058(영업), 2060(편집)
팩 스 02-3409-2059
전자메일 nurim3888@hanmail.net
홈페이지 www.geulnurim.co.kr
블로그 blog.naver.com/geulnurim
북트레블러 post.naver.com/geulnurim
등록번호 제303-2005-000038호(2005.10.5)
정 가 16,000원
ISBN 978-89-6327-515-4 03810

* 이 도서의 국립중앙도서관 출판예정도서목록(CIP)은 서지정보유통지원시스템 홈페이지(http://seoji.nl.go.kr)와
  국가자료공동목록시스템(http://www.nl.go.kr/kolisnet)에서 이용하실 수 있습니다. (CIP제어번호: CIP2018016927)

유 중 원
장편소설

광화문 광장

光化門廣場

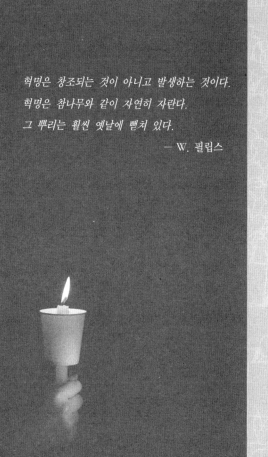

혁명은 창조되는 것이 아니고 발생하는 것이다.
혁명은 참나무와 같이 자연히 자란다.
그 뿌리는 훨씬 옛날에 뻗쳐 있다.

― W. 필립스

광화문 광장 光化門廣場

1. 세종대로는 북쪽 경복궁 광화문에서 시작하여 남쪽 숭례문에 이른다. 숭례문에서 시작해서 지금은 사라진 옛 중앙청 자리에 우뚝 서 있는 광화문 쪽으로 올라가면 덕수궁과 서울시청과 시청 앞 서울광장이 있고, 전국 도로의 원점인 도로원표道路元標가 있는 광화문 네거리를 지나면 민중의 의지가 결집하고 분출하는 민주공화국의 심장부인 **광화문 광장**이 북악산을 향해 멀리 아득히 펼쳐지는데 오른쪽으로 교보문고와 미국 대사관, 대한민국 역사박물관이 있고 왼쪽으로는 세종문화회관, 정부종합청사가 있다.

광화문에서 경복궁 동쪽 담을 끼고 오른쪽으로 돌아가면 옛날 보안사령부 터에 자리 잡은 국립현대미술관과 삼청파출소를 지나 삼청동에 이르게 되고, 경복궁 서쪽 담을 끼고 왼쪽으로 돌면 국립 고궁박물관, 통의동 파출소와 통의동 우체국을 지나 창성동, 효자동, 궁정동에 이르게 된다. 그러나 그 길들은 경복궁 북쪽에서 서로 만나게 되고 경복궁 북쪽 신무문 건너편에

흉가인 청와대가 자리 잡고 있다.

광화문광장에는 **세종대왕**께서 옥좌에 앉아 왼손에는 훈민정음을 들고 오른손은 어색하게 반쯤 들고 있는데 얼굴에는 근엄한 미소가 흐르고 있다. 동상 앞 바닥에는 청동으로 된 실물 크기의 해시계와 측우기, 혼천의도 함께 전시되어 있다.

백성은 나라의 근본이니, 근본이 튼튼해야만 나라가 평안하게 된다. 나라의 말이 중국과 달라 글자와 서로 통하지 않으니 백성들은 말하고 싶은 것이 있어도 끝내 그 사정을 제대로 펼치지 못한다. 내가 이것을 안타깝게 생각해서 새로 스물여덟 자를 만들었으니 백성들이 쉽게 읽어서 일상생활이 편해지기를 바랄 뿐이다.

그리고 지척에 **이순신 장군**이 오른손에 긴 칼을 잡고 왼손은 갑옷의 옷깃을 여미며 외롭게 서 있다. 깊은 주름이 잡혔을 넓고 쭈글쭈글한 이마와 목덜미 위에서 바닷바람에 흩날렸던 반백이 다 되었을 무성한 긴 머리는 투구 속에 감춰져 있고 치켜 올라간 짙은 눈썹 아래 수심에 찬 듯 고독한 눈빛은 남해의 바다를 바라보고 있는 것이다. 그 위대한 인물의 비장한 눈빛이 어디를 바라볼 수 있겠는가. 한산섬 바다 아니겠는가.

이순신을 털끝만치도 용서해줄 수 없다.
이순신의 죄는 용서할 수 없다. 마땅히 사형에 처할 것이로되, 이제 고문을 가하여 그 죄상을 알고자 하니 어떻게 처리함이 좋을지 대

신들에게 물어보라.

1987년 6월 그 광장에서 6월 항쟁이 있었다. 그리고 그해 7월 9일 연세대 교정 백양로에서 이한열의 장례식이 있었다. 이한열의 운구 행렬은 학교를 출발해 신촌로터리를 지나 서울광장을 거쳐 80년 광주의 전남도청 앞 광장과 민족민주열사 묘역으로 갔다. 이한열의 운구 행렬이 서울광장에 이르렀을 때 그곳에 모인 추모 인파는 100만 명에 달했다.

그리고 15년이 지나 2002년 6월 한일월드컵 때 광장에는 붉은악마 응원단들이 모였으니 그들의 목쉰 함성이 하늘을 찌를 듯 울려 퍼졌다. 그리고 또 12년이 흐른 2014년 4월 광장에는 세월호 참사 분향소가 차려졌다. 2010년 천안함 순직 용사 분향소가 차려진 곳도 광장이다. 그리고 고 백남기 농민 추모제, 국정교과서 폐기, 사드 배치 철회, 성과연봉제 중단 시위, 단식 농성, 1인 시위 등이 끊임없이 이어졌다.

얼마 전부터 명절 즈음이면 광장에는 특산물 장터가 열린다. 전국 각지에서 특산물을 싣고 올라온 화물차들이 광장을 울타리처럼 둘러쌌다.

날씨는 따뜻하면서 화창하기도 하고 구름이 끼고 추운 날도 있었다. 가을에서 겨울로 넘어가고 있었다.

광장에 서식하는 비둘기 떼들은 사람들이 주는 먹이를 받아먹는 것에 익숙했기 때문에 사람들이 나타나면 몸을 뒤뚱거리

며 종종걸음으로 모여들었다. 그리고 무슨 일인지, 놀란 비둘기
들은 흩어지면서 회색 도시의 먼 하늘로 날아 올라갔다.

*하늘에는 비둘기들 훨훨 날고 / 하늘을 날았다가 멈추었다 하더니
/ 상수리나무에 모여 앉았지*

　박근혜 전 대통령은 헌정 사상 최초로 파면됐다. 51.6%의 득표율로 당
선되었지만 그는 재임 4년간 국민을 속이면서 민주주의 시대에 어울리지 않
는 절대권력을 휘둘렀다. 실상 그 4년은 충실한 하녀이면서 비선 실세였던
최순실과 함께한 국정농단의 시간이었다. 결국 뇌물, 제3자뇌물, 공무상비
밀누설, 직권남용 등 18개 혐의로 구속 기소됐다.

　그러나 그 후 서울중앙지검 특수3부가 박 전 대통령을 공직선거법 위반
(부정선거운동) 혐의로 추가 기소하면서 범죄 혐의는 모두 21개로 불어났
다. 추가 기소된 사건은 별도로 재판이 진행되고 있다.

　박 전 대통령은 이제 전직 대통령이 아니라 서울구치소 수인번호 503번
으로 불리고 있다. 그리고 언제부터인가 법정 출석을 거부하고 있다.

　최순실(또는 최서원)은 박근혜의 공범이지만 따로 재판을 받는다.

　박 전 대통령과 최순실의 충실한 수족 역할을 한 문고리 3인방도 모두
구속됐다. 정호성 전 청와대 부속비서관, 호가호위의 전형을 보여준 안봉근
전 국정홍보비서관, 이재민 전 총무비서관이 그들이다. 제일 먼저 정 전 비
서관이 공무상 비밀누설 등의 혐의로 구속 기소돼 징역 1년 6월을 선고받
았다.

안 전 비서관과 이 전 비서관은 법망을 미꾸라지처럼 빠져나간 듯했으나 뒤늦게 국가정보원의 특수활동비를 받아 사용한 혐의가 드러나면서 모두 구속되었다.

2018년 4월 6일(금요일)

박근혜는 최순실과 공모 관계가 인정되면서 18개 혐의 중 16개가 유죄로 인정되어 징역 24년에 벌금 180억 원이 선고되었다.(서울중앙지방법원 2017고합364 사건) 검찰은 앞서 징역 30년을 구형했었다. 그리고 먼저 재판을 받은 최순실은 징역 20년에 벌금 180억 원, 72억 원의 추징금을 선고받았다. 그녀의 경우 검찰은 25년을 구형했었다.

판사는 말했다.

…… 박 전 대통령은 국민으로부터 위임받은 대통령 권한을 남용했고 그 결과 국정질서에 큰 혼란을 가져왔으며 헌정 사상 초유의 대통령 파면에 이르게 됐다. …… 그 주된 책임은 헌법이 부여한 책임을 방기한 박 전 대통령에게 있다. …… 그럼에도 자신의 잘못을 반성하는 모습을 보이지 않고 오히려 최순실에게 속았다거나 비서실장 등이 행한 일이라며 책임을 주변에 전가하는 태도를 보였다. …… 다시는 대통령이 이 나라의 주인인 국민에게서 위임받은 권한을 함부로 남용해 국정을 혼란에 빠뜨리는 불행한 일이 반복되지 않게 하기 위해서라도 엄중한 책임을 묻지 않을 수 없다.

2. 대통령의 비선 실세로 지목된 최순실의 국정 농단 의혹으로 촉발된 촛불집회가 시작된 지 벌써 몇 달이 지났다. 분노한 민중들은 매주 토요일 광장으로 몰려나오고 있다.

사람들이 손에 손에 촛불을 들고 모여들었다. 비디오 프로젝

터들이 무대 뒤 흰 장막을 향해 빛줄기를 뿜어댔다. 높은 비계 위에서 대형 스피커가 울려 퍼지고 군중은 웅성거렸다. 그들은 박수를 치고 함성을 지르고 노래를 불렀다. 때론 울고 웃고 떠들었다. 경외감을 느낄 만큼 장엄한 광경이었다.

그 모습을 바라보면서 나는 심장이 멈출 듯했고 온몸에 소름이 돋았다. 나는 약간의 호기심 때문에 한 번쯤은 가봐야겠다고 생각해서 그날 밤 참석했던 것인데. 물론 나는 촛불을 들지 않았고 두 손을 두툼한 겨울 잠바 호주머니에 찔러 넣고 있었다.

그러나…… 여러 가지 착잡한 생각들로 머릿속이 복잡했지만 나는 약간 흥분했고 낙관적으로 생각했다.

악몽은 아니다. 엄연한 현실이다. 이건 축제야. 그것도 굉장한 축제란 말이지. 하지만 이 축제도 곧 끝나겠지.

초기에는 최순실의 국정 농단 의혹에 집중되었으나 시간이 가면서 대통령을 직접 겨냥해서 하야 또는 퇴진, 탄핵과 구속 목소리까지 분출하고 있다. 다시 말하면, 광화문광장을 비롯해 전국 각지에서 촛불을 들고 쏟아져 나온 민중들은 전과는 달리 대통령 퇴진이 아닌 즉각 퇴진을 요구하고 하야가 아닌 체포를 외쳤다.

이게 나라냐?
하야하라
내가 이러려고……

조기 탄핵

노동자의 책에 대한 국가보안법 탄압 중단

관제 데모 진짜 몸통을 구속하라

모든 양심수를 즉각 석방하라

나의 투쟁! 너의 투쟁! 우리의 투쟁!

염병하네

재벌 규탄

특검 연장하라

나는 계속 꼬리를 물고 일어나는 불안감을 어쩔 수가 없었다. 하야하라. 너무 나아가고 있지 않은가. 약간 흥분했던 기분은 어디론가 사라져버리고 머릿속에서는 나를 괴롭히는 갖가지 질문들이 쏟아져 나왔다.

결국 실패할 것이다. 뭔가 잘못될 것이다. 최악의 겨울이 될 수도 있다. 나는 비관적이다. 우리를 둘러싸고 있는 두터운 장벽은 너무 단단하기 때문이다. 그들은 반격할 것이다. 물대포와 최루탄, 궁극적으로는 총과 칼을 가지고 있지 않은가. 경찰과 정보기관, 군대를 거느리고 있지 않은가. 법률이 보장하고 있는 계엄령이라든가 비상명령, 위수령 등 온갖 수단을 갖고 있다. 우리는 준비도 없이 달랑 촛불 하나에 의지하고 있으니.

위선자인 정치가들을 믿는 것은 어리석은 일이다.

피를 흘려야 할 것이다. 혁명은 피를 흘리지 않고는 불가능하다.

나는 4·19 혁명과 5·16쿠데타, 12·12군사반란, 5·18광주 항쟁, 6월 항쟁, 비상조치, 국가보안법, 형법 등을 생각했다.

* * *

2016년 10월 29일 이후 계속된 주말 집회로 시민들의 피로도 가 누적되었을 뿐만 아니라 갈수록 겨울 날씨가 쌀쌀해지고 추 워지기 때문에 규모가 줄어들었지만 열성적인 참가자는 여전하 다.

비폭력 평화집회.

부모의 손을 잡고 나온 어린이들, 중고등학교 학생들, 할머니, 할아버지, 수녀, 스님까지 남녀노소가 다 모였다. 우리가 이렇 게 형편없는 나라에서 살고 있구나 하는 배신감과 두려움 같은 감정이 지배하고 있었다.

그들이 말했다.

주술과 사교에 중독된 멍청한 대통령과 수준 낮은 무당이 이 나라 를 통치했지만 망하진 않았습니다. 이들은 청와대를 미용샵과 러브호 텔로 바꿔놓았지요.

그러나 집회에 참석하는 참여자의 면모를 살펴보면 겉으로는 불특정 다수가 무작위적으로 모인 것처럼 보이지만 그들 내부 에는 엄연한 질서가 자리 잡고 있었다. 이것은 우리 사회의 시 민의식이 그만큼 발전했다는 의미일 수도 있지만 온 국민이 분노했고 이번 촛불집회의 저변에 깔려있는 의미에 동조하고 있기 때문이다. 그들은 시민들의 촛불집회가 자발적이고 순수한 민의라는 점을 강조하였다. 그래서 일부 정체불명의 단체들이 내건 정치적 선전에는 거리를 두는 모습을 보였다.

그들은 많은 국민이 모인 것은 결코 일부 좌파 세력의 힘 때문이 아니라며 그들의 구호와 현수막이 집회의 본질을 흐릴까 걱정했다.

그러나 광장은 누구에게나 열려 있다. 탄핵 반대 집회에도 많은 사람들이 모였다. 그들은 손에 촛불 대신 태극기를 들고 있다. 이른바 태극기집회였다. 그들도 집회에 참석할 만한 충분한 이유가 있었으니 하고 싶은 말들이 많았다.

그들이 말했다.

촛불집회 얘기가 너무 많이 나와서 지겹다. 대통령을 지지해서 나온 것이 아니다. 촛불 정국이 모든 것을 뒤흔드는 것이 불안하고 걱정된다. 촛불집회 참가자들은 대부분 돈 받고 나온 사람들이다. 광장의 목소리가 나라를 주도하는 현 상황이 걱정된다.

촛불을 든 젊은 세대의 마음을 어느 정도는 이해한다. 그러나 나라의 안보가 정말 걱정된다. 요즘 젊은이들은 우리가 겪은 전쟁의 경험을 아무리 이야기해도 이해하지 못한다. 군중의 흥분과 광기, 그런 게 곧 전쟁으로 이어질지 모르겠다. 민심이 광장에 쏠려 있을 때 안보를 놓치면 어쩌나 하는 생각에 밤이면 잠이 오지 않는다. 그래서 태극기집회에 나오는 것이다.

촛불집회로 상징되는 광장 정치가 비이성적이다. 아무것도 책임지지 않아 걱정된다. 우리의 대통령님이 무엇을 잘못했기에 북한식 인민재판, 북한식 마녀사냥을 당해야 합니까? 이 살기 좋은 나라에서 무엇이 못마땅하여 독재국가 북한을 찬양하고 추종하는 세력들하고 붙어서 대통령님을 탄핵시킵니까?

무엇인가에 쫓기듯 증인신문도 하지 않고 결판을 내리려고 합니다. 이게 재판입니까 뭡니까? 헌재 거기에는 악마의 재판관 3명이 있다고 합니다. 제가 그 실명을 밝힐까요?

난 사실 박 대통령은 탄핵되어야 한다고 봐. 하지만 요즘 보면 내가 지금까지 살아온 삶이 송두리째 부정되는 느낌이 들어. 억울해서 나온 거야. 나 같은 사람도 있다는 걸 알아줬으면 좋겠어.

*   *   *

믿음이란 무엇인가. 우리는 확실한 증거가 없는데도 무턱대고 믿어도 되는가. 아니면 믿을 필요가 있기 때문에 그 필요가 믿음에 대한 충분한 증거가 된다는 것인가. 그래서 사람들은 누구나 자신들이 믿고 싶어 하는 내용이 진실이라고 확정하고 굳게 믿어버리는 확증 편향confirmation bias에 사로잡히기 쉽다. 사실이 아니라는 증거가 있을 때조차 그대로 쉽게 믿어버리는 경향이 있는 것이다. 그러므로 마음속으로 이미 결정을 내린 다음 그 결정을 뒷받침할 수 있는 내용만 받아들인다. 보고 싶은 것만 보고 듣고 싶은 것만 듣는다.

이건 인간이 남을 속이려는 본능적 성향과 속임수에 취약하다는 특성의 또 다른 측면이라고 할 수 있다.

공자님은 '*아는 것은 안다고 하고 모르는 것은 모른다고 하는 게 앎*'이라고 하였거늘.

그러니까 그들의 주장을 살펴보면 마치 청년과 노인 세대 간 전쟁 같기도 하다. 다시 말하면 **싸가지 vs 꼰대**의 대결. 그러나 멍청하게도 왜 우리들끼리 싸우고 있는가. 청년과 노인들 모두 밑바닥으로 내팽개쳐진 사회적으로나 경제적으로 약자층 아닌가. 청년들은 유례없는 청년 실업난에 시달리고 노인들은 모아 놓은 돈도 없고 연금 혜택도 없는 극빈층 아닌가.

우리 사회의 최상위 기득권층인 금수저와 다이아몬드 수저들은 뒤에서 자신들의 정치적 이해관계 또는 경제적 이익을 위해서 좌고우면하며 우리들을 이용하고 은근히 싸움을 부추기고 있는데. 아니면 철저히 방관하고 있는데. 그들은 권력에 기생해서 권력의 보호와 그에 따른 특혜를 원한다. 그래서 눈을 가늘게 뜨고 저울의 추가 어디로 기울어지는가를 예의 주시하고 있다.

3. 대통령 탄핵 기각을 위한 국민총궐기운동본부가 주최하는 틀딱(틀니 딱딱)들의 태극기집회는 덕수궁 대한문 앞과 서울시청 앞 서울광장에서 열린다. 주로 60세 이상 노인들인 집회 참가자들은 확성기에서 퍼져 나오는 진군가, 멸공의 횃불 같은 군가를 따라 부르고 간간이 태극기를 흔들며 목청을 돋우어 구호를 외쳤다.

촛불은 꺼져라
계엄령을 선포하라
이석기 사형
역대 대통령 중 가장 깨끗한 대통령
대통령은 무고한 희생자
탄핵 반대
탄핵 무효

그러나 촛불집회는 계속 타올랐다.

2016년 12월 3일.

광화문광장을 비롯해 전국 주요 도시에서 촛불집회가 동시다발적으로 열렸다. 주최 측 추산에 의하면 광화문광장에만 170만 명이 집결했다. 경찰 추산으로도 전국에서 총 42만 명이 집결했으므로 역사상 가장 많은 인원이 집회에 참여한 것이다.

이번 집회는 지난 11월 29일 박근혜 대통령이 3차 대국민 담화 이후 처음 개최된 집회다. 지난 5차 집회보다 참가자들이 그렇게 많이 증가한 것은 대통령이 담화를 통해 사실상 퇴진을 거부한 것에 분노했기 때문이다.

누군가는, 진영은 다른 진영에 대항하면서 형성된다고 하였다. 해결하기 어려운 쟁점에 대해서는 늘 견해가 다른 둘 이상의 진영이 존재한다는 것은 자연의 법칙처럼 확실하다는 것이다. 이건 채근담에 나오는 이야기다. '깨끗함이 있으면 반드시 더러움이 있어서 대립한다.' 그러므로 인력과 반발력은 인간의 생존에 필수적인 조건인지도 모르겠다.

정월 대보름날.

박근혜 정권 퇴진 비상국민행동이 주최하는 좌좀(좌파 좀비) 들의 제15차 촛불집회가 열렸다. 참가자들 일부는 광화문에서 좌회전하여 청운효자동 주민센터까지 또는 자하문로 16길 21을 갔다가 되돌아왔고 일부는 우회전하여 청와대 앞 100미터 거리인 팔판길 16길까지 갔다가 되돌아와서 헌법재판소로 향했다.

형광색 점퍼를 입은 전경들이 중무장을 하고 차벽 앞에 촘촘하게 붙어 늘어서 있다. 지금 어두운 정글 속에 홀로 깊숙이 들어왔다는 착각 아닌 착각에 빠져 들었다. 하지만 그들은 어떠한 감정도 드러내지 않으려고 애쓰며 입을 꼭 다물고 무표정했다.

밀고 밀치고 삿대질 하고 야유 하고 고함 치고 심한 욕설은 자제한다. 우리들은 은근한 공모의 눈길을 교환한다. 그러므로 큰 충돌은 일어나지 않았다. 일부 몸부림에 가까운 몸싸움이 있긴 했지만 말이다.

나는 물밀듯이 밀려드는 두려움 때문에 몸을 떨었다. 또다시 아득한 기억들이 엊그제 일처럼 선명하게 떠오른다.

무덥고 습도가 높은 열대지방. 긴 우기에 접어들면서 폭우가 무섭게 쏟아져내렸다. 나는 밤이 오면 어김없이 술에 만취했다. (군의관도 모르는) 정체불명의 열대병. 죽음의 공포. 감수성이 극도로 예민했던 20대 초반 그 시절에 남몰래 흘린 눈물, 고통, 혼란, 체념.

차갑고 눅눅한 겨울 바람이 얼굴을 스치며 지나갔다. 나는 이 만하면 다행이라고 안도감을 느꼈다. 하지만 배가 아프기 시작했고 편두통인 것처럼 머리가 욱신거렸다.

나는 그만 눈물을 흘렸다. 눈물이 그치고 나자 기분은 한결 나아지기는커녕 온몸에서 힘이 빠지면서 공허할 뿐이었다.

내 마음속 깊은 곳에 숨어있던 비밀스러운 자아는 이 모든 사태를 부정하고 있었다. 나는 꼼짝할 수 없었다. 몸을 움직이려고 안간힘을 썼지만 도저히 움직일 수 없다. 입이 얼어붙어서 소리를 지를 수가 없었다. 지난 밤 악몽은 그것밖에 기억나지 않는다. 어두운 기운이 충만한 짙은 안개가 주위를 감싸고 있었을 뿐이다.

* * *

거대한 무대장치는 인공적인 분위기를 풍겼다. 그러나 다시 살펴보면 인공적이지 않고 자연스럽게 보였다. 무대 위 수수한 사람들 모습과 그들의 솔직하고 겸허한 말 때문이었다.

자유 발언 시간에 수줍은 모습으로 무대에 올라온 한 주부는 말했다.

저는 평생 처음으로 이런 데 나와 봤습니다. 몹시 궁금했거든요. 전문 시위꾼은 아니에요. 그저 효자동에 사는 평범한 주부일 뿐입니다. 다시는 안 나올 거예요.

대통령은 국민 행복시대를 열겠다고 공약해 놓고 실제로는 국민을 고생시키고 있습니다. 국민 불행 대통령이란 말입니다.

그러니까 대통령은 추운 날씨에 국민들 고생시키지 말고 빨리 결정하십시오.

세월호 참사 발생 1000일을 이틀 앞둔 촛불집회 행사에는 참사 당시 단원고 학생이었던 생존자들이 단상에 올라왔다.

응원하고 걱정하는 주변 사람들의 모습을 보면서 죄송함도 느꼈지만 용기가 나지 않았습니다. 시민 여러분 앞에서 말씀드리기까지 3년이라는 시간이 걸렸군요. 시간이 지났고 제대로 된 진상 규명을 위해 이제는 기회가 된 것 같아 나왔습니다.

함께 슬퍼해 주고 함께 행동해준 국민들이 없었다면 여기까지 올 수 없었을 것이라 생각합니다. 국민 여러분, 우리들과 함께 하여 주십시오. 진상 규명을 위해서 목숨 걸고 앞장서겠습니다.

국민들이 함께 소리 높여 주고 행동해줘서 감사합니다. 책임자들에 대한 처벌이 하루빨리 이뤄져야 합니다.

어떤 머리가 짧고 청바지를 입은 단정한 차림의 젊은이가 단상에 뛰어 올라왔다.

저는 한 달 전에 제대하였습니다. 얼마 전까지 형광색 점퍼에 검은 바지를 입고 '이 선을 넘지 마시오'라고 적힌 노란 바리케이드 뒤에 묵묵히 서 있던 의무경찰이었습니다.

이번에는 고생이 많다며 시위대로부터 격려를 받기도 했지만 얼마 전까지만 해도 입에 담지 못할 쌍 욕지거리를 들었습니다. 그래도 우리는 입을 꾹 다물고 가만히 서 있어야 했습니다. 그 심정 오죽했겠습니까. 저희들도 혈기왕성한 젊은 청춘인데요

우리들은 시위 진압에 투입되기 전 장비와 대오를 꼼꼼하게 점검하면서 바짝 긴장합니다. 준비를 잘해야만 돌발 상황에 대처할 수 있기 때문입니다.

그때는 흠 잡힐 만한 행동하지 말고 충돌은 되도록 피하라는 지시가 내려오지요. 우리들끼리 다치지 말자고 다짐합니다. 다치면 우리만 손해니까요

밤샘 집회가 예정된 경우에는 근무가 언제 끝날지 모른다는 생각에 더 단단히 준비를 합니다.

이번 시위의 경우 입장만 다를 뿐이지 시위대 마음을 이해하지 못하는 경찰이 있을까요 우리도 엄연히 국민입니다.

반정부 시위에서 의경들은 대부분 정부 편을 들기 쉬운데 이번 사태는 의경들조차 등 돌리게 했습니다. 마음 같아선 청와대로 가는 길을 열어주고 싶었지요.

제가 복무 중이 아니었다면 저도 당연히 진즉 시위에 참여하고 SNS에 글도 많이 썼을 것입니다. 가끔 시민들이 우리에게 먹을 것을 주기도 했는데 저는 오히려 시위대에게 힘내라며 먹을 것을 주고 싶었습니다. 그게 제 솔직한 심정이었습니다.

그러니까 이번 촛불집회를 보며 단 한 번도 시위를 그만했으면 좋겠다고 생각한 적이 없었습니다. 경찰은 시위가 안전하고 합법적으로 이뤄지도록 관리했습니다.

어떤 때는 일부 시민과 경찰의 대치가 새벽까지 계속되었지요. 이때는 지루함과 육체적 피로를 견뎌야 합니다. 계속 서 있다 보면 아무 생각도 나지 않지요. 머릿수를 세면서 하염없이 시간을 보냅니다. 무거운 장비를 들고 8시간 동안 동료와 딱 붙어 선 채 버텨야 합니다. 그때는 오늘은 언제 끝날까, 빨리 끝났으면 좋겠다는 바람이 무엇보다 가장 크지요.

아! 정말 헬멧은 무겁지요. 오래 쓰고 있으면 머리가 지근지근 아프지요. 그때는 머리가 깨질 것만 같습니다.

그래도 시민들이 아무 잘못도 없는 당신들이 왜 이렇게 고생해야 하는지 모르겠다고 말해줬을 때는 정말 울컥했습니다.

날이 점점 추워지는데 이 촛불집회는 언제쯤 끝날까요? 제발 정치권에서 문제를 빨리 해결해 사회가 안정됐으면 좋겠습니다.

그날 밤이 깊었을 때 늙고 초췌한 노인이 마지막으로 엄숙한 종교적 의식이 거행되는 제단 위로 한쪽 발을 몹시 절뚝거리며 굼뜬 동작으로 올라왔다. 약간 못마땅한 눈빛으로 군중들을 곁눈질한다.

촛불은 많이 꺼졌고 군중들은 대부분 집으로 돌아간 후였다. 그러나 오히려 차분한 분위기였다.

그의 눈에는 단순한 광기라고 할 수 없는 눈빛이 조명 속에서 빛나면서 얼마 남지 않은 군중들을 향했다.

그가 말했다.

저 같은 늙은이도 이런 촛불집회에 참여하고 이 무대에서 감히 자유 발언을 해도 되는 건지…… 저는 저 아래 태극기집회에 가야 하는데…… 엉뚱한 데로…… 이 단상은 너무 높지…… 제가 단상에 올라온 일은 평생 처음…… 창피한 생각도 들고…… 그렇네요

몇 번이고 망설였습니다. 이해해주십시오 전들 왜 하고 싶은 말이 없겠어요.

저는 지금 흥분되고 떨려서 머리와 가슴이 터질 것만 같지요 저는 죽을지도 몰라요 정신을 똑바로 차려야 합니다.

여기서 이름을 밝힐 수는…… 해직 기자 출신이지요 그리고 나서 쭉 역사의 방관자로 살아왔습니다. 그럴 수밖에 없었다고 …… 어쩔 수 없었다고…… 말도 안 되는 치사한 변명을 늘어놓아도 될까요? 자괴감을 느끼지요

한번 돌이켜 봅시다. 4·19 혁명 당시 전 중학생이었지만 형님을 따라서 거리로 나섰지요. 그때 제가 뭘 알았겠습니까, 그냥······.

그러나 4·19 혁명은 그 꽃이 피기도 전에, 열매가 맺기도 전에 5·16 군사 쿠데타 세력에 의해 잔인하게 짓밟혔지요. 그 중심에는 절대적인 군국주의 신봉자가 있었습니다. 그는 결국 유신독재 체제를 만들어 통치한 전대미문의 독재자였습니다.

긴급조치! 군법회의! 사형! 무기징역! 비상계엄령! 공수부대! 중앙정보부! 남산 지하실!

민청학련과 인혁당 사건을 기억하십니까? 사법살인을 누가 기획하고 지시하였을까요?

1979년 10월 부마항쟁 때 부산에 비상계엄을 선포하고 마산에는 위수령을 내리지 않았던가요? 그래서 특수훈련을 받은 공수부대가 현지로 급파되지 않았던가요. 그가 불귀의 객이 전 불과 일주일 전의 일이었습니다. 인간은 한 치 앞도 알 수가 없다는 거지요.

그 옛날에······ 궁정동 안가에서는 무슨 일이 있었던가요? 10월 26일 밤에 일어난 일이지요. 부마항쟁으로 온 나라가 들끓고 있었는데 말입니다. 젊고 어린 여자애들을 데리고 무슨 짓을 했을까요? 성적 탐닉이 있었지요. 그 주체할 수 없는 쾌락 때문에 파멸이 뒤따랐던 거지요.

장군은 유신의 심장을 향해서 야수의 심정으로 총을 쏘았던 것입니다. 독일제 권총에서 뿜어져 나온 총알은 빨랐습니다. 왜 확인사살까지 했을까요. 인간적 환멸 때문이었다고 했습니다.

사방으로 검붉은 피가 튀었지요.

그는 배은망덕한 인간이었을까요? 탱크로 수백만 명을 깔아 뭉개버리겠다고 호언장담하지 않았습니까…… 내가 직접 발포 명령을 내리겠다고 하지 않았습니까……

장군이야말로 수백만 명의 목숨을 구한 것이지요. 지금 누가 감히 장군에게 패륜의 인간이라고 할 수 있을까요.

우리는 진실을 알아야 합니다.

그렇게 해서 피를 부르는 철권통치가 날아갔습니다. 사상누 각이었던 유신독재는 맥없이 허물어졌습니다.

그러나 또다시 12·12 군사 쿠데타 세력이 서울의 봄을 잔인 하게 짓밟아버렸지요. 군인들이 탱크를 앞세우고 총칼로 위협 했습니다. 금방이라도 방아쇠를 잡아당길 것처럼 말입니다.

1980년 5월 17일 계엄 확대를 통해 전국 주요 도시에 계엄군 을 진주시키지 않았던가요. 그리고 그 다음날 비극적인 5·18 광주항쟁이 들불처럼 일어난 것이지요.

죽 쒀서 개 준 꼴이 되었지요.

맨 먼저 부정부패의 척결을 외쳤지만 그들은 대의를 져버리 고 스스로 부정부패의 원흉이 되었지요.

그러나 전두환 군사독재정권은 1987년 6월 혁명 때 마침내 항복했습니다. 지금부터 꼭 30년 전 일이지요.

우리는…… 그 엄혹한 체제에서 정치권력에 아부하지도 않았고 이득도 보지 않았지만…… 정상적인 삶을 살면서…… 무난히 살아남았지요. 그때 체제에 저항해서 목숨을 바친 이들을 생각하면 양심의 기준에서 볼 때 죄책감을 느낄 수밖에 없습니다.

그 쿠데타 세력들이 이 땅에 남긴 유산이 무엇인가요? 민주공화국을 철저히 깔아 뭉개버린 것이지요. 우리들의 자존심에 말할 수 없는 상처를 입혔지요. 우리를 능욕했습니다. 우리를 한없이 절망케 했습니다.

지금도 유신독재의 망령은 꺼지지 않은 채 그들의 가슴속에서 활활 타오르고 있습니다. 이제는 악의 유산을 깨끗하게 청산해야 할 때가 되었습니다.

암…… 그래야지요…… 그렇고말고요……

그런데 그들은 전임 독재자로부터 무엇을 학습하였을까요? 무고한 생사람을 잡아다가 고문하고 죽이는 폭력성을 물려받은 것이지요. 그 폭력성은 잠시 잠복되어있을 뿐이지 언제든지 재발할 수 있습니다.

그 사람들은 폭력적이에요.

육체적으로…… 정신적으로…… 폭력적이란 말입니다.

그리고…… 재단이라는 이름으로 국민의 재산을 갈취하고 강탈해서 사리사욕을 채우는 교묘한 수법을 배웠던 것입니다.

지금 대통령이 누구인가요. 누구의 딸인가요. 큰 딸 큰 영애님! 유신독재 체제의 앞잡이가 아니었을까요? 전직 구국여성봉

사단의 총재였습니다. 최태민이 누군가요. 최순실이 누군가요. 그들은 함께 공모해서 무슨 파렴치한 짓을 저질렀던가요.

그때 그 독재자 뒤에는 무소불위의 권력을 휘두르던 육군 대위 출신의 제 2인자가 있었지요. 그런데 이번에도 제 2인자가 있어서 국정을 농단한 것 아닙니까. 그때나 지금이나 어쩌면 그렇게 똑같을 수가 있을까요.

유신의 망령이…… 그 망령이 계속 전국 방방곡곡을 떠돌아다니고 있단 말입니다. 암흑 천지로 되돌아가고 있습니다.

그들은 지금 보수라는 가면을 쓰고 철저히 위장하고 있습니다. 그들이 말하는 보수적 가치라는 것은 다름 아닌 위장술에 불과한 것이지요. 그러므로 진정한 보수가 아닙니다. 그건 추악한 과거에 대한 향수일 뿐입니다.

대통령은 아버지한테서 무얼 배웠을까요. 전두환 정권에게서는 무엇을 배웠을까요. 재단의 이름으로 돈을 갈취하는 것을 배웠던 거지요. 5·16장학회는 무엇이고 정수장학회는 무엇인가요. 남의 재산을 빼앗아서 사유화했고 그걸 딸에게 물려준 것이 아닌가요.

그게 자기 몸속에 깊이 체화된 것이지요. 그리고 자신의 죄는 까마득하게 잊어버렸습니다. 그 자발적인 망각을 통해서 자기 존재의 정당성을 획득한 것 아니겠습니까.

그 여자는 죄의식이라곤 눈곱만큼도 없는 사람입니다. 그러나 국민들은 속고 또 속았습니다. 그 여자의 기만 전술은 그것을 파악할 능력이 없는 국민들에게 그대로 받아들여진 것이지요.

그러나 우리가 지금 누구 탓을 할 수 있을까요? 누가 대통령으로 뽑았습니까. 바로 우리가 뽑았습니다.

히틀러가 가능했던 것은 그에게 동조한 수많은 국민이 있었기 때문입니다. 독일 국민은 선거를 통해서 히틀러를 선출했지만 그 희대의 악마는 독일 국민을 파멸로 이끌었습니다.

여기 계신 대학생들…… 젊은 분들은 태어나기도 전에 일어난 일이지요. 아날로그 시대였던 그때 그런 일이 있었지요. 지금은 디지털 시대이지만 말입니다. 여러분은 손에 손에 스마트폰을 쥐고 있지요.

여러분은 젊습니다. 쓸데없이 관념과 추상의 세계에 빠져들어서는 안 되지요. 감각과 욕망이 살아있는 삶을 꿈꿔야 하지요. 새처럼 자유로워져야 하고 날아서 올라가야 합니다. 하지만 저는 늙어갈수록 중력의 힘을 더욱 절실하게 느끼게 되지요.

우리는 자유를 외칩니다. 그렇습니다. 우리는 자유를 향유하므로 독립적이고 자율적인 판단에 따라서 행동합니다. 그러나 거기에는 반드시 책임이 따릅니다.

그러니까…… 다시 말씀드리면…… 우리 모두의 책임이라는 것이지요. 우리 모두 책임을 통감해야 합니다. 우리가 바로 공범이고 장본인인 것이지요.

겨울밤은 추웠다. 바람이 불다가 멈췄다. 그래도 노인의 이마 위에는 작은 땀방울이 맺혀있다. 그가 힘이 드는 듯 고개를 저었다. 위에서 아래로, 왼쪽에서 오른쪽으로 마이크를 잡은 손의 뼈마디가 앙상하게 드러났다. 노인의 목소리는 생각보다 훨씬 힘찼다.

그의 말이 공기 중에 무겁게 감돌았다.

나는 무대에 가까운 쪽에 그대로 서 있었다. 허리가 뻐근하고 무릎에서 가벼운 통증이 느껴졌다. 나는 인내심이 점점 한계에 다다르고 있었지만 열심히 귀를 기울였다. 어차피 오늘 밤은 불면의 밤이 될 것이다. 설핏 선잠이 들면 깼다 잠 들었다를 반복하면서 잠을 설칠 게 뻔했다. 나는 한껏 기지개를 켰다.

그가 가쁜 숨을 고르고 나서 헛기침을 했다. 그리고 다시 시작했다.

시간이 그렇게 흘러가버렸는지 모르겠네요. 저는 이제 너무 늙었지요. 저는 지금 무신론자입니다…… 한때는 열심히 교회에 나갔었지요. 그러나 아무런 죄 없이 해직이 된 후에는 독실한 무신론자가 되었지요. 신이 날 구해줄 거라는 믿음은 그때 사라졌습니다. 목사님은 설교할 때마다, '원수를 사랑하라.', '누가 너의 오른뺨을 때리거든 왼뺨을 내밀어라.'고 말했습니다만…… 저는 지금도 저기 회사 근처에만 가도 가슴이 죄어드는

것만 같습니다. 숨도 제대로 못 쉬고 등에서는 식은땀이 나지
요.

아무튼 하늘에 신이 계신다면 벌을 내리소서, 천벌을 내리소
서.

여러분…… 혹시…… **박종철**을 기억하시나요?

그러면…… **이한열**은?

그들의 이름을 지금 부르기가 부끄럽군요.

우리가 벌써 그들을 잊으면 안 되겠지요.

87년 체제는 바로 박종철 열사와 이한열 열사의 거룩한 죽음
에 의해 이루어진 것입니다. 6월혁명은 박종철이 죽어서 시작
되었고 이한열이 죽어서 완성되었다고 할 수 있습니다.

박종철은 누굴 가장 존경했을까요?

전태일을…… 그들은 운명적으로 연결되어 있어요. 그들의
영혼은 숭고해요.

우리가 어떻게 그들의 절규, 깊은 한숨, 처절한 신음을 잊을
수 있겠습니까.

그들은 얼마나 무섭고 참담했겠습니까. 그들은 이 황량한 사
막에서 민주주의라는 꽃이 피어나게 하였습니다.

우리는 그들에게 말할 수 없는 빚을 지고 있습니다. 그런데
지금 유신 잔당들 때문에 30년 동안 6공화국을 지탱해온 체제
가 위협받고 있습니다. 자유민주주의는 몇십 년 전으로 후퇴하
고 있는 것이지요.

박근혜가 누구인가요? 독재자의 큰 영애.

그 형편없는 여자는 아버지의 후광 때문에 너무 과대평가되었지요 이건 국민들이 어리석었거나 그 여자가 광대 연기를 잘했거나……

최순실인가…… 최서원인가…… 그 여자가 누구인가요? 최태민의 딸이 아닌가요. 그런 여자가 어떻게 국정농단을 했단 말인가요. 기가 막힐 노릇이지요.

저주! 저주! 저주!

또다시 죽 써서 미친개에게 준 꼴이 되고 있습니다.

대한민국은 민주공화국입니다. 우리가 이 나라의 주인이란 말이지요 국민은 저항할 권리가 있습니다.

여러분! 우리는! 광장! 광장으로! 과감하게 광장으로 뛰쳐나와야 합니다.

그래서 민중의 의지를 결집하고 저 더러운 위정자들, 위선자들에게 우리의 의지를 보여 주어야 합니다. 우리 민주공화국은 우리가 지켜야 합니다.

그러나 진정한 혁명에는 순교자가 필요합니다. 4·19 혁명에는 김주열 열사가 있었지요. 6월혁명에는 박종철과 이한열이 있었습니다. 이번에도 혁명이 완성되기 위해서는 누군가 피를 흘려야 할 것입니다.

타협…… 절대, 절대, 절대 있을 수 없습니다.

투쟁…… 투쟁…… 투쟁이 있을 뿐입니다.

죄송합니다…… 정말 죄송합니다. 제가 무슨 자격으로……
용서…… 용서하십시오 이만…… 이만 물러가겠습니다.

그가 말을 마쳤을 때 잠시 온 세상이 침묵의 장막 속에 갇혀
버린 것처럼 숙연한 분위기였다. 우리는 어둠 속에서 잠시 동안
서로를 쳐다보았고 누군가 손을 흔들며 손뼉을 쳤다. 그리고
'옳소'라고 외쳤다. 나는 얼어붙어 버렸다. 마침내 우레와 같은
박수가 연이어 터져 나왔으니. 모두가 속이 후련했던 것이다.
나 역시 그의 말을 끝까지 경청했다. 말로 표현할 수 없는 혼란,
분노를 느꼈다.

나는 지금 몇 달째 쓰다 말고 처박아 둔 몇 편의 소설들을
생각한다. 나는 계속 불안 초조했고 좌절했다. 마음속 깊이 상
처를 입고 딜레마에 빠져 허우적거리고 있다. 작가들을 한없이
무기력하게 만드는 냉소주의에 빠져 있는 것이다.

소설이 정신적인 생존 도구로서 나를 구원할 수 있을 것인가.
내 무의식의 심연 속에서 나를 갉아먹고 있는 암적 존재들을
쫓아낼 수 있을 것인가. 자신의 고통스러운 감정과 정신 분열적
인 사유로부터 빠져나오게 할 수 있을 것인가. 내가 뭘 원하고
있는지 잘 모르겠다. 그러나 나는 지금 그걸 원하고 있다. 그렇
게 하려면 스스로 용감해져야 하고 더욱 대담해야 할 것이다.
허무주의와 자기 혐오에서 하루 빨리 벗어나야 한다.

누가 내 소설을 읽겠는가. 그러니 제대로 읽고 평가하는 사람

은 없다. 명성은 무의미하다. 얼마 남지 않은 평생 동안 남의 이목을 끌지 않고 무명인 채로 남아서 계속 쓸 수 있다면 더 이상 바랄 게 무엇인가. 인생은 농담이야. 그 순간 홀연한 해방감을 느꼈다.

나는 작가라는 느낌을 갖고 진지하게 글 쓰는 일에 매달려야 한다. 소설 쓰기는 한 인간의 인생을 걸 만한 가치가 있는 게 아닐까. 네가 날 비꼬아도 소용없어. "형님! 그냥 적당히 사세요. 뭐가 부족해서 그래요. 즐기면서 사시라고요. 왜? 쓸데없는 짓을 하세요"

나는 30년 전까지 거슬러 올라가면서 역사적 과정을 나의 관점과 사유에 근거해서 추적하기로 했다. 그게 지금 나에게 부과된 엄숙한 과제처럼 생각되기 때문이다. 나는 여태껏 역사의 방관자로서 비켜서서 눈 감고, 귀 닫고, 입 막은 채 아무 일 없는 듯 살아왔지만…… 이제는 진실을 알아야만 했다.

4. **박종철** 30주기인 2017년 1월 14일 '민주열사 박종철 기념사업회'는 경기 남양주시 모란공원과 서울 용산구 남영동에 있는 경찰청 인권센터에서 각각 참배와 추모제를 열었다. 부산 혜광고 동문들은 중구 남포동에서 추모 음악회와 사진전을 열었다.

2017년 두 번째 촛불집회가 열리는 광화문광장 북쪽 무대에서는 '민주열사 박종철 30주기 추모 전시회'가 진행되었다.

'탁 치니까 억 하며 죽었다는 신문 기사를 보고 세상에 이런 나쁜 사람들이 있나 하고 생각했는데 얼마 뒤에 내 아들이 그렇게 죽었습니다.'

어머니의 탄식에 광장의 분위기도 숙연해졌다. 서울의 최저 기온이 영하 11도까지 떨어진 14일은 30년 전 박종철이 경찰 고문으로 숨진 날이다. 박종철과 함께 1987년 6월 민주항쟁의 기폭제 역할을 했던 연세대생 이한열의 어머니는 그 말을 듣고 그만 눈시울을 붉혔다.

1987년 6월 민주항쟁의 도화선이 된 서울대생 박종철 고문치사 사건 30년을 맞아 경찰청 인권센터(옛날 무시무시한 고문의 장소였던 대공분실)에서 추모식이 열린 가운데 이애주 전 서울대 교수가 진혼굿을 했다.

고향인 부산에서도 다양한 추모 행사가 열렸다. 이날 오후 3시 부산진구 소민아트홀에서는 유가족과 일반 시민, 고교 동문 등 100여 명이 참석한 가운데 30주기 추모식이 열렸던 것이다. 맨 앞자리에서 행사를 지켜보던 아버지 박정기는 흘러내리는 눈물을 연신 손수건으로 닦으며 아들을 그리워했다.

부산진구 서면 중앙대로에서 열린 추모 행사에서는 다큐멘터리가 상영된 뒤 누나가 무대에 올라 울먹이며 동생을 향한 그리움이 담긴 편지를 낭독했다.

'네가 저세상으로 떠난 지 30년이 지났지만 세상은 조금도 변하지

않았다. *지금 촛불을 든 시민의 뜨거운 열망이 꼭 성취되도록 저세상에서나마 도와주기 바란다.'*

5. 2009년 **진실 화해를 위한 과거사 정리위원회**는 '박종철 고문치사 사건의 관계기관 대책회의 은폐·조작 의혹'이란 보고서에서 당시 관계기관 대책회의의 역할에 대해 결론을 내렸다.

…… 검찰, 경찰 수사에 영향을 행사한 사실과 검찰의 수사권을 제한하거나 방해한 점을 확인할 수 있었고, 경찰의 은폐, 왜곡된 수사결과에도 영향을 주었던 것으로 확인된다. 또 박종철 사망 사건 초기 기소권이 있는 검찰의 수사 과정에서 범죄를 직접 저지른 경찰 치안본부로 수사 주체가 바뀌는 과정이나 추가 공범 3인을 알고도 이를 은폐하는 과정에서 안기부장, 법무부장관, 검찰총장, 치안본부장 등으로 구성된 관계기관 대책회의가 개입한 점이 확인된다.

…… 검찰은 그 당시 이미 관계기관 대책회의로부터 재수사 불가를 통보받은 적이 있어서 관계기관 대책회의 개입을 잘 알고 있었다.

…… 검찰이 사건의 진상을 충분히 인지하고 있었음에도 직무를 유기하여 수사를 제대로 진행하지 못하다가 국민에게 은폐 사실이 폭로된 이후에야 추가 공범을 포함 치안본부 관계자 등 은폐에 가담한 책임자를 최소한만 기소하여 결과적으로 관

계기관 대책회의의 부당한 개입을 방조하고 은폐한 잘못이 있다.

국가정보원 과거사 진실 화해위원회는, 1962년 3월 박정희가 중앙정보부에 지시해 부일장학회의 재산을 강제기부 받았고 부일장학회가 공적으로 운영되어야 하나 5 · 16장학회를 거쳐 정수장학회로 이어져오면서 그 과정에서 사유재산처럼 관리돼왔다고 지적하고, 합당한 시정조치가 필요하다고 결정했다.

그런데 그 당시 박근혜 의원은 1995년부터 2005년까지 정수재단의 이사장을 지내면서 1995년부터 1998년까지는 비상근직으로 연간 1억 3500만 원씩을, 1999년부터 2005년까지는 상근직으로 연간 2억 5350만 원씩을 받아갔다. (그 옛날 재산을 강제로 빼앗겼던 김지태의 차남 김영우가 2007년 6월 한나라당에 제출한 대통령 후보 검증요청서에 따르면 그렇다.)

시대의 증언

지금, 30년을 돌이켜서 1987년을 회고해 보면 아주 특별한 한 해였다. 그 해는 나 개인적으로는 중년의 나이에 뒤늦게 인생을 새롭게 출발했으니 서초동 시절이 시작되었던 것이다. 그리고 우리 현대사에서는 6월혁명을 거쳐 극악무도했던 군사독재정권이 붕괴되고 6공화국이 시작되었던 것이다. 그 체제가 무려 30년이나 안정적으로 지속되었다.

그렇긴 하지만 6월혁명의 뿌리에는 비극적인 5·18 광주사태, 박종철의 고문치사 사건, 이한열의 죽음 등이 있었다.

나는 몇 번째, 아마 열 번째 광화문 광장에 나가 촛불집회에 참석하면서부터 어떻게 해서든지 이 상황을 소설로 형상화해서 글을 써야 한다는 강박관념에 사로잡혔다. 광장에서 만난 사람들, 그들의 생생한 언어와 몸짓, 촛불과 사물들, 광화문, 동상, 멀리 보이는 북악산, 고층 빌딩들이 우리의 역사를, 공동체의 운명을, 죽은 자들에 대해 끊임없이 무언가를 말했기 때문이다.

대상은 바라보는 사람을 마주본다.

하지만 나는 타고난 예리한 관찰자도 아니고 그나마 관찰한 것을 예리하게 분석할 줄도 모른다는 자괴감이 들었다.

80년대에는 아직 밝혀지지 않은 채 어둠 속에 묻혀 있는 핵심이 남아 있을까. 밝혀진 것은 빙산의 일각에 불과한지도 모른다. 사람들은 알고 있지만 입을 다물고 있는 진실을 캐내고, 무질서하게 흩어져 있는 진실의 파편을 모아 짜 맞춰서 그 당시 상황을 재구성할 수 있을 것인가.

나는 자신만의 독자적인 형식과 문체로 역사적, 도덕적 관점에서 지금/여기/우리의 시대 상황을 증언할 수 있을 것인가. 예술 작품은 고립적이거나 자립적이지 않다. 계속 변화하면서 진행하는 역사적 과정 속의 티끌처럼 작은 하나의 조각에 불과할 뿐이다. 예술은 항상 동시대를 반영하므로 현실적이다. 그 외에

다른 방식으로는 존재해 본 적도 없고 존재할 수조차 없다.

하지만 누굴 위해 무엇에 대해 쓸 수 있단 말인가. 작품이란 오직 작가가 자신을 표현하는 수단에 불과한 것이 아닐까. 그렇다면 내 자신을 위해서 쓴다. 나를 감동시키는 것, 내 영혼과 의식 속에서 싹이 트고 자라는 것만을 쓴다. 그래서 나는 백지 뒤에 숨어서 글을 쓸 때면 주저하지 않고 자신감으로 충만하지 않았던가.

일방적인 자기주장만 늘어놓아야 하는 오랫동안의 변호사 생활, 너무 사무적이어서 짜증이 나는 법률 문서, 지극히 전문적인 법학 저서와 법학 논문, 판례평석을 쓰는 일이 나의 내면에 희미하게 남아 섬세한 문학적 감수성을 빼앗아 갔다는 것을 깨달아야 했다.

나는 제대로 쓸 수 없을 것이라는 무력감에 사로잡혔다.

비현실적이고 매우 낯선 느낌이 끊임없이 교차하는 밤.

밤이 깊어가는 데 무대 위에서는 여전히 낯선 사람들이 교대로 나타나 쉰 목소리로 말하고 구호를 외쳤고, 마이크에서는 비음 섞인 과장된 목소리가 쉴 새 없이 울려 퍼졌다.

환호와 소음.

그들은 흥분했고 한편 두려워했다.

나는 발밑에 나뒹구는 수많은 유인물을 특별한 용도를 모른 채 한 움큼씩이나 수거했다.

나는 한밤의 냉기 속에서 지루했고 주의력이 흐트러지는 것을 느꼈다. 마침내 꾸벅꾸벅 졸았다. 나는 어차피 초대받지 않은 손님이었고 그저 들러리에 불과했다. 이제 대부분의 사람들이 집으로 돌아갔다. 나는 청진동 해장국집으로 가서 해장국과 소주를 마셨다. (여기서 몇 병이나 마셨는지 굳이 밝힐 필요가 있을까. 내 주량이 탄로나는데. 솔직히 고백하건대 한때 나는 알코올 의존증이었고 맨날 그 지긋지긋한 숙취와 숙취의 휴우증인 두통 때문에 정말 고생했다. 그러나 심한 알코올 중독에까지는 가지 않았고 알코올 중독자들이 알코올을 중단하였을 때 겪는 환각이나 섬망증을 경험하진 않았다.)

그때 그 시절, (그들이 명멸했던 역사의 주역이었건 지극히 평범한 사람이었건 간에) 작중 인물들이 내뱉었던 언어에는 시대의 고뇌 또는 인간의 지순한 감정이 배어 있었다. (말에서 감정을 제거하면 그것은 무의미한 것에 지나지 않는다.)

부조리했던 시절의 운명과 곡절과 분열에 반항하거나 혹은 순응했던 맨 얼굴의 거친 숨결이 느껴진다. 그래서 우리는 그들의 말을 시대의 소음으로 치부할 수 없다.

나는 문학과 삶을 혼동할 만큼 어리석지는 않다. 그들은 허구 속 인물이 아니고 현실 세계의 사람인데 그들의 말이 가식이고 가짜일 수 있을까. 말의 명백한 출처와 말을 하게 된 배경, 맥락을 살펴보면 나는 진심이고 진짜라고 믿는다. 그러므로 그들의 말은 훨씬 많은 의미를 내포하고 있었고 그만큼 짙은 여운이 남아있다.

나는 당연히 소설 속 주인공이 아니다. 누가 작중 인물이고 주인공인지 아직 알 수가 없다. 하지만 그 인물들이 소설의 결

말을 결정할 터이다.

1987년의 시대적 상황을 모자이크화로 그려내려고 시도하는 이 소설에서 인물들의 시대를 증언하는 말들을 우선 모아 보았다.

"조직의 배후를 잡아들여라."

"대통령의 임기가 1년밖에 안 남았다. 87년은 혼란과 발전의 분수령이다. 용공좌경분자를 발본색원하고 시국사건 수배자도 하루빨리 검거하여 사회기강을 확립하도록 하라. 고생한 만큼 국가수호가 이루어진다. 정치 일정이 있으니까 3월 개학 때까지 모든 사건을 끝내라."

"지금 공작하고 있는 사건 모두 깨라."

"내가 12명을 잡아넣은 사건을 검찰에 넘긴 게 바로 엊그제다. 직원들도 사람인데 좀 쉬어야 할 것 아니냐. 또 사건이 무르익지도 않아 공작할 시간이 필요한데 어떻게 깨느냐."

"지금 그럴 계제가 아니다. 장관 지시다. 모두 깨고 잡아들여라."

(1987년 1월 13일 그 당시 김종호 내무부 장관의 지시사항. 그날 김종호 장관은 직접 남영동 대공분실을 방문해서 그렇게 말했다.

그리고 그 지시사항에 대한 대공분실 경찰관들이 뒤에서 내뱉은 불만 섞인 항변의 말)

1월 14일 이른 아침 경찰은 (서울대 언어학과 3학년 학생이었던)

박종철 군을 불법 연행하여 물고문을 하고 질식사시켰다.

* * *

"중요한 사건이니 의혹이 남지 않도록 철저히 해야 한다. 잘
못하면 우리 둘 다 역사의 죄인이 된다."

"알았습니다."

"질식사 같습니다."

"어째서?"

"폐에 공기가 없습니다. 그리고 눈 결막의 점상 출혈은 질식
사의 전형적인 현상입니다."

"고문 때문인가요?"

"물고문 같습니다. 목과 가슴의 출혈 모양으로 보아 욕조 턱
에 목이 눌려 죽은 것 같습니다."

"이 사실은 누구에게도 얘기하지 말아 주십시오. 잘못하면 부
당한 압력이 가해질 수 있으니까요. 그리고 감정서를 사실 그대
로 써서 빨리 보내주십시오."

"염려 마십시오."

"전기고문은 정말 없었습니까?"

"절대 없었습니다. 신민당에서는 폐의 출혈 현상이 전기고문
때문이라고 하는데 그게 아니라 폐결핵 결절이 터진 것이 틀림
없습니다."

(박종철 사체의 부검은 15일 밤 9시경부터 1시간 반 동안 한양대 병원에서 진행되었다. 그때 부검에 참여했던 안상수 검사와 부검을 담당했던 황적준 박사의 대화 일부)

* * *

1월 15일 저녁 6시 20분경 치안본부에서 박처원 치안감이 황적준 박사에게 '심장마비로 학생이 죽었는데 3~4회 욕조에 담갔으니 익사일 가능성도 있다. 잘 부탁한다. 믿고 있겠다.'며 은근히 심장마비로 감정해줄 것을 부탁했다.

그날 저녁 10시 반경 부검이 끝난 후 밤 11시 10분경 박 치안감은 승용차로 황 박사를 치안본부로 데려간 뒤 새벽까지 부검결과 및 감정서 작성문제에 대해서 논의했다.

그때 그 자리에는 강민창 치안본부장과 몇 명의 차장, 국립과학수사연구소 소장 등이 있었는데 황 박사가 '물고문 과정에서 경부압박에 의한 질식사'로 부검소견을 보고하자 강 본부장과 대부분의 차장들은 그렇게 발표할 수 없다고 주장하면서 황 박사에게 사인을 '심장마비'로 하여 감정서를 작성해주도록 강요했다.

그리고 1월 17일 오후 1시경에는 박 치안감과 다른 치안본부 고위 관계자가 원효로에 있는 '황실'이란 한식집으로 황 박사를 불러 감정서를 '심장 쇼크사'로 작성하도록 요구했으나 황 박사는 그럴 수 없다고 거절했다.

그때 황 박사가 말했다.

"안 검사가 부검 후 즉시 물고문에 의한 질식사라는 감정결과에 관해 조서를 받아갔으므로 번복할 수 없습니다."

그들이 말했다.

"안 검사는 지금 안기부에 가서 얻어맞고 있으니 걱정하지 말라."

1월 19일 오후 늦게 고문경찰관에 대해 구속영장이 발부되었고 그들은 다음날 새벽 서대문경찰서 유치장에서 호송되어 영등포교도소에 수감되었다.

* * *

"우리는 공산당에 끌려가도 죽으면 죽었지 결코 기밀을 누설하지 않습니다. 물고문은 둘만으로도 충분합니다. 팔다리를 묶어 놓고 하면 한 사람만으로도 될 수 있지요 무엇 때문에 사람이 더 필요하겠습니까."

"박종철은 큰 범죄도 저지르지 않는데 왜 그렇게 심하게 고문했는가?"

"여기 한번 들어오면 아무런 혐의가 없어도 똥물을 토해낼 때까지 고문합니다. 그래야 바른대로 말을 할 뿐만 아니라 여기 있었던 일을 발설하지 못합니다."

"셋방살이를 하면서 아내와 외식 한번 못하고 공산당 잡는 일에 매달려 왔습니다."

"운동권 학생을 체포하여 처벌하는 것은 공산당의 괴수 김일성을 쳐부수는 것과 같은데 이렇게 구속까지 될 줄은 몰랐습니다."

"나는 그들이 고문가담 및 축소은폐의 공범이라고는 상상도 못했다."

(원래 형사사건이 경찰에서 검찰로 송치되면 피의자를 검찰청으로 소환하여 조사한 뒤 구치소로 보내는 게 일반적인 관례이다. 그런데 이 사건에서는 1월 20일 사건이 송치되자 검사가 거꾸로 교도소로 찾아가야 했다. 20일부터 23일 사이 영등포교도소 임시 조사실에서 안상수 검사와 피의자 조한경, 강진규의 대화 일부)

* * *

"두 분도 박종철의 영혼 앞에 참회하고 그 넋을 위로하시오 나는 두 분을 미워하지 않습니다. 박종철이 그렇듯이 두 분도 전두환 군사독재의 희생자들입니다."

(고문경찰관들이 영등포교도소에 구속되어 있을 때 같은 사동에 수감되어있던 이부영이 그들에게 한 말)

* * *

"교도관에게 들으니 내게 사죄할 게 있어서 접견을 요청했다고 하는데 뭘 사죄한다는 건가요?"

"여기 온 뒤에 공소장을 받아보고 가족들의 말을 들어보니이 사건이 단순한 사건이 아니라 엄청난 역사적 사건이라는 것을 알고 놀랐습니다. 성경을 읽으며 여러 가지 생각을 많이 했는데 법정에서 이 사건의 진실을 밝히기로 마음먹었습니다. 그전에 검사님께 미리 말씀드리고 싶어 뵙자고 했습니다.

사실은 저희들이 거짓말을 했습니다. 조사실에서 박종철을신문할 때 나와 강진규 말고 황정웅, 반금곤, 이정호 이렇게 세명이 더 있었습니다. 박종운의 소재를 제대로 대지 않자 나는혼내주라고 시키기만 했고 강진규는 옆에서 소리만 질렀습니다.

실제 박종철의 팔과 다리를 붙잡고 욕조 물에 머리를 누른것은 황정웅, 반금곤, 이정호 이 세 사람입니다."

"아니, 그게 대체 무슨 말이오? 자세히 이야기해 보세요. 그러면 미리 사실대로 진술하지 왜 인제 와서 그런 사실을 털어놓는 겁니까?"

"그때는 그렇게 심각한 일로 생각하지 않았습니다. 감찰조사만 받고 징계 먹는 정도면 될 줄 알았는데 공소장을 받아 보니엄청난 죄를 저지른 것으로 되어 있어 놀랐습니다.

나도 그렇지만 자식들이 크면 그 불명예를 안고 어떻게 살아가겠습니까? 예수님을 믿는 사람이 하나님 앞에 거짓말을 할수도 없어 바른 대로 말하기로 했습니다.

우리 형님이 변호사를 선임해 줬는데 변호사 면담 전에 수사 검사에게 사실을 알려 드리려고 한 것입니다.

제가 지난번에 검사님께 거짓말한 것을 깊이 사죄드립니다."

"밝히는 김에 다 밝혀라. 두들겨 팬 것은 사실 아니냐."

"때린 적은 일절 없습니다."

"혼을 내라."

"그런 사실이 밝혀지면 저는 무죄가 되는 것 아닙니까?"

"무죄는 아니고 공동정범이 되는 것이지만 죄는 가벼워질 수 있지 않겠어. 우선 진상을 조사해보고 상부에 보고해서 명령을 받아야 되니까 그때까지는 다른 사람에게 말하지 말고 며칠만 기다려 달라."

"나는 억울합니다. 박종철은 내 담당도 아니었습니다. 연행할 때도 참여하지 않았고요. 그날 9시에 출근했더니 조한경 반장이 '8호실에 박종철이 있으니 가서 박종운의 소재를 캐 달라'고 부탁해 가담하게 된 것입니다."

"이대로 재판받게 해주세요."

"어떻게 해요? 어떻게 해요?"

"이 사건은 역사적인 사건이고 영원히 묻힐 수는 없는 사건이다. 평생 불명예를 안고 살 수는 없지 않느냐?

당신 자식들을 생각해서라도 진실을 밝혀야 한다. 하느님께도 진실을 밝히겠다고 맹세하지 않았느냐?"

"처음 보고서에 조반장과 내가 한 것으로 돼 있었고 거기다가 황정웅, 반금곤은 나이가 많아 젊은 내가 조직을 위해 덮어쓰기로 했습니다."

(2월 27일, 이미 구속되어 있던 조한경과 강진규가 할 말이 있다면서 안상수 수사검사에게 접견을 요청하였다. 그날 안상수 검사가 영등포교도소에서 그들을 만났을 때 나누었던 대화 일부)

* * *

"검사에게 조작 사실을 폭로한 뒤 경찰로부터 죽이겠다는 협박을 당하고 있다. 빨리 변호사를 대라."

"형님 오셨군요. 잘 있어요."

"너무 조급하게 마음먹지 말고 냉정하게 생각하고 있어."

"김무삼 변호사가 왔다갔어요."

"그래, 좀 어렵다고 하지?"

"과연 필요가 있을지 의문이에요."

"그런데 너무 신경 쓰지 말고 우선 건강해야 한다."

"여기는 고향인걸요. 모두 잘해줘요."

"인제 나오면 목사나 해야겠구나."

"유명한 목사가 될 텐데요 뭐."

(조한경과 강진규는 3월 7일 영등포교도소에서 의정부교도소로 이감되었다. 5월 2일, 의정부교도소 면회실에서 조한경의 아내와 형 등 가족들이 면회하면서 나눈 대화 일부)

＊　＊　＊

"마음을 크게 먹고 건강에 유의해라."

"제 걱정은 마시고 아버님 건강에 신경을 쓰셔야 해요."

"종교서적 보내드린 것 잘 받아보셨는지요?"

"정말 고맙고 보내 준 성경책을 읽고 감동을 받았어. 사람은 교만하게 살지 말아야 하고 항상 남을 사랑하면서 살아야 한다고 다짐하고 있어. 오늘 변호사가 왔다갔는데 변호사도 내가 죽이지 않았다는 걸 대충 알고 있는 것 같아. 당신에게도 무슨 이야기 없었어?"

"그런 식으로 이야기하면서 이젠 어쩔 수 없이 좋은 쪽으로 할 수밖에 없으며 형량조절을 최대한으로 하는 수밖에 없다는 식으로 이야기하더군요. 하느님 믿고 축복받아요. 나도 당신을 믿고 열심히 기도할게요."

"나도 열심히 하느님 믿고 축복받으며 당신을 위해 열심히 기도할게. 영어책 한 권 넣어줘."

"알겠어요. 건강히 계세요."

(5월 2일, 의정부교도소 면회실에서 강진규와 면회 온 부친, 아내의 대화 일부)

＊　＊　＊

"어제 김무삼 변호사가 왔다갔다면서?"

"예 왔었어요."

"뭐라 말했나?"

"별 말 하지 않았어요. 다음에 한 번 더 온다고 해서 그때 자세한 얘기 하자고 했어요."

"우리측 변호사가 있는데 꼭 그 사람이 필요하나?"

"집에서 선임해서 어쩔 수 없어서 만났어요. 만날 필요성이 있는 것 같지 않아요."

"너무 조급하게 마음먹지 말고 건강에 유의하고 있어."

"알았어요."

(의정부교도소로 면회 온 치안본부 관계자와 조한경의 대화. 이 부분 역시 「안 검사의 일기」에 나와 있고 안 검사는 의정부교도소의 입회 교도관이 쓴 접견기록부에서 전재했다고 한다.)

* * *

"왜 이게 나냐?"

"일 년만 참아라."

* * *

"곧 꺼내주겠다."

"가족의 생계를 돌봐주겠다."

"입을 다물고 있으면 이 통장을 넘겨주겠다."

"그나마 신임받고 촉망받는 사람은 너뿐이다. 그래야 위에 있는 놈들이 우리를 위해 뛰어줄 것 아니냐.

네가 아니면 그냥 밟아버리고 말지 누가 뒤처리를 해주겠냐."

"이번 사건은 일부 수사관들의 지나친 직무의욕 때문에 빚어졌습니다."

"검사는 아무것도 아니다. 치안본부에서 모든 걸 좌지우지하고 있다. 너희들 그래 봐야 소용없다."

"책상을 탁 치니 억 하고 쓰러졌습니다."

"너희들 빨갱이 하나 죽인 것 갖고 뭘 그렇게 고민하냐? 국가를 위해 일하다 실수한 걸 갖고…… 조금만 고생해라."

"나는 직업상 이런 일을 저질렀다고 합시다. 그런데 내 자식이 고문자의 아들로 살게 할 순 없습니다. 나 혼자 뒤집어쓰기엔 억울하지요."

"피고인들은 심경 변화가 없는데 다만 신창언 부장의 유도 심문에 넘어가 마음에 없는 말을 했다."

"피고인들은 어차피 공동정범이다. 책임을 못 면한다. 자꾸 이러면 변호사 선임해주는 것도 취소시키겠다. 검사도 재수사한다고 하니 마음대로 하라."

(치안본부 고위 관계자들이 구속된 조한경과 강진규를 교도소로 면회 가서 회유하며 한 대화 일부)

* * *

"그래도 대국적인 차원에서 진실을 밝히는 게 옳지 않겠느냐?
그것이 진정 국가를 위한 길이다. 내가 도와주겠다."

"검사도 못하는데 변호사가 무슨 힘이 있겠습니까. 생각해 볼
테니 2~3일간 여유를 주십시오."

"지난 토요일 형을 만나고 며칠간 혼란을 일으켰는데 이젠
신앙에 따라 진실을 밝히겠습니다. 경찰간부들이 또 면회를 와
도 내 뜻대로 하겠다고 떳떳이 말하겠습니다. 내 처에게도 그렇
게 편지를 썼습니다. 다음 주에 검사가 온다는데 검사에게도 그
렇게 이야기하겠습니다. 경찰에서는 김 변호사님을 사임시키라
고 하는데 사임압력이 오더라도 견뎌내 주십시오."

(의정부교도소 면회실에서 조한경과 김무삼 변호사의 대화 일부)

* * *

"어떻게 여기에 왔나? 이 사건을 빨리 깨도록 안기부장을 설
득해 달라. 아니, 절대 묻힐 수 없네. 나중에 터지면 치명적이
야. 차라리 지금 밝혀 버리면 별 문제 안 될 수 있네.

당국에서 스스로 밝혀 공범을 잡아넣는데 누가 뭐라고 하겠
나? 지금 깨는 게 가장 좋다고 보네."

"그렇지 않아. 윗분들은 이제 다 끝났고 김무삼 변호사 문제

만 해결되면 된다고 생각하고 있네."

(4월 20일 점심시간 무렵 안상수 검사는 서울지방경찰청 청사 복도를 지나가다가 우연히 안기부의 J단장과 마주쳤다고 한다. 그때 안상수 검사와 안기부 J단장의 대화 일부.)

* * *

"세상에 이런 변이 있나……"

"검찰 윗분들이나 정부 고위층에서 이 문제의 성격을 과연 정확히 인식해 줄지 그게 걱정이오.

안기부 같은 데서는 조한경, 강진규의 형량을 낮춰 주고 대신 입을 다물게 하라는 쪽으로 나올지 모르겠고……"

"그 사람들은 형량이 문제가 아니라 아예 무죄라고 확신하고 있는데 그렇게 되겠습니까? 이건 범인이 세 명 더 있다는 정도가 아니라 진범이 따로 있다는 주장입니다. 더구나 진실을 숨길 수는 없는 것이 아닙니까?"

"관계기관 대책회의에서는 형량을 봐주고 묻으려고 할지 모를 텐데, 만일 그랬다가 훗날 터지는 날엔 검찰은 물론이고 정부 자체가 무너지게 될지도 모릅니다.

이건 정부의 도덕성 문제입니다. 고위층과 협의할 때 이 부분을 특별히 강조하도록 해주십시오"

"이번 사건의 수사팀을 정할 때 안 검사는 제외하는 방안이 검토되고 있는 모양이오. 사의를 표해 곧 나갈 사람한테 이 사건 수사를 계속 맡기는 건 문제가 있다는 거요.

재수사가 이뤄진 뒤 안 검사가 사표 내면 밖에서 또 이상하게 생각하지 않겠느냐, 그러니 지금부터 손 떼게 하는 게 낫다고 생각하는 모양이오."

"밤새 생각해봤는데, 제가 빠지면 안 될 것 같습니다. 끝까지 하겠습니다."

(범인 은폐 조작과 관련하여 2차 재수사가 시작되기 전후 신창언 형사 2부장과 안상수 검사의 대화 일부)

"하늘이 무너져도 정의는 세워라."

5월 18일, 김승훈 신부는 명동성당에서 경찰의 범인축소 은폐 조작 사실을 폭로했고 그 폭로를 계기로 어쩔 수 없이 검찰은 20일부터 재조사에 착수했다.

* * *

"어떻게 터졌습니까? 이대로 재판받게 해 주십시오."

"어떻게 해요? 어떻게 해요?"

"재수사하는 것은 검찰만이 아니라 정부 차원의 결정입니다."

"그러면 치안본부의 박 차장님이나 유 과장님과 통화하게 해 주십시오. 그분들이 밝히라고 하면 밝히겠습니다."

"이 사건은 역사적인 사건이고 영원히 묻힐 수는 없는 사건이다. 평생 불명예를 안고 살 수는 없지 않느냐? 당신 자식들을 생각해서라도 진실을 밝혀야 한다. 하느님께도 진실을 밝히겠다고 맹세하지 않았느냐?"

(5월 20일 검찰에 의해 재수사가 결정된 후 의정부교도소에서 안상수 검사와 조한경, 강진규의 대화 일부)

* * *

"총리와 안기부장이 바뀌고 내무, 법무장관이 모두 물러나는 마당에 경찰간부 몇 명을 봐 줄 계제가 아니다."

"이제야 밥을 먹겠다."

"예, 이제 우리도 제대로 밥을 먹을 수 있을 것 같습니다."

"나는 할 말이 없다. 미안할 따름이다. 이 빚을 어떻게 갚겠나?"

"미안하다."

(5월 20일 2차 수사가 개시되면서 그 무렵 서울지검 지검장과 담당 부장검사, 수사검사의 대화 일부)

* * *

"은폐조작에 검찰이 공모한 의혹이 짙다."

"검찰이 초동단계에서 수사를 잘못한 책임을 져야 한다."

"애초 박종철 고문살해사건의 수사를 맡았던 팀에 또다시 조작사건의 수사를 맡긴 것은 분명히 제2차 조작음모를 획책하는 것이다.

현재의 수사검사들을 과감히 교체하고 새로운 수사진이 원점부터 재수사하라."

(그 당시 야당의 주장)

＊ ＊ ＊

"박종철 사건에서 새로운 사실이 밝혀졌다는데 사실입니까?"

"새로운 게 뭔데?"

"임 기자는 피고인 가족들을 만나 보았소?"

"아뇨"

(안상수 검사와 동아일보 기자의 대화)

＊ ＊ ＊

"너만 살겠느냐?"

"이제 검사 생활이 정말 싫다."

"검사도 하기 싫겠지……"

＊ ＊ ＊

"한 번 간 박종철은 다시 돌아올 수 없지만 그는 국민의 가슴 속에 영원히 살아 극락왕생할 것입니다."

"꿈속에서라도 철이를 한 번 봤으면 좋겠는데 통 나타나지 않아요. 언젠가 한 번 '엄마 하숙비 부쳐 줘' 하는 목소리를 듣고 잠을 깬 적이 있는데……

억울하게 죽은 영혼은 빨리 환생한다고 했으니 좋은 세상에 다시 태어나겠지요"

(4월 23일, 박종철의 가족은 부산 사리암에서 주지 도승 스님의 집재로 100일재를 올렸다. 그때 통도사의 청하 스님 법어와 박종철의 어머니 정차 순의 말)

* * *

하늘이여 땅이여 사람들이여, 저 죽음을 응시해 주기 바란다. 저 죽음을 끝내 지켜 주기 바란다. 저 죽음을 다시 죽이지 말아 주기 바란다. ……

그러나 서울대학교 언어학과 3학년 박종철 군, 스물한 살의 젊은 나이에 채 피어나지도 못한 꽃봉오리로 떨어져 간 그의 죽음은 우리의 응시를 요구한다. 우리의 엄호와 죽음 뒤에 살아 나는 영생의 가꿈을 기대한다. ……

그의 죽음은 이 하늘과 이 땅과 이 사람들의 회생을 호소한 다. 정의를 가리지 못하는 하늘은 '제 하늘'이 아니다. 평화를 심지 못하는 땅은 '제 땅'이 아니다. 인권을 지키지 못하는 사람들은 '제 사람들'이 아니다. ……

인권이 목적이라면 민주는 그 수단이다. 따라서 인권을 존중하지 않는 국가권력이 남아 있는 한 우리는 언제 어느 땅에서나 민주를 노래할 수 없다. ……

(동아일보 김중배 논설위원의 칼럼에서)

* * *

야훼 하느님께서 동생 아벨을 죽인 카인에게 "네 아우 아벨은 어디 있느냐"고 물으시니 카인은 "제가 아우를 지키는 사람입니까"하고 잡아떼며 모른다고 대답합니다.

창세기의 이 물음이, 오늘 우리에게 던져지고 있습니다.

"너의 아들, 너의 제자, 너의 젊은이, 너의 국민의 한 사람인 박종철은 어디 있느냐" 하고 물으니 "탁 하고 책상을 치자 억하고 쓰러졌으니 나는 모릅니다."

"수사관들의 의욕이 지나쳐서 그렇게 되었는데 그까짓 것 가지고 뭘 그러십니까."

"국가를 위해 일하다 보면 실수로 희생될 수도 있는 것 아닙니까."

"그것은 고문경찰관 두 사람이 한 일이니 우리는 모르는 일입니다."

하고 잡아떼고 있습니다. 이것이 바로, 카인의 대답입니다.

(김수환 추기경의 명동성당 강론에서)

* * *

"억울하다고 한들 무슨 소용이 있으며 인제 와서 무슨 영화를 누리겠다고 다시 끄집어내겠느냐……

대한민국 국적을 포기하고 싶은 게 솔직한 심정입니다. 더 이상 대한민국에서 살고 싶지 않습니다.

전 진실로 내가 하는 일이 대한민국을 위한 것이라고 생각하면서 일했습니다. 우리는 북한과 정규전이라는 측면에서는 휴전 중이지만 스파이 활동 등 비정규전에서는 여전히 싸움을 벌이고 있습니다. 비정규전을 위한 법적 장치가 국가보안법 아닙니까?

당시 우리는 정치도 썩었고 군도 썩었고 사회의 모든 분야가 썩었어도 대공 분야를 맡고 있는 우리마저 썩으면 나라가 무너진다는 심정으로 일했습니다.

나는 죽으면 국립묘지에 묻히는 게 소원이었습니다. 그러나 지금 제 처지가 어떻습니까? 역적으로 몰려 묻힐 곳조차 없어졌습니다. 그러니 대한민국에서 더 살 이유가 있겠습니까.

종철이가 죽은 것은 분위기 때문이었습니다. 당시 경찰과 보안사 안기부 등 대공 관련 기관이 한꺼번에 대대적인 대공수사에 박차를 가했습니다. 만약 종철이가 죽지 않았다면 다른 누군가 희생됐을 겁니다.

종철이는 원래 참고인에 불과했어요. 물론 불법시위를 주도한 혐의로 수배돼 있긴 했지만 우리가 정작 잡으려 한 학생은 서울대 민중 민주화 투위 사건으로 수배 중인 박종운이었습니다.

당시 깃발사건이라고 굉장히 큰 사건이었던 것으로 기억합니다. 관련자가 대부분 붙잡혔는데 박종운만 끝까지 잡히지 않았습니다.

그런데 박종운을 종철이가 하숙집에서 재워준 적이 있다는 첩보를 다른 관련자로부터 입수하고 종철이를 데려온 거죠.

고문을 잘하는 사람은 절대로 사람을 다치게 하지 않습니다. 그가 고문기술자로 이름을 날리게 된 것도 바로 사람을 상하지 않게 고문할 줄 알았기 때문입니다. 그는 고문하기 이전에 문제가 생기지 않게 상대방의 몸을 모두 체크한 뒤 고문을 했습니다.

처음엔 걱정하지 말고 감찰조사만 간단히 받고 오면 된다고 그러더라고요. 그래서 감찰조사를 받으러 갔죠. 그런데 돌아오긴 누가 돌아옵니까. 조사받고 바로 구속된 거죠. 결국 찔끔찔끔 밀려서 구속까지 가게 된 겁니다.

치안본부 말단인 경위가 고문치사 사건의 주범이란 게 말이 됩니까. 그렇지만 내 부하들이 죽었는데 설령 내가 현장에 없었어도 십자가를 지는 것은 당연합니다. 그래서 십자가를 지고 벌을 받은 것입니다. 무슨 대가를 바라고 한 것은 아닙니다.

내가 모시던 박처원 씨가 고문사건의 대가로 10억 원을 받아 갖고 있으면서 나를 그렇게 대했다고 생각하면 정말 분통이 터집니다.

나는 이렇게 심하게 당하리라고는 생각하지 못했습니다. 사실 박종철의 고문치사 사건은 정치적인 사건이지 단순한 고문사건이 아니지 않습니까. 진작 이를 알았다면 내 꼴이 이렇게 되지는 않았을 겁니다.

조직에는 세 종류의 인간이 있습니다. 스스로 사명감을 갖고 열심히 일하는 사람과 별일도 안 하면서 빽을 동원해 승진하는 사람, 열심히 일하는 부하 위에서 공치사해서 알겨먹는 사람입니다. 이 가운데 우리 같은 사람은 일벌입니다. 일하다가 죽으면 그만입니다. 일벌한테는 너희가 없으면 국가가 무너진다라고 가르칩니다. 그러니까 죽도록 일만 하다 죽는 거죠. 당시엔 부당한 명령일지라도 국가를 위한 것이라면 그리고 조직을 위한 것이라면 해야 한다고 생각했습니다. 내가 아니면 누가 하겠느냐는 우직한 생각이었죠. 그런데 이제 와서 생각하면 그런 십자가를 질 이유가 없었습니다. 내가 보호하려고 했던 조직은 박살이 났고 국가도 더 이상 나를 보호하지 않고……

생명은 인간이 아니라 하나님이 만드는 것입니다. 생명을 빼앗는 일은 인간이 하면 안 됩니다.

나는 두 번 용서를 받아야 해요. 한번은 국가로부터, 또 한번은 피해자로부터……

사실 나는 이런 생각도 해봅니다. '종철아, 네가 평범한 인간으로 행복을 누리며 살 수도 있었겠지만, 일찍 죽음으로 인해 이 땅의 고문 받는 사람들이 사라지고 많은 사람들이 더 많은 자유를 누리게 됐다면 너는 행복한 놈 아니냐. 예수가 죽어 역사가 이뤄진 것처럼 네가 죽어 이 땅의 민주화가 앞당겨진 것 아니냐'고 말입니다.

그런데 그렇다면 나는 뭡니까. 나는 예수를 죽인 빌라도입니까? 저는 빌라도가 맞을 겁니다. 그러나 누군가가 빌라도 노릇을 해야 했다면, 역사를 만들기 위해 빌라도를 필요로 했다면, 그래서 내가 그 노릇을 한 것 아닌가 이런 생각도 듭니다. 모두가 역사의 희생물인 셈이죠"

(조한경 경위가 만기 출소한 후 신동아 인터뷰에서 한이 맺혀 토로했던 말)

6. **동아일보**는, 박종철 1주기가 다가오던 1988년 1월 12일, 치안본부장 등 경찰 수뇌부도 고문치사 사실을 알았지만 은폐했고, 수사의 주체인 검찰은 은폐 조작을 알고도 상부의 지시에 손이 묶여 수사를 포기했으며, 그 당시 부검의 황적준에게 치안본부 고위층의 집요한 회유와 압력이 있었다고, 보도했다.

그날 황적준은 자신의 일기를 동아일보에 공개했다. 이 기사를 계기로 강민창 전 치안본부장은 대검 중수부에 의해 1월 15일 밤 직무유기 및 직권남용 혐의로 전격 구속되어 처벌을 받았다. (한편 황적준 박사는 그 폭로가 있은 후 더 이상 국립과학수사연구소에서 근무할 수 없다고 판단하여 사직서를 제출했다.)

7. 1987년 7월 9일. 영결식장에서 문익환 목사가 마지막으로 **이한열** 열사를 소리쳐 불렀을 때 의자에 앉아 있던 어머니가 몸을 일으켜 단상 앞으로 걸어 나갔다.

"*저도 한마디 하고 갈랍니다.*"

마이크를 손에 든 어머니는 한참 동안 소리 내어 울고 난 뒤 떨리는 목소리로 말하기 시작했다.

"*여기 많이 모이신 젊은이들이여! 불쌍한 우리 한열이 가슴에 맺힌 민주화를……. 성취시켜 주시기를 바랍니다.*

우리 한열이는 이 세상에 없다. 우리 한열이는 없어……. 전두환, 노태우 살인마! 살인마! 살인마! 살인마……! 살인마는 물러가라! 살인마는 물러가라! 한열아! 이제 다 풀고 가라! 다 풀고 가! 이 많은 청년들이 네 가슴에 맺힌 한을 풀어줄 거야. 안 되면 엄마가 갚을란다. 안 되면 엄마가 갚어…….

한열아! 한열아! 한열아! 가자! 광주로……! 우리 광주로 가자! 광주로 가자! 광주로! 한열아……!"

어머니는 한열이를 부르며 한없이 울었다. 그때 추모객들도 눈물을 흘렸다.

영결식을 마치고 대학을 빠져나온 운구행렬은 신촌로터리에 도착해서 이한열의 유해를 상여에서 전면 유리창과 지붕을 제외한 전 부분을 흰색과 노란색 국화로 장식한 운구차로 옮긴 뒤 노제에 들어갔다. 신촌로터리 주변에는 노제를 지켜보기 위해 10여만 명이 모여들었다.

운구행렬은 조곡 **꽃상여 타고**가 반복해서 울려 퍼지는 가운데 시청 앞 광장을 향해 대형 영정을 앞세우고 행진에 들어갔고 학생과 시민들이 도로를 가득 메운 채 그 뒤를 따라 추모행진을 벌였다.

그대 잘 가라
꽃상여 타고
가슴에 돋는 칼로 슬픔을 자르고
어이 어이 큰 눈물을
땅에 뿌리고
그대 잘 가라
꽃상여 타고
그대 잘 가라
꽃상여 타고

독재 타도!!! 민주 쟁취!!!

운구행렬을 보기 위해 쏟아져 나온 시민들은 행진대를 향해 박수를 치고 구호를 외쳤다. 이른 아침부터 시청 앞 광장에 모여 있던 수만 명의 시민들이 운구행렬이 도착하기 전에 차도로 내려와서 교통은 완전히 마비되었다. 시청 근처에 있는 빌딩과 사무실 등에서 수많은 사람들이 하얀 손수건을 흔들었다.

1987년 6월 9일.

구출학우 환영 및 6·10대회 출정을 위한 연세인 총 궐기대회.

나무의자 밑에는 버려진 책들이 가득하였다
은백양의 숲은 깊고 아름다웠지만
그곳에서는 나뭇잎조차 무기로 사용되었다
그 아름다운 숲에 이르면 청년들은 각오한 듯
눈을 감고 지나갔다

시위대를 향해 일명 지랄탄이라고 하는 다발탄 페퍼포그와 최루탄, 사과탄이 연이어 무차별 발사됐다. 교문에서 300여 미터쯤 떨어진 곳에 진을 치고 서 있던 쇠파이프를 든 백골단이 격한 괴성을 내지르며 교문 바깥쪽에서 구호를 외치고 있는 시위대를 향해 군홧발 소리를 요란하게 울리면서 진격해 들어가기 시작했다.

어깨동무를 하며 촘촘히 짜여 있던 시위 대열이 무너졌다. 구호를 외치고 노래를 부르던 학생들의 대오가 순식간에 무너지면서 학교 안으로 뛰기 시작했다. 마스크와 손수건으로 입과 코를 가렸지만 쉴 새 없이 터지는 최루가스 때문에 눈을 뜰 수 없었다. 눈물과 콧물이 줄줄 흘러내렸다. 뿌연 최루가스가 백양로를 따라 학교 안으로 연기처럼 빠르게 퍼져갔다.

한열은 전투경찰에 쫓겨 교문 안으로 들어갔다. 자욱한 최루탄 가스 사이로 학교 안으로 도망치는 학생들의 모습이 보였다. 총탄처럼 퍼붓는 최루탄 때문에 제대로 눈을 뜰 수조차 없어서 앞서 달리는 학우의 발만 보고 걸었다. 집회에 참석했던 천여 명의 학우들 중에는 학교 안으로 쫓겨 들어가면서도 구호를 외치거나 운동가요를 부르는 사람도 있었다.

그때였다. 요란하게 쏟아지는 최루탄이 한열의 뒷머리 밑에 박혔다. 머릿속이 어지럽고 빙빙 돈다. 그 순간 시간은 멈춰버렸고 온 세계가 정지해버렸다. 한열은 온몸에 최루가루를 뒤집어쓴 채로 쓰러졌다. 뒷머리와 코에서 피가 줄줄이 흘러내린다. 머리가 부서질 것처럼 아프고 온몸에 감각이 마비된 듯하다. 뒤를 따라 교문 안으로 들어오던 이종창 (그 당시 도서관학과 2학년 학생이었다. 그 역시 전경이 던진 돌에 맞아 뇌경막 상혈종, 두개골 골절, 좌상이라는, 머리에 깊은 상처를 입고 병원 응급실로 옮겨갔고 다행히 2차례의 수술 후 회복되기는 했다.) 이 달려가서 한열을 일으켜 세웠다. 서너 명의 학우들이 주위로 몰려든다. 한열은 발작을 하듯 몸을 떨고 있었다. 그들은 땀을 비 오듯 흘리면서 한열을 붙잡고 뛰었다.

한열의 뒷머리에서 흘러나온 피가 얼굴을 타고 떨어졌고 코에서도 피가 쏟아졌다.

언제나 그랬던 것처럼 전투경찰은 일사불란하게 시위를 진압했고 학생들은 도망치고 뿔뿔이 흩어졌다.

그러나 경찰들도 너무 지쳐있었다. 온몸이 뻣뻣했다. 눈꺼풀이 나른하게 감겨온다.

여름은 슬프다.

여름의 파란빛은 더욱더 여위어가고 짙은 회색의 잿빛으로 바뀌어가고 있었다. 여름 오후의 비스듬한 석양 때문에 너무 눈부시지도 않고 너무 어둡지도 않은 시각이다. 그들은 생각하기를 멈춘다. 언제부터인가 상상력은 고갈되어 버렸다. 감각의 예리함은 사라졌다. 이제 더 이상 고통을 느끼지 않는다. 그래야만 하루하루 버틸 수 있다. 그러나 고통을 느낄 수 없기 때문에 더욱 고통스럽다.

아주 긴 하루가 저물어 가고 있다. 오늘은 힘든 하루였다. 슬프고 더럽고 추한 하루였다. 어떻게 이 하루를 잊어버릴 수 있겠는가. 그러나 우리는 이 하루를 절대 다시 돌아보지 않을 것이다.

한열은 세브란스병원 응급실로 옮겨졌다. 코피는 멈췄고 뒷머리에서 흘러내리던 피도 멎고 있었지만 한열은 온몸을 쥐어뜯으면서 괴로워했다. 응급실까지 업고 온 학우가 집 전화번호를 묻자 한열은 더듬더듬 전화번호를 가르쳐주며 힘겹게 말했다.

"내일 시청에 나가야 하는데……"

의사가 와서 눈을 뜨라고 말했지만 이미 정신을 잃었고 한열의 몸은 조금씩 굳어져 가고 있었다. 삶과 죽음의 경계선에서 혼신의 힘을 다해 싸우고 있었다.

그날, 6월 9일부터 그는 신경외과 중환자실에서 혼수상태로 27일 동안 사경을 헤맸다. 나는 이한열이 혼수상태로 사경을 헤매고 있을 때 희미한 의식의 흐름을 누구보다 잘 이해할 수 있다. 내가 바로 그랬으니 말이다.

그는 혼수 상태에서 가끔 의식을 되찾는다. 그때 그의 의식과 무의식의 세계는 어디로 표류하고 있었을까. 여전히 그 순간의 미몽과 악몽 속을 헤매고 있었을까. 절망과 죽음의 그림자를 보았을까. 아니면 어떤 꿈과 희망, 구원의 불빛을 보았을까.

나는 그때 한열이처럼 21살 남짓이었다. (한열이의 재수생 시절 사진을 오랫동안 바라본다. 머리 스타일하며 내 재수생 시절과 너무 많이 닮았다고 생각한다.)

거의 반세기 전의 일이다.

* * *

나트랑. 102 야전병원.

나는 그때 담당 의사와 간호 장교의 암묵적인 대화와 중환자실의 환자에 대한 죽음의 은유를 의미하는 행동에서 짐작하건대, 내가 지금 죽어가고 있음을 놀랄 만큼 분명히 느끼고 있었다. 나는 틀림없이 죽을 것이고, 그것도 아주 빠른 시일 내에 죽을 것이다. 나는 죽음의 문턱에서 혼수상태에 빠져 있었다. 육체는 거의 죽어 있었는데 의식은 가끔 희미하게나마 살아나서 그들의 대화와 몸짓을 어느 정도 이해할 수 있었던 것이다.

나는 언제부터인가 모르지만 계속 깊은 잠에 빠져있다. 어쩌면 지금 꿈을 꾸고 있을 뿐이다. 아니면 일시적으로 착란을 일으키고 있는지도 모른다는 생각이 들었다. 나는 깨어나고 싶었다. 나는 비명을 지르고 싶었지만 비명소리가 나오지 않았다. 그때 나는 살려달라고 외치고 싶었던 것이다.

그때쯤에는 가망이 없었으므로 나는 움직일 수 없는 사실로 여겼고 이왕 죽을 거라면 빨리 죽는 게 나을 거라고 생각했다. 죽음의 일시적 지연이 지금 이 순간 무슨 의미가 있겠는가 말이다. 어차피 죽음은 아주 가까이 다가와 있었던 것이다. 나는 지금 죽어가고 있는 중이다.

어느 날 늦은 오후 나는 잠깐 의식이 회복되었을 때 침대에 누워 곧게 하늘로 올라가는 시체 소각장의 그 흰 연기를 바라보고 있었다. 그리고 나도 조만간, 며칠 내로 흰 연기로 탈바꿈할 것이라고 생각하자 눈물이 두 뺨으로 걷잡을 수 없이 쏟아져 내렸다. 신체의 어느 부위인지 알아볼 수조차 없게 흩어져 있는 뼛조각 몇 점과 회색 재 한 줌만 소각로 바닥에 남을 것이다. 나를 옭아매고 있던 뿌리 깊은 냉혹한 공포감과 고통스러운 자아로부터 해방감을 맛보았다. 그리고 안도감을 느꼈다. 그 눈물이 그때 처음이자 마지막으로 흘린 것이었다. 그 후로 눈물 같은 것은 흘린 일이 없었다. (내 기억에는 그렇다.)

나는 그때서야, 눈물을 쏟은 후에서야 우리에게 지옥은 없다는 것을 깨달았다. 유황불이 활활 불타고 있는 지옥은 땅속 수백 미터, 수천 미터 깊은 곳에 자리 잡고 있을 터인데 영혼의 하얀 연기는 하늘나라로, 천국으로 올라가고 있었으니까. 그런 거야. 우리들은 이 세상에 태어나서 무슨 흉측한 죄악을 지을 틈도 없었는데, 아직도 얼굴에 솜털이 보송보송하고 변성기이거나 막 지났는데, 동정이고 새벽이면 몽정을 하고, 젊은 여자만 보아도 미칠 듯이 가슴이 울렁거렸는데, 어떻게 무슨 이유로 심판을 받고 지옥으로 떨어질 수 있겠는가. 나는 무신론자이지만 어떻든 천국으로 올라가는 거였다. 나는 희열을 느꼈다.

내가 퇴원하던 날 주치의였던 김 중위가 말했었다.

유 상병은 오랫동안 혼수상태에서 깨어나지 못했어. 그래서 깨어나지 못하고 그대로 죽는 줄만 알았지. 도대체 병의 정체를 알 수 없어서 어쩔 수 없이 포기하려고 하였는데……

미군 병원에서 조직검사 결과 뇌종양이거나 무슨 암 덩어리가 머릿속에 들어있었던 건 아니었던 거야. 그러니까 의학 교과서에도 나오지 않는 병이야. 그냥 열대지방의 지랄병이라고 할

까, 또는 염병이라고 할까. 그랬으니 완쾌될 확률은 일 퍼센트
도 안 되었지. 그래서 필사적으로 약을 이것저것 처방하였는데
……

역시 섬망증에는 새로 나온 강력한 진정제 주사가 효과가 있
었던 거지. 그때마다 정신이 아주 몽롱했을 거야.

하여간에 유 상병이 살아난 게 도저히 믿을 수가 없는 거지.
지난달에는 중환자실에서 많이 죽어나갔거든. 기적 같은 것이
일어났다고 생각하지.

네가 살아나서 기쁘다구. 네가 한없이 불쌍했으니까…… 지
금이니까 말할 수 있는 거야.

나는 이 부분을 베트남 전쟁에 참전했던 나의 실제 경험과
완전한 허구가 뒤섞여 있던 중편소설 **인간의 초상**에서 옮긴다.
나는 참전 첫해 정체불명의 병에 걸려서 중환자로 야전병원에
입원했고 40여 일 동안 사경을 헤맸던 것이다.

그때 영현병 英顯兵이었던 김재수(가명) 병장은 항상 술에 얼큰
히 취해서 불콰한 얼굴로 시체들을 잘 태우기 위해 기다란 쇠
꼬챙이로 타다 남은 살점과 뼈들을 뒤적여서 휘발유를 끼얹어
불이 활활 타오르는 더 깊은 소각로 속으로 밀어 넣는 일을 했
다.

* * *

이한열의 오른쪽 타이거 흰색 운동화와 당시 입었던 맨투맨 티셔츠와 청바지 (그러나 청바지가 아니고 흰색 혹은 엷은 회색 여름 바지가 아닐까. 한열이가 쓰러질 때 찍은 사진을 보면 그렇게 보인다. 그리고 영구 보존을 위한 3단계 특수처리를 했다고 하지만 색이 하얗거나 엷은 회색인 게 아무래도 청바지로 보기는 어렵다.

그 당시, 그러니까 30년 전에는 지금처럼 가난한 학생들이 입을 수 있을 만큼 값싼 청바지가 유행하지 않았다고 한다. 그때는 소수의 부잣집 아들들만 청바지를 입었다는 증언을 들었다.

6월 항쟁 관련 수십 장의 사진을 자세히 살펴보아도 그 당시 학생들은 대부분 청바지를 입지 않았다.) 는 다른 유품들과 함께 이한열 기념관에 전시되어 있다. 운동화는 유리 진열관 안 정중앙 10센티미터 높이의 유리 진열대에 놓여 있고 운동화를 중심으로 왼편에 압수수색 청구 영장과 부검 결과 중간 보고서가 있고 그 위에 이한열이 썼던 검은색 뿔테 안경이 놓여있다.

영화 '1987'에는 TIGER라는 상표가 뚜렷이 박혀있는 운동화가 등장한다. 이 상표는 국내 신발산업의 주요 생산기지였던 부산의 한 업체가 만들었던 브랜드다. 실제 이한열 운동화는 세월과 함께 크게 훼손됐던 것을 2015년 미술품 복원 전문가인 김겸 박사의 손을 통해 복원되었고 현재 이한열 기념관에 소장돼 있다.

이 복원 과정에 관해 쓴 소설이 바로 김숨의 「L의 운동화」이다.

그러나 그 당시에 그가 차고 있던 육각형 손목시계는 찾지 못했다. 경찰의 수배를 받아 도망 다니고 있던 어떤 학생이 말했다.

"제가 한열이가 차고 있던 시계를 주워서 보관하고 있습니다. 돌려드리고 싶습니다. 언젠가 꼭 가져다 드리겠습니다."

그 이후 30년이 지났지만 그 학생의 연락은 오지 않고 있다. 그는 어떻게 되었을까. 지금 그의 생사를 확인할 길이 없다.

6월 22일, X선 촬영 결과 합병증세인 폐렴 증후가 발견되어 항생제를 투여하고 기관지 절개 수술을 실시했다. 기관지 절개 수술로 폐렴 증세가 약간 호전되었지만 한열은 여전히 혼수상태에 빠져 있었다. 다른 환자로부터 세균 감염을 막기 위해 신경외과 중환자실에서 중환자실 격리실로 옮겨졌다. 그러나 계속 폐렴이 크게 악화되었고 혈압은 50~80으로 떨어지고 맥박은 100으로 상승했다.

7월 5일, 0시 30분쯤 갑자기 혈압이 떨어지면서 상태는 급격히 악화되었고 새벽 1시경에는 심장 정지 빈사 상태에 빠졌다.

1966년 8월 29일 태어난 이한열은 1987년 7월 5일 일생을 마감했다. 21년 남짓 생을 살다가 간 것이다.

너무 짧은 생이었다.

희뿌연 한 공기를 가르며 직선으로 날아든 SY44 최루탄이 뒷머리를 강타하였고 쇳조각이 숨골에 박힌 것이 사망의 원인이 되었다. 그런데 최루탄 총신을 개조하지 않고서는 사람 뒷머리를 맞히는 것은 불가능하다고 한다. 최루탄 총신은 원래 45도 이상의 각도로 쏘아야 발사가 된다. (이러한 주장에 대해 부검의 이정빈 박사는 다른 견해를 보였다.)

4·19 혁명의 기폭제가 되었던 **김주열** 열사도 1960년 4월 시위 도중 경찰이 직사한 불발 최루탄이 양미간을 뚫고 머리 뒤통수까지 관통하여 죽었던 것이다.

최루탄은 눈물샘을 강력하게 자극해서 눈물과 함께 콧물까지 흐르게 하고 심한 재채기를 유발하는 CS분말로 충전된 탄약이다. 경찰은 오래 전부터 데모대를 진압하기 위해 최루탄을 사용해왔다.

이한열이 최루탄을 맞은 시간은 그날 오후 5시경이었다. 저녁나절이었지만 여름이었기 때문에 대낮처럼 환했다. 그해는 서머타임이 시행되었다.

역사를 창조한 죽음은 민주주의 청사에 불멸의 빛이 되었다.

피로 얼룩진 땅, 차라리 내가 제물이 되어 최루탄 가스로 얼룩진 저 하늘 위로 날아오르고 싶다.

8. 1987년 6월.

6월 항쟁이 있었고 6·29 항복 선언이 있었다.

(그것은 실제 **6월혁명**이었다. 그러나 우리는 아무리 혁명이라는 용어가 남발하는 시대에 살고 있다고 하지만 5·16은 혁명이 아니었다. 혁명이라는 숭고한 단어를 오남용해서는 안 된다. 그건 군사반란 또는 Coup d'État

였을 뿐이다.)

고문 없는 세상에 살고 싶다.
사건은폐 증거인멸 책임자를 처벌하라.
우리 종철이를 두 번 죽이지 마라.
여러분이 쏜 살인탄에 이한열은 죽어 갑니다.
살인 최루탄 추방하라.
고문 정권 타도하자.
민주 헌법 쟁취하여 민주 정부 수립하자.
독재 타도.
민주주의.
호헌 철폐.

9. 1987년 5월 11일 오후 2시 30분.

장충공원 앞 엠버서더호텔 1817호실.

서울지방검찰청 담당 신창언 부장검사와 안상수 검사가 J 국가안전기획부 대공수사단장을 만났다.

J단장은 이 자리에서 안기부의 방침을 통보했다.

"······우선 안기부로서는 이 시국의 진상이 새로 밝혀지면 정부가 견디기 힘들다고 보고 있다. 재야와 학생들이 들고 일어날 테고 야당이 단합하게 된다. 현재 정부는 5공화국 출범 이래 최대의 위기를 맞고 있다. 따라서 이 사건은 절대 깨져서는 안 된

다. 이 상태에서 재판이 끝나야 한다. 이것이 안기부의 방침이
다.

……애초에 그 다섯 명을 다 잡아 넣었으면 좋았을 텐데 이
제 와서 공범 세 명이 더 있다고 하면 어떻게 되겠나? '타락한
정부'라느니 '정부는 거짓말쟁이'라는 비난이 쏟아질 것이다. 지
난 1월 박군사건 처음 일어났을 때 차라리 그냥 심장마비라고
발표하고 묻어 버리는 것이 옳았다는 말이 안기부에서 나오고
있다.

……나도 실무책임자로서 고통이 많다. 자네 말에 따라 사실
대로 밝히자고 주장했다는 이유로 지금 안기부에서는 내게 비
난이 쏠리고 있다. 상부에서는 검찰이 자꾸 진상을 밝히려 하면
서 판을 깨고 있다고 보고 나더러 협조를 요청하라고 한다. 자
네가 나와 대학동창이라고 해서 나를 보냈다. 안기부에서는 조
한경 등이 원하는 것이 무죄가 아니고 형량을 적게 받는 것이
라고 생각하고 있다. 형을 적게 받는 것만 보장되면 이 사건은
묻힐 수 있다고 보고 있다.

……상부로부터 나는 검찰에 다음 세 가지 사항의 협조를 요
청하라는 지시를 받았다. 첫째, 구형은 7년, 1심 선고는 5년 정
도만 되도록 해 달라. 그 정도면 설득이 될 것이다. 둘째, 김무
삼 변호사를 설득해서 사임케 해 달라. 셋째, 신 부장이 조한경
을 만나 의중을 탐색하면서 그의 마음을 흔들어 놓는 일을 하
지 말아 달라는 것이다.

……신 부장이 지난번 면담할 때 조한경의 마음을 흔들어 놓아서 경찰이 관리하느라 애를 먹었다고 한다. 이 사건은 묻혀야 하고 또 묻힐 수 있다. 최악의 경우 훗날 깨져도 할 수 없지만 지금은 안 된다. 1심만 무사히 지나면 영원히 묻힐 수도 있다고 보는 것이 안기부의 입장이다."

박종철의 물고문에 가담한 경찰관이 3명 더 있다는 사실을 철저하게 은폐해야 한다는 것이다. 이는 부실 수사 논란이 일었던 1차 수사의 범위 내에서 공소 제기와 재판이 진행되어야 하고, 나머지 공범에 대한 추가 수사와 기소는 진행되어서는 안 된다는 것이었다.

신창언 부장과 안상수 검사가 반박했다.

"……이 사건은 절대 묻힐 수 없다. 우선 피고인 두 사람이 이 사실을 영원히 묻어두려 하지 않을 것이다. 자기들 명예문제도 있으니까. 당장은 아프겠지만 그래도 환부는 도려내는 게 좋다. 나중에 그 사람들이 법정에서 터뜨리면 어떻게 할 거냐? 이 상태로 재판 받는다 해도 만일 재판 후에 엉터리였다는 게 탄로 나면 경찰과 검찰은 물론 법원도 치명상을 입고 정권까지 그대로 무너진다. 그러기 전에 스스로 도려내고서 '이렇게 되었다'고 사실대로 국민들에게 보여주면 욕은 좀 먹더라도 큰 타격은 없을 것이다. 지난 2월 말 처음 이 사실을 알았을 때 바로 깼어야 했다. 그랬으면 정말 별 문제가 없었을 것이다. 지금이라도 바로 잡아 후환을 없애야 한다. 경찰이나 안기부에서는 피고인들을 믿는지 모르지만 우리는 안 믿는다. 억울하게 당하고 있다고 생각하는데 가만히 있겠느냐, 무엇보다도 진실은 그대로 밝히는 것이 최상의 정책이다.

……검사로서 양심상 김 변호사의 사임을 권할 수 없다. 그러느니 차라리 우리가 그만두겠다."

안상수 검사가 말했다.

"이 사건은 가족과 변호사 그리고 대공경찰 사이에 다 알려져 결코 묻을 수 없다."

J단장이 말했다.

"그 정도는 문제가 안 된다."

안상수 검사가 말했다.

"임금님 귀는 당나귀 귀……"

J단장이 말했다.

"결코 깰 수가 없는 형편이다."

이 부분은 '안 검사의 일기'에서 일부 발췌한 것이다. 그 대화 내용을 공개적으로 녹음했을까? 아니면 비밀 녹음이라도? 그럴 가능성은 없다고 본다. 안 검사가 비상한 기억력으로 일기장에 꼼꼼하게 기록한 것으로 보아야 할 것이다. 그는 평생 동안 일기를 썼던 것일까? 아니면 수년 동안만? 오직 이 사건의 중대성에 비추어 당시에만 일기를 썼던 것일까? 그 당시 직접 대화를 나눈 당사자가 일기장에 적은 것이니 이보다 더 정확한 증언은 없을 것이다. 물론 나는 그 일기장을 본 적은 없다. 매우 꼼꼼한 그는 역사적 기록이니만큼 정확을 기하기 위해 무척 애를 썼을 것이다. 자신만이 아는 약자나 이상한 기호가 적혀있을 수 있고 여러 군데 틀린 곳에 줄을 그어가며 수정했을 것이다.

* * *

5월 18일.

천주교 정의구현 사제단 소속 김승훈 신부는 광주항쟁 7주년을 맞이하여 명동성당에서 거행된 5·18 추모 미사에서, 박종철 사건 범인은 조작됐다. 구속된 조한경, 강진규는 진범이 아니라 종범에 불과하고 황정웅, 반금곤, 이정호가 진범이다. 라고 폭로했다.

그날 천주교 정의구현 사제단이 발표한 성명서에는 사건 조작을 담당하고 연출한 사람들은 대공수사 2단장 전석린 경무관, 5과장 유정방 경정, 5과 2계장 박원택 경정, 홍승상 경감 등이다. 라는 내용이 담겨 있다. 조작, 은폐 과정에 개입한 윗선의 실명이 처음으로 공개된 것이다.

사제단은 당시 성명서에서 검찰이 이 같은 사건 조작 내용을 알고 있으면서도 밝히지 않고 있다고 하였다.

(이 부분 상세한 것은, 성명서 전문은 「6월 항쟁을 기록하다」 제3권 146쪽부터 157쪽을 참조하기 바란다. 성명서를 발표하기까지 긴박했던 당시 상

황이 기록되어 있다.)

감추인 것은 드러나게 마련이고, 비밀은 알려지게 마련이다. 내가 어두운 데서 말하는 것을 너희는 밝은 데서 말하고, 귀에 대고 속삭이는 말을 지붕 위에서 외쳐라.

* * *

5월 20일, 검찰은 위와 같은 폭로 때문에 어쩔 수 없이 2차 재수사에 착수하게 되었다. 당초 재수사는 서울지검 형사2부가 담당했다. (주임 검사인 신창언 부장 외에 안상수, 박상옥, 김동섭, 이승구 검사 등이 합류하여 황정웅, 반금곤, 이정호 등을 추가 수사한 것이다.) 그리고 5월 23일에는 대검 중수부가 축소 은폐 조작에 관여한 치안본부 박처원 등에 대한 조사에 착수했다. (그때 이들에 대한 수사는 배재욱, 문영호, 이승구, 박상옥 검사가 맡았다.)

그러나 5월 27일 이종남 신임 검찰총장은 서울지방검찰청이 맡아온 박종철 군 수사를 대검찰청 중앙수사부가 맡도록 지시했다.

기존 서울지검 수사팀은 중앙수사부가 하는 수사의 보조 역할만을 하도록 한 것이다.

그때 한영석 중앙수사부장은 기자들에게 '수사주체를 바꾼 것은 사실상 이번 수사를 맡아온 서울지방검찰청에 대한 감사의 성격을 지닌다'고 말했다.

　　　　*　　*　　*

1987년 5월 24일.

그날은 일요일인데다 이른 아침이어서 인적이 드물었다. 전
경 수백 명이 삼엄하게 남영동 대공수사단 주변 골목을 지키고
있었다. 현장을 취재할 기자를 태운 서울지검 자동차는 전기장
치로 움직이는 육중한 철문 안으로 들어섰다.

구치소 호송버스에서 내린 푸른 수의 차림에 포승과 수갑으
로 결박된 피의자들은 오랫동안 외부와 격리된 구금생활을 했
고 밤샘 수사에 지친 듯 몹시 초췌하였다. (그들은 그 당시 모두 의
정부교도소에 구속 수감되어 있었는데 현장 검증을 위하여 남영동 대공분실
로 호송되어 온 것이다.)

현장 검증은 경찰관들이 고문가담 사실을 이미 시인한 후라
이의 제기를 하지 않고 아주 순조롭게 진행됐다. 수사검사는 공
소유지에 필요한 중요 장면만을 재연시켰다.

이 현장 검증은 신창언 부장검사와 김동섭 검사가 맡았다.

현장 검증이 끝난 후 신 부장은 말했다.

"범인들은 대체로 순순히 당시 상황을 재연했다. 그 동안 직
접적인 고문가담을 부인해왔던 강진규만이 사소한 동작에 이의
를 제기하기도 했으나 조한경으로부터 '결정적인 행위를 인정하
면서 사소한 동작을 가지고 뭘 따지느냐'는 핀잔을 듣고 박 군
의 머리를 욕조물에 밀어 넣는 장면을 순순히 보여주었다. 고문

현장에 없었다고 주장했던 조한경은 처음부터 끝까지 고문을 지휘하는 모습을 재연하며 이 사건의 주범임을 스스로 인정했다."

(그날 현장 검증을 지켜봤던 동아일보 황호택 기자는, 조한경 경위의 지시에 따라 경찰관 4명이 치명적인 물고문을 재연하는 장면에서 공권력 폭력화의 실상을 보는 듯해 전율했다고 한다. 이에 관해서는 1987년 5월 25일자 동아일보 '창 窓'에서 황 기자가 썼고 역시 황 기자가 쓴 「박종철 탐사보도와 6월항쟁」 232~233쪽에서 그 기사를 재인용하였다.)

* * *

5월 26일 오전, 전두환 대통령은 전면개각을 단행했다. 노신영 국무총리가 물러나고 대신 이한기 전 감사원장이 총리에 임명되었다. 장세동 안기부장이 물러나고 안무혁 국제청장이 그 자리에 옮겨왔다. 김성기 법무장관과 정호용 내무장관이 물러나고 대신 정해창 대검차장과 고건 민정당 의원이 새로 들어왔다. 검찰총장은 서동권에서 이종남으로, 치안본부장은 이영창에서 권복경으로 각각 경질되었다.

* * *

5월 29일 오전, 대검 중앙수사부는 TV로 생중계되는 가운데 박처원, 유정방, 박원택 등 경찰 간부 3명을 범인도피죄로 구속 수감했다면서 수사결과를 발표했다.

축소 조작

• 사건발생 당일인 1월 14일 오후 5시경 치안본부 대공 3부 사무실에서 고문경찰관 5명이 모여 '조경위 등 2명이 수사하다 박군이 졸도사망한 것'으로 구두로 합의, 보고서를 작성했다. 1월 15일 오전 박원택 경정이 고문경찰관 5명을 불러모아 이들이 구두 약속대로 조사받는 연습을 하게 하고 각자의 역할을 숙지하도록 했다.

• 1월 17일밤 11시경 유정방 경정은 특수수사대 조사관실을 방문해 조경위 등 2명이 범행 모두를 뒤집어쓰도록 설득했다.

• 1월 18일 오전 10시경 동료직원 10여 명이 조한성을 찾아가 회유를 했고 박치안감도 이들 2명을 찾아가 두 사람이 모두 책임지고 나가라고 설득했다.

• 1월 19일 오후에는 유, 박경정이 다시 찾아가 경찰조사 때와 같이 검찰에서 진술하라고 하는 등 범인을 축소조작했다.

은폐 공작

• 2월 19일 유경정 등 6명이 교도소로 조경위 등을 면회갔을 때 조경위가 '양심선언을 하겠다'고 하자 박치안감이 3월 8일 교도소로 다시 찾아가 조용히 있으라고 설득했다.

• 3월 9일 박치안감이 가족들을 만나 설득해달라고 부탁했다. 3월 19일에는 변호사 선임을 취소하라고 종용했다. 유경정은

3월 11일부터 5월 17일까지 10회에 걸쳐 그 가족들을 만나 사건을 은폐하도록 설득했다.

• 한편 박치안감은 4월 2일 신탁은행 이촌동 지점에 조한경과 강진규 명의로 5000만 원짜리 개발신탁장기예금 2계좌씩 2억 원을 가입한 뒤 다음 날 의정부교도소로 이들을 면회가 예금증서를 보여주면서 회유하였다.

10. 4월 13일, 전두환 대통령은, 개헌 논의는 올림픽 후인 1989년으로 미루고 이번 대통령선거는 현행 헌법으로 치른다는 내용의 4·13 호헌 조치를 발표하였다.

6월 10일 그날, 민주정의당은 장충체육관에서 전당대회를 열어 노태우를 대통령 후보로 지명하였다. 그때 노태우는 감격해서 눈물을 쏟았다.

영등포교도소 jypark@kyunghyang.com

11. 영등포교도소는 2011년까지 구로구 고척동 공구상가 부근에 있었다. (구 영등포교도소 자리는 현재 공터로 남아있지만 뉴스테이가 들어설 예정이다.) 2011년에 구로구 금오로 865로 이전하였고 이름도 서울남부교도소로 바뀌었다.

그때는 5공 치하에서도 가장 많은 정치범이 양산되었을 때였다. 전두환 정권의 폭정이 가장 심했던 1986년 한 해 동안 전국 구치소와 교도소에 수감된 시국사범만 2800여 명이었다. 건국 대 사태로 당시 운동권과 대학생들이 대거 구속 수감되었기 때문이었다.

그해 여름에는 부천경찰서 권인숙 양 성고문 사건도 있었다. 감옥마다 정치범으로 넘쳐났으니. 그때는 이들을 감당하기 위해 서울과 대도시 구치소와 교도소마다 '공안 및 공안 관련 사범 전담반'이 꾸려져있었다.

정치범들은 모여 있으면 소란을 피우니까 적절히 분산 배치 하는 것이 독재권력의 수법이었다. 그렇지만 그 당시 영등포교 도소는 서울구치소와 함께 반체제 제야인사들이 가장 많이 수 감되었던 곳이다. 그러므로 영등포교도소는 시국사범 증가로 감방이 모자랄 정도였다.

처음에 시국사범이 들어오면 독거방을 배정하는 것이 원칙인 데 숫자가 턱없이 늘어나면서 일반 재소자와 같은 방에 넣을 수밖에 없었다. 하지만 몰려 있으면 안 되니까 시국사범들은 2~3방 건너 한 명꼴로 배정했다.

5·3 인천사태 이후 학생운동이 더욱 강력해졌다. 구치소나 교도소에 수감된 학생들은 집단으로 구호를 외치고 단식을 하 였으며 출정을 거부하는 일이 자주 발생했다. 그게 모두 군사정 권에 대한 항거의 표시였던 것이다. 시국사범, 양심수들은 죄 없이 갇힌 거니까 저항할 수밖에 없지만 그 과정에서 교도관들

과 마찰도 많았다. 당시 학생들이나 양심수들은 교도관들을 정권의 시녀라고 했다.

대학생들은 교도관을 가리켜 거리낌 없이 '전두환의 주구⋯⋯ 사냥개⋯⋯'라고 했고 일부 과격한 학생 수형자들은 교도관의 얼굴에 짬밥을 뿌리기도 했다. 당시엔 수형자들이 고성 등 문제를 일으키면 포승과 수갑을 채우고 입을 막는 방성구를 씌웠다. 그게 교도소 내 규정이었다.

그 당시 영등포교도소의 보안계장 안유는 이부영이 동아일보에서 해직된 후 '동아일보 자유언론실천선언'을 했다가 서울구치소에 투옥된 1974~75년쯤 그곳에서 처음 만났다. 그때부터 구치소 내에서 자주 대화하며 친분을 쌓다 헤어졌는데 1986년 영등포교도소에 이부영이 들어오면서 재회한 것이다.

영등포교도소의 '공안 및 공안 관련 사범 전담반'의 전담반장이었던 안유는 이부영에게 집단구호, 단식 등으로 저항하는 학생들을 설득해달라고 부탁하면서 도움을 많이 받았다. 이부영은 나이로 보나 경력으로 보나 재소자 대표로 협상을 했고, 학생들은 그를 통해 자신들의 요구조건을 제시했다. 주된 내용은 그 당시 법무부가 금지했던 책을 반입해달라는 것이었다.

그 당시 영등포교도소에 근무했던 한재동 교도관 역시 1976년 이부영이 서울구치소에 있을 때 처음 만났다. 그는 그때 인연이 되어 이부영이 출소한 후에도 자주 만났다. 이부영이 영등포교도소에 들어온 후엔 매일 오후 5시 이부영을 찾아가 1시간

동안 대화를 나누다 퇴근했다. 당시 그에게 배정된 업무공간이 오후 5시에 일을 마치는 수형자 작업실이었는데 퇴근시간은 6시니까 1시간이 비어 있었다.

1987년이 되었다.

검찰은 1월 24일 치안본부 대공수사3부 5과 소속 조한경과 강진규가 박종철 군 고문치사 가해자라고 발표하고 특정범죄가중처벌 등에 관한 법률 위반으로 이 둘을 기소했다.

문제의 경찰관들은 당초 신길동에 있는 '신길산업'이라는 위장 간판이 붙어 있는 치안본부 특수수사대에 연행되어 17일 오후부터 19일까지 급조된 전담 특별 조사반의 반장으로 임명된 이강년 치안본부 수사부장에 의해 조사를 받았다.

1월 19일 오후 5시 30분경 서울형사지방법원 안영률 판사로부터 구속 영장이 떨어지자 다음날 새벽 영등포교도소에 수감된 것이다.

그들은 미결수이기 때문에 구치소에 수감하는 게 원칙이었다. 그러나 그 당시 서대문구치소는 대학생 등 시국사범들이 많았으므로 그런 곳에 고문경찰관을 보냈다가는 무슨 불상사가 발생할지 몰랐다. 그래서 보안상의 이유 때문에 영등포교도소로 가게 된 것이다.

그들 일행은 임시 구속되어있던 서대문경찰서 유치장을 출발해서 텅 빈 거리를 빠른 속도로 달려 1월 20일 새벽 2시쯤 영등포교도소에 도착했는데 내린 사람이 둘이 아니라 다섯이었다.

한겨울 밤은 몹시 추웠다. 마지막 남은 별들이 어둠 속에서 지워지고 있었다. 하지만 추위에 떨고 있던 교도소 내부 가로등 불빛이 그들을 에워쌌다. 그리고 조금 지나서 아주 낯선 광경이 펼쳐진 것이다.

그들은 똑같은 어두운 회색 바지에 후드가 달린 밝고 두터운 패딩 점퍼를 입고 있었다. 그리고 똑같이 후드를 머리에 뒤집어 쓴 채 입을 꼭 다물고 눈을 내리깔거나 감고 있었다. 경찰은 이들이 대공 담당이어서 간첩들에게 얼굴이 알려지면 안 된다는 이유를 들어 모습이 판박이처럼 똑같은 다섯 명의 경찰을 봉고차로 호송하는 촌극을 벌인 것이다. 누가 누군지 모르게 어설프게 위장을 한 것이지만 이들 중에는 두 사람의 고문경찰관이 포함되어 있었다.

그 당시 영등포교도소 역시 고문경찰 둘을 어디에 수감할지 고민했다. 대학생들이 있는 사동에 같이 넣으면 큰일이 날 테니까 그래도 이부영이 수감되어 있는 사동에 넣었다.

이부영 역시 학생들과 섞이면 결과적으로 그에게 안 좋을 것 같아 당시는 사용하지 않던 여자 사동에 배정했었다. 그곳 창살을 통해 이부영은 조한경과 강진규를 향하여 '당신들도 독재의 희생자들이다. 박종철을 위해 함께 명복을 빌자'고 외쳤다.

그때 서울지검 형사2부 소속 안상수, 박상옥 등 수사검사는 피의자들을 검찰로 소환하지 못하고 검사들이 직접 영등포교도소 2층에 임시로 마련한 조사실에서 1월 20일부터 23일까지 사이에 피의자들을 조사했고 24일 기소했다.

그 당시 남영동 대공분실 경찰은 교도소 측에 조한경, 강진규를 조용한 별도 장소에서 계속 특별접견을 해야겠다는 것과 자신들의 면회를 교도관이 참관하지 말 것을 강력하게 요구했다. 그러나 영등포교도소는 이러한 사실을 법무부에 보고한 후 교도소 규정을 들어 거부했다. 그러자 경찰은 중견 간부가 입회할 것과 내용을 일절 기록하지 말 것을 타협안으로 제시했다. 교도소 측은 임시 사무실을 차려놓고 경찰에 접견실로 제공했다.

2월 19일 대공5과장 등 고위 경찰관 6명이 구속수감된 가해 경찰관들을 면회했다. 이 자리에서 안유는 놀라운 얘기를 들었다.

그사이 경찰들은 조한경과 강진규를 계속 찾아와 회유했다. 금품 회유도 있었다. 강민창 당시 치안본부장은 고문경찰의 부인들을 불러 각 300만원을, 강민창의 뒤를 이어 2월 말 치안본부장이 된 이영창이 각 1000만원을 줬다. 동료 경찰들이 4379만6000원을 모금해줬다. 박처원 치안감은 고문경찰 명의로 된 5000만 원짜리 개발신탁장기예금에 2계좌씩 가입한 후 조한경과 강진규에게 보여주며 '장래 문제는 걱정하지 말고 마음 편하게 있으라'고 회유했다.

안유는 1억 원이 들어 있는 통장으로 회유하는 걸 직접 목격

사이 술을 많이 마셔 갈증이 난다며 물을 여러 컵 마신 뒤 심문 시작 30분 만인 오전 11시 20분경에 수사관이 주먹으로 책상을 '탁'치며 혐의사실을 추궁하자 갑자기 '억'하며 책상 위로 쓰러져 긴급히 병원으로 옮기던 중 차 안에서 숨졌다는 것이다.

(그러나 기록은 엇갈린다. 그 당시 강 치안본부장이 고개를 처박고 기자회견을 읽다가 멈칫하면서 배석했던 박처원 처장을 힐끗 쳐다보니까 박 처장이 '책상을 탁 치니 억 하고 쓰러졌다'라고 부연 설명을 했다는 것이다.)

* * *

1월 16일.

그날 **한국기독교교회협의회(KNCC)가 박종철의 죽음을 애도하며, 고문살인정권의 퇴진을 촉구한다**는 내용의 성명서를 발표했고, 이를 기점으로 해서 그 후 민통련, 천주교 정의구현 전국사제단, 24개 여성단체연합이 조직한 여성생존권 대책위원회 등 많은 사회, 종교 단체가 성명을 발표하고 추도집회, 시위 및 농성을 벌였다.

* * *

6월 항쟁 혹은 **6월혁명**의 시작이었다.

민주헌법쟁취 국민운동본부는 6월 1일 오전 **박종철 군 고**

문살인 은폐 규탄 및 호헌철폐 국민대회를 서울의 대한성공
회대 성당 및 전국 대도시에서 갖는다고 공식 발표하였다.

6월 9일 연세대 학생들은 6.10 대회 출정을 위한 연세인 총
궐기 대회에서 경찰과 대치하며 일진일퇴를 반복했다.

어깨동무. 화염병과 돌멩이. 불꽃. 함성. 혈서. 전투경찰이 날
려보낸 페퍼포그가 안개처럼 자욱하게 거리를 뒤덮었다.

장대한 파노라마.

군부독재 정권이 마침내 항복했다.

항복의 몸짓인 6 · 29 선언.

그 함성이 짓누르던 어둠을 몰아냈다.
그 어깨동무가 번쩍이던 총칼을 물리쳤다.
그 노래가, 그 부르짖음이 눈부신 하늘을 펼쳐주고
화안한 새벽을 불러왔다.
죽음을 몰아내고 울음을 쫓아내면서

13. 1987년 1월 16일 오전, 강민창 치안본부장은 전날 저녁
에 있었던 사체부검 결과에 대해 그 시간 기자회견을 하였다.

그때, 아버지 박정기는 아들 박종철의 주검을 실은 장의 버스
에 몸을 싣고 영안실을 떠났다. 버스는 황학동 경찰병원을 출발
해서 청계천 고가도로를 달렸다. 중앙청 앞에서 좌회전을 하여

벽제 화장터로 향했다. 화장터로 가는 길에는 차가운 겨울비가 내렸다. 비는 마치 관 뚜껑에 못질이라도 하듯이 내렸다. 화장터에서 관을 내릴 때 아내 정차순은 아들의 이름을 부르다 쓰러졌다.

화염이 널름거렸다. 하얀 연기는 하늘로 높이 올라갔다. 젊은 육신이 타고 명징한 의식도 탔다. 두 시간 뒤 박종철은 분골실에서 한 줌 뼛가루가 되어 나왔다. 그들을 태운 검은색 승용차는 화장터를 떠나 파주읍과 문산읍을 거쳐 파주군 파평면 금파리 금파 삼거리에서 임진강의 지류인 샛강으로 빠졌다.

아버지는 작은 상자를 떨리는 손으로 열고 유골 가루를 싼 흰 종이를 천천히 풀었다. 아들을 임진강에 뿌렸다. 겨울의 날카로운 바람이 아들을 낚아챘다. 헐벗은 숲에는 나뭇잎 하나 없고 땅 위엔 꽃 한 송이 없다. 아들은 잿빛 가루로 흩어져 황량한 들판과 붉은 산굽이를 감돌아서 흘러오는 살얼음이 언 강물 위에 내려앉았다. 뼛가루가 자꾸만 얼음 주위로 몰려서 고였다. 아버지는 찬 강물에 들어가 손을 휘저으며 유골을 물속으로 흘려보냈다. 아버지는 허리까지 물에 잠긴 채 뼛가루가 담겨 있던 종이봉투를 마지막으로 강물 위에 띄워 보냈다.

언 강이 녹는 봄이 오면 아들은 물결을 따라 먼 바다로 떠날 것이다.

아버지는 마지막 작별 인사를 했다.

철아, 잘 가그래이. 이 아부지는 아무 할 말이 없데이.

아들이 말했다.

아버지 이제 그만 돌아가세요 / 임진강 샛강가로 저를 찾지 마세요 / 찬 강바람이 아버지의 야윈 옷깃을 스치면 / 오히려 제 가슴이 춥 고 서럽습니다 / 가난한 아버지의 ……

14. 1987년 1월 17일.

장세동 안기부장은 박종철 사건의 진상이 밝혀질 경우 정권 이 큰 타격을 입을 것이라고 판단해서 진상을 은폐하기로 작정 하였다. 그래서 안기부 차장에게 관계기관 대책회의를 열어 사 건의 은폐·축소 조작과 국민의 추모 및 항의집회 봉쇄를 논의 하라고 지시했다.

이해구 안기부 차장은 내무장관, 검찰총장, 청와대 사정담당 수석비서관, 법무부 치안본부의 수뇌 또는 기관장이 참여한 관 계기관 대책회의에서 이 사건의 조사를 검찰이 아닌 치안본부 가 담당하도록 했을 뿐만 아니라 사건의 은폐와 축소 조작, 국 민들의 추모 및 항의집회 봉쇄 등을 논의했다. 이에 따라 고문 행위 중 약간의 구타와 물고문만을 시인하고 전기고문 사실을 부인하여 고문의 잔혹성을 은폐하기로 했다.

그 당시 박종철을 물고문으로 치사케 한 치안본부 대공팀은 직제상 경찰 소속이나 실제 안기부가 관장하고 있었다. 예산이 나 업무 지시가 안기부로부터 나왔던 것이다. 그런 점에서 안기부장이 일정 부분 책임을 져야 했다. 그러므로 경찰 측에만 책임을 물으면 설득력이 떨어진다고 할 수 있었다.

15. 1월 19일 오전 10시, 강민창 치안본부장은 기자회견을 갖고 박종철 고문치사 사건 관련 경찰측 조사결과를 발표했다.

조한경 경위와 강진규 경사는 박종철 군이 서울대 민추위사건 주요 수배자인 박종운 군의 소재를 알고 있음이 확실함에도 진술을 거부하자 사실을 알아내기 위해 위협수단으로 대공수사 2단 5층 9호 조사실에서 박군의 머리를 욕조물에 한 차례 잠시 집어넣었다가 내놓았으나 계속 진술을 거부하면서 완강히 반항하여 다시 머리를 욕조물에 넣는 과정에서 급소인 목 부위가 욕조턱에 눌려 질식 사망한 것으로 밝혀졌다.

연행시간은 8시 10분. 사망시간은 11시 20분경. 사망원인은 경부 압박에 의한 질식사. 복부팽만은 조사관의 인공호흡과 초진의사의 호흡기 주입으로 인해 공기가 위장에 들어가 생긴 일시적 현상이다.

* * *

1월 20일 오전, 김종호 내무장관이 물러나고 후임에 정호용 전 육군참모총장이 임명되었고 치안본부장도 강민창에서 이영창으로 교체되었다. 그리고 치안본부는 고문경찰관의 직속상관인 유정방 경장과 박원택 경장을 징계키로 했다고 발표했다.

16. 1월 20일 오후.

서울대 학생회관 2층 라운지에서 **고 박종철 학형 추모제**가 열렸다. 먼저 **우리는 결코 너를 빼앗길 수 없다**라는 추모시가 낭독되었다.

우리는 뜨거운 눈물을 삼키며

솟아오르는 분노의 주먹을 쥔다.

차가운 날

한 뼘의 무덤조차 없이

언 강 눈바람 속으로 날려진

너의 죽음을 마주하고

죽지 않고 살아남아 우리의 곁에 맴돌

빼앗긴 형제의 넋을 앞에 하고

우리는 입술을 깨문다.

누가 너를 앗아갔는가.

감히 누가 너를 죽였는가.

눈물조차 흘릴 수 없는 우리

그러나 모두가 알고 있다.

너는 밟힌 자가 될 수 없음을

끝까지 살아남아 목청 터지도록 해방을 외칠

그리하여 이 땅의 사슬을 끊고 앞서 나아갈 너는

결코 묶인 몸이 될 수 없음을.

너를 삼킨 자들이

아직도 구역질 나는 삶을 영위해 가고 있는

이 땅 이 반도에

는 무언가 말하려는 듯 혀가 입 밖으로 약간 삐져나와 있었다. 입술 좌측 피부가 약간 벗겨져 피가 묻어 있었는데 온몸 군데 군데 가볍게 멍든 자국이 보였다.

황적준이 부검을 지켜보던 담당 검사 **안상수**에게 말했다.

"질식사입니다."

황적준은 나중에 언론과의 인터뷰에서 말했다.

"가슴을 여는 순간 타살일 수 있겠다 싶었어요. 그때부터 오히려 마음이 편안해졌죠."

그는 박종철의 사인이 모서리가 없는 둔탁한 부위에 눌리고 폐에 물이 차 무게가 증가한 것이라고 판단했기 때문에 경부 압박에 의한 질식사일 가능성을 배제할 수 없다고 보고했다. 이는 가혹 행위와 물고문이 있었다는 것을 증명하는 것이었다.

하지만 경찰은 그의 보고 이전에 사건을 은폐하기 위한 각본을 이미 짜놓았다. 황적준 박사에게 회유와 압력을 가했다. 그는 치안본부에 불려가 밤새도록 부검 내용을 바꾸라는 회유를 받았다.

"기자회견이라는 급한 불부터 끄고 봅시다. 보고서를 심장 쇼크사로 작성해주십시오. 은혜는 결코 잊지 않겠습니다."

황적준은 갈등했다.

황적준의 일기장 내용

1월 15일

오후 4시 40분 이기찬 경정으로부터 '*치안본부장 지시이니 사체부검팀을 구성하라*'는 연락을 받고 4명으로 부검팀을 구성.

오후 6시 20분쯤 치안본부에 도착. 바로 본부장 방으로 갔다가 5차장 박처원 치안감실로 안내됨. 이때 박 치안감은 '*박종철의 사체에 외상이 없고, 3~4회 욕조에 담갔으니 익사일 것이라고* 설명.

밤 8시 30분쯤 한양대 영안실에 변사체 도착. 밤 9시쯤 안상수 검사, 한양대 박동호 교수, 박종철 삼촌만 참가한 가운데 부검 시작.

밤 10시 25분쯤 부검 끝내고 영안실 사무실에서 안 검사에게 약 40분간 외상 부위와 사인에 대해 '*경부 압박에 의한 질식사임을 배제할 수 없다*'라고 설명.

밤 11시 30분쯤 5차장 승용차로 치안본부에 도착. 본부장 소집무실에서 와이셔츠 차림의 강민창 본부장과 차장 등 간부들을 만나 부검 소견을 설명.

1월 16일

새벽 2시 '*아침에 있을 급한 불 (본부장의 기자회견) 부터 끄자*'라는 간부들의 설득에 따라 착잡한 심정으로 '*외표 검사상 사인이 될 만한 특이 소견 보지 못함*' 내경 소견은 오른쪽 폐하엽 하면에서 출혈반 소견'을 내용으로 발표용 부검 소견 작성에 동의.

아침 7시 40분쯤 본부장실로 직행, 잠옷 차림의 강 본부장

만남. 가슴 부위와 목 부위의 압박에 의한 피하 출혈 사진을 제외한 나머지 부검 사진 13장을 본 강 본부장은 만족한 표정.

오후 3시계 부검에 입회한 한양대 박 교수와 박종철 삼촌의 목격담이 동아일보에 비교적 상세히 보도된 것을 읽고 '*어떤 일이 있어도 부검 감정서만은 사실대로 기술해야겠다*'라고 결심.

오후 3시 20분 본부장 소집무실과 5차장실을 왕래하면서 대기하는 동안 강 본부장, 박 5차장, 주 4차장, 유 2차장이 나에게 '*19일까지 감정서를 심장 쇼크사로 보고하라*'고 회유. 결론을 내리지 못한 상태에서 강 본부장이 '*목욕이나 하라*'며 국과수 간부에게 100만 원이 든 봉투를 건네줌. 인사하고 나오는데 강 본부장이 '*당신 은혜는 잊지 않겠다*'라고 말함.

1월 17일

아침 6시 10분쯤 아내에게 '*정의의 편에 서서 감정서를 작성하겠다*'라고 결심을 밝힘.

오후 5시쯤 친구인 배 검사는 '*정치적 문제이니만큼 신중하게 처리하라*'고 말함. 돌아오는 길에 형님은 '*사실대로 알리는 것이 내 생각이다*'라고 조언해주며 격려.

밤 9시 55분 국과수 간부의 연락을 받고 워커힐호텔 커피숍에 도착. 이 간부는 '*3차장에게 모든 사실을 정확히 밝히겠다고 최종 보고했다*'라고 전했으나 3차장은 국과수에서 사인 문제를 어느 정도 묵인해줄 수 있는가 물었다고 함.

밤 10시 10분쯤 국과수 간부에게 워키토키로 신길산업 (특수

수사 2대) 으로 부검의 조서를 받으러 오라는 통보.

1월 18일

새벽 4시 특수수사 2대 김기평 수사관에게 참고인 진술을 통해 모든 것을 사실대로 털어놓음.

18. 치안본부 대공분실 형사 6명이 신림동 하숙집에 가서 박종철을 연행한 시간은 언제쯤일까. 그 당시 치안본부에서는 박종철 연행시간을 1987년 1월 14일 오전 8시 10분이라고 했으나 검찰은 6시 40분이라고 밝혔으므로 엇갈린다.

이게 중요한 게 6월 항쟁의 도화선이 된 박종철 사건의 시발점, 다시 말하면 6월 항쟁이 시작되는 순간이기 때문이다. 나중에 밝히겠지만 또 다른 이유도 있다.

그 당시 박종철의 연행 시간과 연행된 장소에 대해 구구한 억측이 많았다.

렌즈 소독기가 든 손가방과 학교 성적표가 없고, 전날 신고 나갔던 부츠와 하숙집 동료로부터 빌린 상아색 털목도리가 없는 점에 비추어 하숙집이 아닌 장소에서 발표와는 다른 시간에 연행되었다는 것이다.

1987년 1월 13일 밤, 다시 말해서 13일 늦은 밤, 그때 형사들이 하숙집으로 들이 닥쳤고 종철을 그대로 낚아채서 바로 차에 밀어 넣어 이윽고 남영동 대공분실에 도착했다는, 또 다른 주장이 있다.

그 근거로는, 박종철의 친구 신상민(서울대 언어학과 3년)의 증언에 의하면 박종철과 함께 술을 마시고 헤어진 시간은 13일 밤 10시 30분이고, 그리고 친구 박명진의 증언에 의하면 13일 밤 12시 10분에 귀가해 보니 종철이가 성적표를 전해주고 갔다기에 40분 후인 12시 50분에 하숙집에 갔으나 방에 불이 꺼져 있고 인기척이 없어 돌아왔다는 것이고, 하숙집 여주인 임정숙의 진술에 의하면 13일 아침에 등교한 후 변사소식이 들릴 때까지 종철이가 귀가한 바 없다고 하므로, 연행시간은 13일 밤 10시 30분 이후 12시 50분 사이로 13일 밤 자정 경에 연행되었음이 확실하다는 것이다.

하지만 그 당시 경찰의 동행보고서 및 박종철을 임의 동행한 황정웅 등 경찰관들의 진술에 의하면 1월 14일 6시 30분 사무실에 집합하여 출발하였고, 7시 10분경 조한경 등 경찰관 6명이 박종철의 하숙집에 도착했다.

(그때 모인 형사들은 조한경 경위, 황정웅 경위, 반금곤 경장, 이정호 경장, 정래인 경장, 김병식 순경 등이다. 나중에 조사 과정에서 강진규 경사가 참여했고 정래인과 김병식은 빠졌다. 그래서 두 사람은 운 좋게도 기소되지 않았다.)

그 중 4명이 임의 동행하고 나머지 2명은 계속 하숙방에 남아 대기하다가 얼마 후 잠에서 깬 하숙집 주인 임정숙 등을 만났다는 것이다.

박종철을 연행하러 갈 때 추위 때문에 황정웅의 차가 시동이

안 걸려 전경들이 밀어주었다고 했는데, 그 전경들도 14일 새벽
이라고 증언했다. 그 후 이 차가 7시 55분경 대공분실에 돌아온
것으로 정문 통과 일지에 그대로 기록되어 있었다.

또한, 하숙집 주인 임정숙과 아들 박경호는 13일 밤에 일찍
잤으므로 박종철이 밤늦게 집에 왔는지 여부는 모르고 14일 아
침 7시경 일어나보니 박종철의 방에 형사 2명이 있었고 그때
박종철은 없었다고 진술하였다.

박종철의 하숙방에 이부자리가 퍼져 있어 박종철이 그날 밤
하숙방에서 잠을 잤다고 짐작되었다. 박종철이 대공분실에 연
행되어 작성한 자술서는 16절지 반장도 안 되는 아주 짧은 분
량이었는바 밤새 조사를 받았다면 그 정도밖에 안 썼을 리가
없을 것이라는 것이다.

피의자를 검거할 때는 주로 새벽을 택하는 것이 수사관행이
다. 검거하기 쉽고 도주의 우려가 적기 때문이다. 특히 박종철
의 경우 밤에 연행하면 주위 사람에게 목격되고 그 사실이 알
려져서 밤 사이에 박종운 등이 도주해 버릴 수 있기 때문에 인
적이 없는 새벽을 택한 것으로 보인다.

이 증거들을 종합하면 박종철이 오전 6시 40분과 7시 50분
사이에 연행된 것으로 인정된다.

이 경우 대략 6시간에서 하루 정도의 차이가 나는데 이 차이
가 중요한 것은, 그 당시 연행 시간 등과 관련해서 5층 9호실이
아닌 다른 장소(조사실)에서 1차 조사와 고문이 선행되었을 가능

105

성이 제기되었을 뿐만 아니라 (만약 그게 사실이라면, 그 당시 서울 신길동에 있었던 치안본부 특수수사대일 가능성이 높다. 이 건물 정문에는 '신길산업'이라는 위장 간판이 붙어 있었다.) 처음부터 9호실에서 조사했다고 하더라도 물고문 이외에 다른 가혹 행위, 특히 전기고문 등이 있었는지 여부를 판가름할 수 있었기 때문이다.

이에 관해 종철이는 죽었고 그가 연행되는 모습을 지켜본 목격자가 아무도 없기 때문에 결국 그 당시 종철이를 임의 동행 형식으로 끌고 간 경찰관들의 진술에 의존할 수밖에 없다. 그런데 그들의 이 부분 진술은 특별히 트집 잡을 만한 대목은 없다.

19. 그 당시 임의동행 형식의 강제적인 체포와 납치는 일반적인 관행이었다. 그때 종철이가 저항했는지 여부나 무슨 거친 말들이 오고 갔는지 확인할 수 없다. 박종철의 연행 과정은 전혀 밝혀지지 않았다. 어떤 기록도 남아있지 않다.

한겨울 이른 새벽이었다. 사방이 유난히 캄캄했다. 검은 어둠이 아직 두껍게 주위를 내리덮고 있었다. 형사들이 황급히 깨우는 소리에 부스스 눈을 떴다. 그들이 재촉하는 통에 잠이 덜 깬 채로 하의는 쥐색 골덴 바지를 입고 상의는 베이지색 오리털 돕바를 입고 나서 흰 양말을 신었다. 6명의 사복 경찰이 그의 앞을 가로막고 에워쌌다.

그들은 평범한 얼굴에 평복을 입고 있었다.

그는 직감적으로 어디론가 어둠의 곳으로 끌려간다는 것을 깨달았다. 갑자기 눈앞이 아찔하고 두 다리가 와들거리고 온몸이 떨린다. 그리고 몹시 불안하였다.

"이게 무슨 짓입니까? 구속영장 있어요?"

"씨발 새끼…… 구속영장 좋아하네."

그의 얼굴에 날카로운 주먹이 연이어 날아들고 코와 입에서 피가 흘렀다. 그들은 눈에 검은 안대를 가리고 입에는 강력 접착테이프를 붙였다. 숨이 턱턱 막힌다. 발목엔 족쇄가 채워졌고 손목엔 벨기에제 특수 수갑이 채워졌으며 투박한 포승줄이 복부를 칭칭 감았다. 그리고 경찰서 뒤쪽에서 시동을 건 채로 대기하고 있던 검은색 포니 승용차에 태워져 어디론가 출발했다.

국가보안법.

그 법의 폐기 여부를 둘러싸고 아직도 국론은 극명하게 엇갈리고 있다. 법이란 무엇인가? 악법도 법인가? 논자들의 그럴듯한 견해는 확연하게 대립하고 있다. 그들의 진영 논리를 이해 못 할 바는 아니다. 하지만 여기에서 그걸 언급하는 것은 부적절하다.

단편소설 **국가보안법 위반죄**에서 운동권 학생으로 수배 중이었던 김정우는 그렇게 체포되어 연행되었다.

박종철의 연행은 두말할 것 없이 명백한 불법연행이다.

당시 종철은 수배자나 피의자가 아니라 단순 참고인으로 연행되어 조사받다 죽었다. 경찰은 뚜렷한 법적 근거 없이 그가 피의자라고 발표했지만 막상 그를 연행해 물고문을 하면서 집중 추궁한 것은 그의 혐의내용이 아니라 수배 중인 박종운 군의 소재였던 것이다. 그러므로 참고인을 강제연행해서 물고문을 한 것이다.

그러나 나는 그 당시 종철이의 어린 나이를 감안하고 내면적으로는 강인한 의지를 가지고 있지만 그러나 순박한 성격을 생각할 때 그냥 순순히 따라갔을 것으로 추측한다. 그러므로 그때 거친 말들이 쏟아졌겠지만 족쇄와 수갑이 채워지고 포승줄이 복부를 칭칭 감은 것은 아닐 것이다.

다음은 신동아(484호)의 **파이프 담배 문 정형근이 고문을 지시했다**를 바탕으로 그 당시 안기부 대공수사단과 보안사 성남 대공분실, 치안본부 남영동 대공분실이 (불법 연행되는 사람들, 고문 당하는 사람들, 장기간 불법 구금되는 사람들이) 불순분자들, 국가보안법 혐의자, 재야인사, 운동권 학생, 노동 운동가를 수사하면서 일반적으로 자행했던 불법연행에 따른 고문에 의한 수사 과정을 재구성한다.

그는 말로만 듣던 남산 안기부 지하실 조사실로 연행되었다. 조사실은 지하에 있었다. 환풍구가 있었지만 창문은 없어서 낮과 밤을 구분할 수 없었다. 벽과 천장은 작은 구멍이 정교하게 뚫린 방음 처리된 나무 벽이고 천장에는 어둠침침한 형광등 두 개가 매달려 있다. 방 안에는 정사각형 철제 책상 하나와 의자 네 개가 있고 간이 화장실이 붙어있다.

처음 조사실에 들어서자마자 '다 벗어, 당신 사복은 영치시킬 거야, 그 옷으로 갈아입으라고, 자식아, 빨리, 빨리.'라고 젊은 수사관이 말했고 그래서 몸에 맞지 않는 군복으로 갈아입었다. 그러나 30분도 지나지 않아서 금세 다 벗기더니 알몸으로 발가벗긴 상태에서 뒤로 손을 젖히고 발을 소, 돼지처럼 묶었다. 그러고 나서 수사관 여섯 명이 달려들어 아무것도 묻지 않고 무조건 두들겨 팼다. 그렇게 몽둥이질로 혼을 빼놓고 그때부터 신문을 시작한 것이다.

그들은 여러 사람의 수사관들로 조를 짜서 교대로 투입되었는데 조사는 수사관들이 교대할 때마다 처음부터 다시 시작했다.

"너, 엔알피디알(NRPDR)이 뭔지는 알아?"

"모르겠는데요"

"이 새끼, 거짓말하고 있어!"

그때 인정사정없이 다시 몽둥이가 날아 들어왔다.

"그러면 말이야, 민족이 영어로 뭐냐?"

"네이션이오."

"이 새끼가! 알면서 모른 척 해! 너 민족해방인민민주주의혁명은 알고 있지?"

"그건 알지요."

"그런데…… 왜, 엔알피디알은 몰라, 이 새끼야."

그가 연행된 것은 1986년 12월 10일이다. 그리고 37일 동안 불법 구속되어 있었다. 하필 연말연시라 회식이 잦았던 수사관들은 술을 먹고 들어와 술 냄새를 풍기며 고문을 했다. 수갑을 채워서 몽둥이로 목 조르기, 목 비틀기. 고문은 끝이 없었다. 수사관들은 자기들끼리 전무니 상무니 실장이니 하는 회사 직함을 썼다. 그 중에는 실장이라고 하는 키가 큰 사람이 있었는데 수사관들은 그가 들어오면 '단장님 오셨습니까'하고 정중하게 예를 갖추었다. 그는 마도로스 파이프 담배를 입에 물고 있었다. 그리고 비꼬는 투로 물었다.

"선진적 노동자의 임무, 이것 네가 썼다며? 고등학교밖에 안 나온 놈이 이걸 써? 네 뒤에 있는 놈을 대!"

"……"

"더 족쳐!"

"……"

"이제 불 때가 되었는데. 여기 들어와 15일이면 다 불어. 여기가 어딘지 알지? 여긴 국회의원도 맞아서 나가는 데야. 그래야 고생하는 우리 수사관들도 특진하지. 간첩이라고 불 때까지 더 족쳐!"

고문 중에서도 성고문이 제일 치욕적이었다. 손을 뒤로 한 채 목을 젖히고 심문대 책상 위에 성기를 올려놓고 몽둥이로 쳤다.

10분씩 두 차례에 걸쳐 때렸다. 차라리 죽는 게 나았다. 한 대만 맞아도 기절초풍할 정도였으니까. 그때 그들은 좋아하면서 시시덕거리고 즐겼다.

그는 1986년 12월 10일부터 87년 1월 15일까지 37일 동안 하루도 빠지지 않고 자는 시간 외에는 수사관들로부터 돌아가면서 계속 맞아 피오줌을 흘렸다. 잠을 잘 때는 팬티가 붙어 야전침대에 누울 수조차 없었다. 그들은 그를 계속 간첩으로 몰았다.

단장이 2~3일에 한 번씩 파이프 담배를 물고 들러 뒷짐을 진 채로 말했다.

"이제 간첩이라고 불 때가 되었는데."

그는 1월 15일, 아주 갑작스럽게 지옥 같았던 안기부 조사실을 떠나 서울구치소로 옮겨졌다. 그는 무슨 일 때문인지 어리둥절했다. 왜? 15일이었을까? 그날은 남영동 대공분실에서 고문치사 사건이 발생한 다음 날이다. 그들은 그 소식을 들었고 몹시 당황했다. 그래서 서둘렀던 것이다.

20. 검은색 포니는 신림동 하숙집을 출발했다.

(나는 그 당시 남영동 대공분실이 있는 7층 건물 전면에서 찍은 사진에서 검은색 포니가 서 있는 것을 확인했다. 그런데 그때는 영업용 택시나 일반 자가용 승용차는 현대자동차에서 생산하기 시작한 포니가 압도적으로 많았다.)

그 작은 승용차는 황정웅이 운전했고 앞자리 조수석에는 형사가, 뒷자리 중앙에는 종철이가, 좌우 양쪽에 형사가 앉았다.

포니는 신림 9동을 벗어나서 숭실대학교 정문을 지나 한강대교를 건넜는데 그때 한강은 강가에 살얼음이 끼어 있었을 것이다. 중앙대학교 용산 병원을 지나 삼각지 로터리에서 좌회전을 해서 2킬로미터쯤 직진하다 우회전하여 서울역에서 출발하여 남쪽으로 내려가는 모든 기차들이 통과하는 경부선 철로를 왼쪽으로 끼고 2차선 도로를 직진하여 지하철 1호선 남영역 인근 대공분실에 도착했다.

바람결에 기차가 덜커덩거리며 지나가는 소리, 기적 소리가 희미하게 들렸다. 그 소리는 평화스럽고 아늑하였다. 그 기적 소리는 어린 시절 부산 바닷가로 그를 데려다 주었다.

그들 일행은 전기장치로 작동되는 육중한 검푸른 철문을 통과했다.

잿빛의 벽돌로 지은 7층 건물이다. 5층 창문만이 햇빛이 겨우 들어올 정도로 유독 좁고 수직으로 기다란 모양이다. 건물의 내부 구조는 희생자들에게 극도의 공포감을 불러일으키도록 치밀하게 설계되어있다. 피의자는 철문을 통과하여 건물 뒤편으로 가게 된다. 건물 뒤편에 있는 출입문은 들어가는 방향과 나오는 방향이 서로 반대로 되어있다. 출입문으로 들어서면 1층부터 5층까지 이어져있는 검은 나선형 계단이 나타난다. 피의자는 이곳을 지나면서 방향 감각을 잃어버리고 자신이 몇 층에 있는지도 알 수 없게 된다.

박종철은 형사들에게 끌려서 검은 나선형 계단을 밟고 5층 조사실로 올라갔다. 방향감각을 상실한 채 71개의 철제 계단을 밟고 올라갈 때 중력의 힘에 의해 계단이 삐걱거리면서 나오는 차가운 쇳소리가 벽으로 밀폐된 원형의 좁은 공간에 울려 퍼졌다. (김윤영 지음 「박종철」에는 그때 엘리베이터를 타고 5층으로 간 것으로 되어 있는데 건물의 특수한 구조와 연행의 과정을 살펴보면 걸어서 올라간 것으로 보아야 할 것이다.)

5층에는 19개의 취조실만 있다. 그러나 5층에 있는 각 조사실의 문은 다른 조사실의 문과 모양은 같으나 위치는 서로 마주보지 않도록 지그재그로 엇갈려 있다. 이렇게 되면 피의자는 어디로 들어왔고, 나가는 곳은 어디인지 알 수 없게 된다. 그리고 각각의 조사실은 아주 좁고 기다란 창문이 나 있으므로 철저하게 외부와 단절되게 된다.

창문은 너무 좁아서 조사를 받던 희생자가 고문에 못 이겨 뛰어내릴 수 없도록 만들었고 밖을 제대로 볼 수도 없다. 뿐만 아니라 조사실의 전등은 밖에서만 끄고 켤 수 있도록 되어있다. 밖에서 안을 들여다보면서 감시할 수 있도록 문마다 렌즈가 달려있다.

대공 2부 건물 5층에 있는 8호 조사실이었다. 대공 3부는 자체 조사실이 없어 2부의 조사실을 빌려 쓰고 있었다. 4평쯤 되는 방에는 조사관용 책상과 보조책상, 고정된 의자, 변기 그리고 침대가 있었다. 다른 조사실도 비슷한 구조였다. 특이한 것은 각 방마다 폭이 좁은 욕조가 설치되어 있다는 점이다. 왜 조사실마다 욕조가 필요했을까. 상습적으로 물고문을 한다는 증거가 아니겠는가.

인권변호사의 대부인 홍성우 변호사가 말했다.

이 사건, 남영동 대공분실의 고문경찰들은, 고문의 전문가 아닙니까. 남영동은 고문의 산실이었지요. 조사실마다 욕조를 들여 놓았는데, 그 욕조가 조사받다 지친 피의자를 위한 욕조일 리는 없고, 전부 물고문을 위한 시설 아닙니까. 국가가 돈 들여 아예 고문시설을 짓고, 경찰관들을 고문전문가로 키웠으니, 그야말로 정권 자체가 고문정권이 되는 것이고요. 그 점에서 고문범죄는 개개 경찰관의 범죄이기도 하지만, 하나의 정권범죄 regime crime 이라 규정할 수 있다고 봅니다.

그러나 경찰은 해괴한 변명을 한다. 간첩의 경우 오랫동안 조사를 받기 때문에 욕조가 필요하다는 것이었다.

누가 간첩이란 말인가?

문제의 욕조 턱은 높이 75cm, 폭 6.5cm였다. 종철이의 목과 가슴에 생긴 상처의 폭과 욕조 턱의 폭이 비슷했다. 그 욕조 턱에 종철이의 목과 가슴이 눌린 사실이 증명되었다.

＊　＊　＊

1차 신문은 8호실에서 시작되었다. 그때가 오전 8시경이었다.

"네 이름이 박종철이지? 그렇지?"

"네. 그렇습니다."

"생년월일을 말해봐."

"1965년 4월 1일입니다."

"가족사항은?"

"아버지 박정기, 부산시 수도국 관리실 공무원입니다. 6월에 정년퇴직합니다. 그리고 어머니 정차순, 형 박종부, 누나 박원숙이 있습니다. 현재 청학동 양수장 기계실에 딸린 관사에 살고 있습니다."

"서울대 언어학과 3학년 재학생이고 언어학과 학생회장으로 선출되었네. 대학에 입학하자마자 사회사상연구회란 써클에 가입했고, 서울대 반제반군부파쇼 민족민주학생투쟁위원회······ 약칭해서 민민투라고 하더구만······ 그리고 전국 반제반파쇼 민족민주투쟁 학생연합, 그러니까 전민학련 소속이란 말이지?"

"그렇습니다."

"전과가 화려하군. 1985년 5월 미국문화원 점거 농성 시위에 참가하여 구류 5일을, 6월에는 가리봉동에서 노학 연대 투쟁을 벌이다 구류 3일을, 1986년 4월 11일에는 청계피복노조의 합법화를 요구하는 시위에 참가하였다가 구속되어 1986년 7월 18일 징역 10월에 집행유예 2년을 선고받고 출소하였구만.

그러니까 하라는 공부는 안 하고 맨날 시위나 했으니 얼마나 불효자식인가? 그까짓 거 운동인지 뭔지를 포기하면 대학을 졸업하고 잘 살 수 있을 텐데 웬 고생이야.

그러니까 짭새들도 고생이 이만저만이 아니야."

"……"

2차 신문은 오전 10시 40분경 5층에 있는 9호 조사실로 신문 장소를 옮겨 그곳에서 진행되었다. 고문자들이 모여들었다.

그들이 오로지 원하는 것은 서울대 민민투 위원으로서 민추위 사건 때문에 지명 수배된 박종운의 행방이었다. 신림동 일대에 박종운의 사진이 박힌 현상금 전단지가 도배되어 있었다. 그 수사팀은 박종운과 그 조직을 일망타진하려고 노심초사하고 있었다. 그를 잡으면 1계급 특진이었다.

특진! 특진이라니! 얼마나 달콤한 유혹인가!

그들은 종철이 쓴 자술서를 내던지며 박종운의 거처를 대라고 종철을 주먹으로 때리고 구둣발로 차며 윽박질렀다.

11월 24일 저녁 8시경 강정원 (82 인류학과 대학원) 군이 박종운이란 사람을 데리고 와서 자기가 아는 선배인데 수배 중이라 자기 방 사정이 여의치 않아서 하루 저녁 자야겠으니 부탁한다며 인사를 시키고 갔습니다. 그래서 그날 저녁에 자고 다음날 밥을 함께 먹고 오전 중에 나갔음. 그 후 지난 주에 (1월 8일경) 저녁에 박종운이 한번 더 찾아와서 돈을 좀 달라기에 1만 원을 주고 잠시 있다가 나갔음. 그 이후로 보지 못했음.

그는 반들반들한 구둣발과 돌덩이처럼 억센 주먹이 그의 온몸을 강타할 때마다 뼈마디가 으스러지고 살점이 뜯겨나고 뇌

수가 쏟아질 듯한 고통을 느꼈다. 얼마나 자존심에 상처를 입고 절망했을 것인가. 나는 내 경험에 의하면 그 나이의 순수한 감정에서는 그 순간 분노가 일었다고는 생각할 수 없다. 그냥 절망했을 것이다.

"야! 빨리! 박종운! 박종운이 어디 있는지 대라고."

"……"

"이 자식이! 죽고 싶어!"

"……"

"여기가 어딘 줄 알고 있어! 살고 싶으면…… 어서! 불어! 불으란 말이야! 제발 좀!"

"……"

"그렇다면 할 수 없지. 묵비권을 행사하겠다는 거지? 쓰디쓴 물 맛을 보여주지. 그래도 입이 안 열릴까? 어디 두고 보자고."

고문자들이 종철의 손목과 발목을 수건으로 감쌌다. 그리고 종철이의 머리를 욕조 안에 밀어 넣었다. 콧구멍에서 기포가 나오고 종철의 정신은 잠시 혼미해졌다. 뱃속으로 물이 마구 밀려 들어가고 있었다. 숨이 턱 막힌다.

"독서실! 독서실!"

"이 새끼! 정확히 말해! 어느 독서실이야? 서울 시내에 독서실이 한두 군데야? 수천 개라고!"

"그건 모릅니다. 가르쳐주지 않았거든요."

박종운은 그때 동가숙 서가숙하며 매일 옮겨 다녔기 때문에 그의 거처를 알 수가 없었다. 그러나 그가 종철에게 부탁했던 몇 가지 내용을 실토했더라면 아마 그들은 고문을 멈췄을 것이다.

하지만 종철은 그렇게 할 수는 없었다.

'자백은 배신자가 되는 거야. 배신자가 될 수는 없어. 나는 어떤 고문도 견뎌낼 수 있다. 그때 감옥에 있으면서 내공의 힘이 강해졌지 않은가.'

더욱 숨이 막혀왔다. 다시 정신이 혼미해지기 시작했고 온몸에서 힘이 빠지고 있었다. 서서히……

"이 새끼, 생기기는 순하게 생겼는데 정말 독종이네. 너는 알고 있다고. 알고 있어. 그러니까 어서 불으란 말이야!"

*　*　*

아래 부분은 그들에 대한 **판결문**과 **공소장**, 참고 문헌인 「안 검사의 일기」와 「특종 1987」, 「박종철 탐사보도와 6월항쟁」 등을 참고하여 물고문의 과정을 재구성한 것이다.

공소장은 수사의 결과물로서 법률적 관점에서 압축 요약한 결론에 해당한다. 나는 그들이 진술한 피의자 신문조서를 찾아 읽을 수는 없었다. 그걸 반드시 보아야만 하는데. 30년 전 수사 기록이니. 그게 어디엔가 먼지를 뒤집어쓴 채로 보관되어 있을지도 모르겠다. 그러나 검찰 측에 알아보았더니 한결같이 보관

물의 무게, 가슴에 차오르는 천근만근의 무게가 어쩌면 죽음의 형체처럼 느껴졌을지도 모른다. 그러나 숨이 가빠오면서 질식하는 그 짧은 순간에도 죽음의 그림자는 감지할 수 없었을 것이다. 오로지 어머니와 아버지, 누나와 형님의 익숙한 얼굴이 잠깐 스쳐 지나갔을 것이다. 그리고 암흑이었을 것이다.

21. 12.12 군사 쿠데타 세력은 1980년 서울의 봄을 짓밟고 비극적인 5·18 광주항쟁을 거쳐 제멋대로 5공화국을 세웠다. 그러나 5공화국은 군사독재 국가였다.

이름만 공화국인 경우 국가가 얼마나 추락할 수 있는지, 악의 원천이 될 수 있는지를 적나라하게 보여준다. 그들은 헌법을 능욕하고 국민을 짓밟고 억압하고 착취한다. 그러므로 국민에게 자행되는 폭력과 고문은 개인적인 것이 아니라 제도화된 국가의 폭력이었던 것이다.

그 시절은, 최루탄 가스와 전투경찰, 언론기관을 통제하기 위한 보도지침, 안기부가 주도하는 관계기관 대책회의, 군대 내 막강한 사조직인 하나회, 국가보안법 그리고 물고문과 전기고문, 고춧가루물 먹이기, 소금물 먹이기, 성고문의 전성시대였다.

5공화국의 자기 살해 행위인 극악무도한 고문은 안기부 남산 지하실, 치안본부 남영동 대공분실, 보안사 성남 분실, 경찰서 조사실에서 주로 자행되었다.

1985년 여름 남영동 대공분실에서 김근태 전기고문 사건이 있었고, 1986년 여름에는 부천경찰서 조사실에서 권인숙 양 성고문 사건이 있었으며, 1987년 1월에는 박종철 군이 남영동 대공분실에서 물고문 끝에 죽었던 것이다.

그래서 5공화국은 조만간 필연적으로 종말을 맞이하게 되었다.

* * *

5공화국 헌법 제11조 (신체의 자유, 자백의 증거능력)

① 모든 국민은 신체의 자유를 가진다. 누구든지 법률에 의하지 아니하고는 체포·구금·압수·수색·심문·처벌과 보안처분을 받지 아니하며, 형의 선고에 의하지 아니하고는 강제노역을 당하지 아니한다.

② 모든 국민은 고문을 받지 아니하며, 형사상 자기에게 불리한 진술을 강요당하지 아니한다.

③ 체포·구금·압수·수색에는 검사의 신청에 의하여 법관이 발부한 영장을 제시하여야 한다. 다만, 현행범인인 경우와 장기 3년이상의 형에 해당하는 죄를 범하고 도피 또는 증거인멸의 염려가 있을 때에는 사후에 영장을 청구할 수 있다.

④ 누구든지 체포·구금을 당한 때에는 즉시 변호인의 조력을 받을 권리를 가진다. 다만, 법률이 정하는 경우에 형사피고

인이 스스로 변호인을 구할 수 없을 때에는 국가가 변호인을 붙인다.

⑤ 누구든지 체포·구금을 당한 때에는 법률이 정하는 바에 의하여 적부의 심사를 법원에 청구할 권리를 가진다.

⑥ 피고인의 자백이 고문·폭행·협박·구속의 부당한 장기화 또는 기망 기타의 방법에 의하여 자의로 진술된 것이 아니라고 인정될 때 또는 정식재판에 있어서 피고인의 자백이 그에게 불리한 유일한 증거일 때에는 이를 유죄의 증거로 삼거나 이를 이유로 처벌할 수 없다.

전기고문

고문은 치안본부가 운영하는 남영동 대공분실, 남산 안기부 지하실, (서빙고에서 성남으로 이전한) 보안사 대공분실, 경찰서 조사실에서 엄숙한 종교적 제의처럼 순서대로 자행되었다.

당시 남영동 대공분실에서 조사받았던 사람들은 거의 다 전기고문을 당했다고 주장하고 있었다. 그 당시 재야 운동권 인사였던 김근태 전 의원 역시 대공분실에서 고문기술자로부터 전기고문을 당했다. 그러므로 종철이도 전기고문을 당하지 않았겠느냐 하는 의구심이 널리 퍼져 있었다.

고문자들은 모든 종류의 고문에도 희생자가 불지 않으면 마지막으로 전기고문을 했다. 남영동 대공분실에서 전기고문의 과정은 이렇게 진행되었다.

"그렇다면…… 할 수 없지. 다음 단계로 넘어가야겠어. 전기 고문을 당해봐야 정신 차리겠군. 김 부장…… 이 과장 좀 오라구 하지." 옆에서 지켜보고 있던 사장이 직접 지시하였다. 그들 역시 관행적으로 서로 사장님이니 전무님, 부장, 과장으로 불렀다.

기술자는 담배를 꼬나물고 007가방 비슷한 사무용 가방을 어깨에 메고 방으로 들어섰다. 그는 거기에 고문 기구를 넣고 다녔다. 그의 장난기 어린 눈길이 불쌍한 먹잇감을 삐딱하게 꼬나보았다.

"그동안 일감이 없어서 손이 근질근질했지. 모두 물고문 단계에서 끝났거든. 그동안 내 단골 장의사가 한가하였는데 드디어 일감이 생겼구만. 하여간에 살 맛 나네…… 각오는 돼 있겠지.

사람들은 오해한 나머지 이걸 전기고문이라고 하는데 실은 배터리 고문이라고 할 수 있어."

희생자는 완전히 발가벗겨진 채 담요에 싸여 칠성판 위에 꽁꽁 묶여지고, 기술자들은 민첩한 동작으로 그의 발바닥과 발등에 붕대를 여러 겹 감는다. 그러고 나서 새끼발가락과 그 다음 발가락 사이에 전기 접촉면을 끼우고, 그것이 빠지지 않도록 단단히 묶는다. 그리고 발바닥과 사타구니, 배와 가슴, 목과 머리에 주전자로 물을 들이붓는다. 희생자는 물의 섬뜩함과 함께 무서운 공포를 느낀다. 고문자들이 계속 뭔가 쉴 새 없이 즐겁게 떠들고, 그러다 희생자에게 겁을 주고 협박을 한다. 고문자들은 처음에는 물고문부터 시작한다. 물고문이 어느 정도 진행되어 몸에서 땀이 솟아서 담요가 흥건히 젖기 시작하면 그때부터 전기고문이 시작되는 것이다.

기술자는 처음에는 짧고 약하게, 다시 점점 길고 강하게, 중간에 다시 약해지고, 전류의 세기를 능수능란하게 조절한다. 이제 몸과 담요는 완전히 바싹 말라 버린다. 그러면 전기가 잘 통하도록 다시 물을 뿌린다.

전기 기술자는 노기등등하다. 그는 여전히 분이 풀리지 않았는지 꽁꽁 묶여있는 그의 몸뚱이에 올라타고 쿵쿵 잔인하게 짓밟기까지 한다. 그때 갈비뼈가 부러지거나 아니면 금이 가는 소리가 들리고, 격심한 가슴 통증이 뒤따라온다. 그의 눈에서는 요괴의 사악한 빛이 강렬하게 쏟아진다. 그는 잔인한 칼잡이였고 희생자는 도마 위에 놓인 생선이다.

그것은 온몸의 핏줄을 뒤틀어 놓고 신경을 팽팽하게 잡아 당겨서 마침내 모든 관절의 마디마디를 끊어 버린다. 몸의 각 부분이 해체된다. 발끝에서부터 고통이 시작돼 속이 뒤틀리고 머리가 빠개지는 것처럼 통증이 온다. 전기고문은 외상을 남기지 않으면서 치명적으로 내상을 입힌다. 희생자는 고통을 못 이겨 너무 소리소리 질러 대서, 목 안에서는 피가 쏟아지고 콧속에서는 역한 냄새가 난다.

전기고문은 정확하게 위와 같은 방식으로 이루어졌다. 지금은 전기고문이 사라졌다고 믿고 싶다.

(어쨌거나 나는 단편소설 **국가보안법 위반죄**에서 전기고문에 관한 이 부분을 발췌했다. 그러나 정확하게는 1987년 우여곡절 끝에 겨우 출판된 김근태 저 남영동에서 발췌한 것이다.)

그런데 신민당의 진상조사특위는 박종철 군의 최종 사인과 관련하여 물고문이 아니라 전기고문에 의한 충격사라고 단정했다.

전기고문의 경우 직류의 전류를 사용하므로 직류의 유입구 또는 유출구에 홍반, 즉 출혈반의 소견이 나타나는데, 박종철의 오른쪽 검지와 엄지 사이의 출혈반은 전기 직류의 유입구에서 나타난 전류반이고 사타구니와 폐의 출혈반은 직류의 유출구에서 나타난 전류반이라는 것이었다.

그러나 부검 과정에서 몸 어느 곳에도 그러한 흔적은 찾아볼 수 없었다. 오른쪽 엄지와 검지 사이에는 출혈반이 없었고 손등에 경미한 멍이 있었을 뿐이었다. 사타구니에도 경미하고 엷은 색깔의 작은 멍 세 개가 있었으나 단순한 피하출혈이었다. 부검의 황적준 박사는 이에 대해 손등의 멍은 단순한 상처로 전기고문의 흔적이 아니며, 사타구니의 멍은 볼펜이나 끝이 뾰족한 물건으로 찔린 흔적이라고 감정했다.

박종철의 사인은 경부압박에 의한 질식사임이 명백했다. 당시 정황으로 봐도 전기고문의 가능성은 적었다.

물고문

첫날은 순서에 따라 몇 차례 각목 구타가 있었고 그 다음에 물고문이 시작되었다. 각목 4개로 만들어진 칠성대 위에 희생자를 담요로 싸서 눕히고 발목, 무릎 위, 허벅지, 배, 가슴까지 5군데를 묶는다. 눈을 가리고 얼굴에 노란 수건을 덮어씌운 다음에 수도꼭지를 틀어 물을 쏟았다. 고문 보조자는 가끔 주전자로도 물을 부었다.

속은 메스꺼워지다가 완전히 뒤집히고 콧속으로 노린내가 치솟는다. 물이 쏟아지는 그 속에서 불길이 올라오는 것 같다. 온몸을 버둥거리고 혼신의 힘으로 뒤척거리니 칠성대가 기우뚱했다. 몸은 완전히 땀으로 젖고 담요도 물컹해졌다. 얼굴에 덮어씌운 수건을 치웠을 때 희생자는 *"말 하겠다" "진술거부 안 하겠다"*고 황급하게 외친다. 고문자는 *"무엇을 말할 것인가"*라고 묻는다. 희생자는 *"묻는 말에 뭐든지 대답하겠습니다"*라고 대답한다.

고문자는 *"뭐, 묻는 말에 대답하겠다고? 아직 멀었구먼. 우리가 요구하는 것은 항복이야. 다시 시작해!"*라고 말한다. 다시 수건이 덮어씌워지고 샤워기는 맹렬하게 물을 쏟아내기 시작했다. 그들의 요구는 폭력 혁명주의자로서 사회주의 사상을 갖고 있음을 자백하고, 각 민주화운동 분야에서 움직이는 하수인들을 대라는 것이었다.

한 차례 물고문을 더하고 세 번째는 전기고문이었다. 전기고문은 한마디로 불고문이었다. 외상을 남기지 않으면서 치명적으로 내상을 입히고 극도의 고통과 공포를 수반하는 고문이다.

그것은 핏줄을 뒤틀어놓고 신경을 팽팽하게 잡아당겨 마침내 마디마디를 끊어버리는 것 같았다.

고춧가루물고문

형사들은 두 의자 사이에 쇠파이프를 걸쳐놓고 희생자의 몸을 수갑과 포승으로 엮어 매달았다. 희생자는 쇠파이프에 거꾸로 매달린 상태에서 그들의 잔악한 행위를 낱낱이 지켜볼 수 있다. 그들은 코와 입 부근을 수건으로 덮고 물을 뿌린다. 한 형사가 비눗물이 든 주전자에 고춧가루를 듬뿍 풀었다. 그가 주전자를 들고 막 조제한 액체를 수건 위로 부었다. 희생자는 어쩔 수 없이 호흡을 멈추고 매운 액체를 계속 삼켰다. 그들은 화를 내며 수건을 입 안으로 밀어 넣었다. 이번에는 아예 콧구멍 속으로 고춧가루를 밀어 넣고 눈에도 비벼 넣었다. 그 위로 물을 부었다. 희생자는 이 짓을 두 차례 정도 당하고 나면 의식을 잃는다.

성고문

…… 여자로서 참을 수 없는 성적 추행을 당하고 눈만 감으면 나타나던 문귀동의 두터운 입술과 지퍼를 내린 성기와 귀에 쟁쟁한 심한 욕설, 이것을 세상에 고발하겠다고 결심하기까지의 수치심과 정의감과의 싸움, 제발 덮어주자고 세상에 알려지면 엄마 아버지는 약 먹고 죽겠다고 딸의 장래를 걱정하는 부

모님의 애타는 호소, 너 때문에 부모님 한 분이라도 어떻게 되시는 날에는 널 죽여 버리겠다는 언니의 편지, 그러나 저는 고소장을 쓸 수밖에 없었습니다.

…… 권 양은 지난 6월 6일 오후 4시 반경 부천경찰서 1층 조사실에서 2시간 반 동안 성고문을 당했다. 문귀동 경장은 '*인천사태관련 수배자 중에서 아는 사람을 불어라*'고 강요했으나 권 양이 '*모른다*'라고 하자 '*이년 안 되겠군. 나는 5·3사태 때 여자만 다뤘다. 그때 들어온 년들도 모두 옷을 발가벗겨서 책상 위에 올려놓으니 자백하더라*'는 등의 말로 협박했다.

…… 당시는 수사과 직원들이 모두 퇴근했고 청내는 모두 불이 꺼진 상태였으며 조사실 역시 불이 꺼져 있었는데 다만 건물 바깥에 있는 등에서 나오는 외광에 의해 방안의 물체를 어렴풋이 식별할 수 있을 정도였다.

…… 권 양이 고통과 공포를 참지 못하여 비명을 지르자 문귀동은 '*이년이 어디서 소리를 꽥꽥 지르느냐. 소리 지르면 죽여 버리겠다. 너 같은 년 하나 죽이는 것은 아무것도 아니다.*'라고 윽박질렀다.

…… 이 같은 추악한 만행을 저지른 후 문귀동은 권 양에게 호언하기를 '*네가 당한 일은 검사 앞에 나가서 이야기해봤자 아무 소용없다. 검사나 우리가 다 한통속이다.*'라고 했다.

밤 11시가 지나자 문귀동은 기진맥진한 권 양을 보호실로 데리고 가서 권 양의 소지품을 챙기더니 유치장으로 끌고 갔다.

군사독재 정권의 고문으로 폐인이 되었던 천상병 시인은 이런 시를 썼다.

이젠 몇 년이었는가.
아이론 밑 와이셔츠같이
당한 그날은……

이젠 몇 년이었는가.
무서운 집 뒷창가에 여름 곤충 한 마리
땀 흘리는 나에게 악수를 청한 그 날은……

내 살과 뼈는 알고 있다.
진실과 고통
그 어느 쪽이 강자인가를……

* * *

고문이란 무슨 짓인가. 고문은 죄에 대한 형벌이 아니라 그 자체가 비열한 범죄 행위이다. 고문은 인간의 존엄성을 파괴하며 희생자는 물론 그 가족과 사회까지 파괴시킨다. 하지만 고문의 역사는 인류의 역사만큼 길고 끈질기다. 그들은 고문이 인간성을 파괴시킨다는 엄연한 사실을 외면할 수 있을까. 그렇게 고문을 한 후에도 아무렇지도 않게 자기의 가족들과는 정답게 웃으면서 식사를 할 수 있을까. 가족들이 아버지의 고문 행위를 알면 어떤 충격을 받을지 생각이나 해 보았을까.

고문자는 적대자를 증오하고 경멸한다. 악마 또는 악마의 하수인. 그는 악독한 폭력을 행사하여 순수한 영혼을 짓밟고 지배하려는 어두운 욕망에 사로잡혀 있다.

세상에는 다른 사람들도 있다.

마르크스주의자들은 가장 작은 인간의 단위는 두 사람이라고 하였다. 나와 타인. 우리는 더불어 살아가면서 타인의 인정 혹은 타인의 시선이 필요하다. 그러므로 고문을 하는 심문자 역시 고문을 당하는 희생자의 복종과 함께 존경이 필요한 것이다.

'살려주세요…… 제발!'

'용서해주세요…… 용서!'

'목숨만은…… 잘못했습니다.'

그렇지 않으면 고문자는 가학적인 쾌감을 즐길 수 없기 때문이다. 그는 그때 말할 수 없이 통쾌한 우월감을 느낀다. 그러나 짜증이 난다.

'너는 내 손아귀에 있어……'

'빨리 불란 말이야! 죽고 싶어!'

'쥐도 새도 모르게 없애 버릴 수 있지. 그래서 자살이나 교통사고로 처리하면 그만이야.'

'아무것도 아닌 주제에 잘난 척 하기는……'

'누가 너더러 변절자라고, 배신했다고 말할 수 있겠어. 다들 위선자인데……'

하지만 우리는 이걸 알아야 한다. 자백이 자백을 한 자의 목숨을 구해주는 경우는 거의 없다.

인물들의 에필로그

김근태는 1985년 여름 남영동 대공분실에서 물고문, 전기고문, 물고문, 전기고문을 순서대로 당하여 허위 진술을 하였음에도 불구하고 터무니없는 공소사실이 전부 유죄로 인정되어 징역 7년에 자격정지 6년을 선고받았다.

고문은 끝나도 고문의 상처는 지워지지 않는다. 육체적이건 정신적이건 극한 상황에 처했던 고문 피해자들은 그 상황에서 벗어나서도 그때의 아픈 기억과 고통을 하루에도 몇 차례씩 되씹어야 한다.

육체적 후유증으로 두통, 소화 불량, 성기능 장애, 청력 및 시력 이상, 이상 감각 등에 시달리고 무력감, 기억 손상, 우울증, 악몽 등 정신적인 고통을 오랫동안 감수해야 한다.

그는 고문 후유증으로 매년 초가을만 되면 한 달가량 몸살을 앓았다. 한기와 콧물 때문에 한여름에도 에어컨을 틀지 못했다. 말이 어눌해지고 몸놀림도 둔해졌다. 파킨슨병도 앓았다. 트라우마도 그를 괴롭혔다.

2011년 10월 15일. 그날은 가을비가 여름 장맛비처럼 세차게 내렸다. 김근태는 우산도 쓰지 않고 비를 흠뻑 맞으며 갈지자로 여기저기 거리를 헤맸다. 건강에 큰 이상이 생긴 것 같다. 병원에 갔더니 의사는 파킨슨병 증세라고 했다.

그는 11월 29일 뇌정맥혈전증으로 입원했는데 딸 김병민의 결혼식이 있기 열흘 전이었다. 그는 12월 30일 세상을 떠났다.

그는 법원에 제출한 '탄원서'에서 이렇게 말했다.

"고문을 가했던 사람들 고문담당기술자 혹시 무슨 귀신 악마나 도깨비처럼 연상할지 모르지만 절대로 그렇지 않습니다. ……고문자들은 평범한 사람들입니다. 별 뚜렷한 구별할 수 있는 사람들이 아닙니다. 어느 면에서는 똑똑하고 야무지며 또 겸손한 척도 하는 사람들입니다. 장난기 어린 미소조차 짓기도 하며 한숨도 쉬는 어디서나 부딪칠 것 같은 그저 그런 경찰관 중의 한 사람 한 사람이었습니다. 결혼한 딸의 생활 걱정, 그 사위가 학생운동 출신으로 빵잽이어서 걱정이 된다고 얘기하는 사람조차 있었습니다. 군대나간 아들에 대한 걱정, 대학진학을 앞둔 자제를 가진 어버이로서 당연히 부딪치는 조바심…… 그런 사람들이었습니다. 그런데 바로 그런 평범한 사람들이 저 끔찍하고도 무서운 고문을 감행하는 것입니다. ……어떻게 이렇게 하고도 이 사람들이 견딜 수 있을까. 무슨 대단한 비밀이 감춰져 있는 것처럼 느껴졌습니다. 그러나 그것은 아주 간단한 것이었습니다. 그것은 기만, 자기기만과 강제되는 타인기만의 조직된 제도 위에 서 있기에 가능한 것입니다. 조장되고 있는 이기주의, 소시민적 안일과 탐욕 그것 위에 서 있는 것입니다."

그는 전기고문 기술자로 독보적인 존재였다. 그러나 한동안 실체가 밝혀지지 않았다. 김근태는 그의 이름과 경찰 내 계급을 몰랐기 때문에 '델시 가방을 들고 온 사나이'라고 하였다. 한겨레신문 기자가 그의 사진을 찾아내서 신문에 대문짝만하게 실었다. 그때부터 그는 숨었다.

이근안은 1988년 12월 퇴직 이후 10년 10개월 동안 도피생활을 하다 1999년 10월 28일 수원지방검찰청 성남지청에 자수했다. 2000년 대법원에서 징역 7년형을 확정받고 여주교도소에서 복역한 후 2006년 11월 만기 출소했다.

그가 말했다.

"영화를 보니 (여기에서 영화는 **남영동**을 각색하여 2012년 처음 상영된 남영동 1985를 말한다.) 물고문을 한다면서 샤워꼭지를 빼버리고 물을 퍼붓던데 그렇게 하는 게 아니야. 내가 그거 보고 웃었어. (500㎖ 물병을 가리키며) 이 정도면 돼. 얼굴에 거즈를 올려놓고 마르지 않게 물을 조금씩 뿌려주면 거즈가 착 달라붙어 숨을 못 쉬는 거지."

또한 그는 영화 속 전기고문도 사실과 다르다고 하였다. 1.5V AA건전지 하나를 직접 꺼내 보여주었다.

"전기고문은 이걸로 한 건데 영화에선 큰 자동차 배터리 같은 걸로 하더군. 난 그런 물건 본 적이 없어."

*　*　*

부천경찰서 **권인숙** 양 성고문 사건은 박종철 물고문 사건과 함께 1987년 6월 항쟁의 직접적인 기폭제가 되었다.

그녀는 그 당시 서울대 의류학과에 재학 중 허명숙이라는 가명으로 부천에 있는 가스배출기 제조업체인 ㈜성신에 취업하였는데 위장취업하는 과정에서 공문서를 변조했다는 혐의로 1986년 6월 4일 부천경찰서에 연행되었다. 그러나 그녀는 자신에 대한 혐의와는 상관없는 5·3 인천사태 관련자의 소재를 추궁당하는 과정에서 담당 형사인 문귀동 경장에게 2차례에 걸쳐 성고문을 당했던 것이다.

그때 변호사들은 문귀동 등을 인천지검에 고발하였으나 인천지검은 어처구니없게도 '성적 모욕이 없었다'는 수사결과를 발표하면서 문귀동을 기소유예 처분하였다. 이 무렵 관계기관 대책회의는 이 사건을 은폐하려고 혈안이 되었고 (이때 검찰은 대책회의의 지시에 따라 사건을 처리하였다) 공안 당국은 언론을 통해 권인숙이 '성을 혁명의 도구로 사용하고 있다'고 비난하기 시작했다.

1986년 9월 검찰의 문귀동에 대한 기소유예 처분에 대해 변호사들은 서울고등법원에 재정신청을 하고, 같은 해 10월에는 서울민사지방법원에 국가를 상대로 하여 성고문과 조작은폐 기도에 대한 정신적 위자료를 청구하는 소송을 제기하였다.

그러나 판사들은 허약했고 비겁했다.

성고문 피해자인 권인숙에게는 공문서를 변조했다는 이유로 징역 1년 6월의 실형을 선고하였으나 성고문 가해자인 문귀동에 대해 재수사를 요청하는 재정신청은 기각하였다.

事必歸正

1987년 6월 항쟁으로 5공화국 군사독재 정권이 막을 내렸다. 이제 6공화국이 시작된 것이다. 그제서야 대법원은 재항고를 받아들여 1988년 1월 29일 문귀동의 성고문사건을 인천지방법원이 재판토록 하는 결정을 내렸고, 문귀동은 결국 1988년 4월 9일 구속되어 같은 해 7월 23일 징역 5년을 선고받았다. (그가 만기 출소 이후 그의 인생행로가 어떻게 되었는지는 아무도 모른다.)

그 후 위자료 지급 청구소송에서는, '국가는 권인숙에게 성고문사건으로 인한 위자료로 금 4천만 원을 지급하라'는 승소판결을 내렸다.

그 당시 권인숙 양 관련 성고문 고발장 작성, 재정신청, 형사사건과 민사사건에서 끝까지 고군분투했던 **조영래** 변호사는 폐암으로 일찍 죽었다.

조영래는 권인숙의 공문서위조 등 형사사건 변론에서 말했다.

권 양 — 우리가 그 이름을 부르기를 삼가지 않으면 안 되게 된 이 사람은 누구인가? 온 국민이 그 이름은 모르는 채 그 성만으로 알고 있는 이름 없는 유명인사! 얼굴 없는 우상이 되어버린 이 처녀는 누구인가? 그녀는 무

엇을 하였는가? 그 때문에 어떤 일을 당하였으며 지금까지 당하고 있는가?
······에 대하여 이야기하고자 합니다. 국가가, 사회가, 우리들이 그녀에게 무
엇을 하였으며 지금까지도 하고 있는가에 대하여 이야기하고자 합니다.

　그리고 눈물 없이는 상기할 수 없는 「권 양의 투쟁」— 저 처참하고 쓰라
린, 그러면서도 더없이 숭고하고 위대한 인간성에의 투쟁에 대하여, 그리하
여 마침내 다가올 「권 양의 승리」, 우리 모두의 승리에 대하여 이야기하고자
합니다. 진흙탕 속에서 피어난 해맑은 연꽃처럼 오늘 이 법정을 가득히 비치
고 있는 눈부신 아름다움, 그 백설 같은 순결, 어떤 오욕과 탄압으로도 끝내
꺾을 수 없었던 그 불굴의 용기와 진실을 위한 눈물겨운 헌신에 대하여 이야
기하고자 합니다. 그리하여 지금 이 법정에서 이룩되어야 할 일이 무엇인지
에 대하여 이야기하고자 합니다.

　권인숙 양은 **홍성우** 변호사의 주례로 결혼했고 미국에 유학
을 다녀왔으며 2017년 현재 명지대학교 방목기초교육대학 교수
와 제15대 한국여성정책연구원 원장으로 있다.

* * *

jypark@kyunghyang.com

이부영·안유·한재동·전병용

　이부영과 안유, 한재동은 1975~1976년 경 서울구치소에서
죄수와 교도관으로 처음 만났다. 10년이면 강산도 변한다는데
1986년 그들은 영등포교도소에서 운명적으로 재회한다. 그런데
1987년 1월에 고문경찰관들이 구속되어 그곳으로 왔다.

안유와 한재동은 그때 공무원으로 지켜야 할 직업윤리를 위반했을 뿐 아니라 특수 시설인 교도소 내 직무규칙에도 위반하였다. 그러나 지금 그들은 의인으로 추앙받고 있다. 그 시절은 군사독재 정권에 의한 시대상황이 엄혹했기 때문이다.

(동아일보 해직기자 출신으로 3선 의원이었던) **이부영**은 그 당시 5·3 인천사태와 관련하여 구속되어 영등포교도소에 수감 중이었다.

(그는 민주화 투쟁으로 1975년부터 1991년까지 5차례 투옥되었으며 12차례 구류를 살았고 도합 7년여의 옥고를 치렀다.)

영화에서 수감 중이던 이부영 당시 민주통일민중운동연합 사무처장에게 고문경찰관이 더 있다고 알린 보안계장은 안유였다. 이부영의 편지를 몰래 재야인사 김정남에게 전달한 교도관은 한재동과 전병용을 합쳐놓은 인물이었다. 실제로는 한재동이 전병용을 통해 이부영의 첫 번째 편지를 김정남에게 전달했고, 두 번째 편지부터는 한재동이 직접 가져다줬다.

안유와 한재동은 2012년 박종철 열사 25주기 기념식에서 수십 년 만에 재회했다고 했다. 그러다 최근 1987 시사회에 초대되어 함께 영화를 봤다.

안유는 "당시 외부의 최루탄가스가 바람을 타고 교도소 안까지 날아오는 날이 많았다"고 말했다. 그는 "당시엔 이부영 씨의 비둘기(몰래 교도소 밖으로 검열받지 않은 편지를 전달하는 사람)가 한재동 씨인 줄 몰랐다"고 덧붙였다. 한재동 역시 "안유 형님이 이부영 형에게 고문경찰이 더 있다는 사실을 전달한 사람이라는 것을 당시엔 확신하지 못했다'고 회고했다.

한재동은 말했다.

"박종철 고문에 둘만 가담했다는 검경 발표가 가짜라는 걸 저는 처음부터 알았어요. 서울구치소에 근무할 때부터 수없이 많은 사람들이 경찰이나 안기부, 보안사 등에 끌려가 고문당한 걸 목격했으니까요. 동료 교도관도 개 패듯 폭행당하고 돌아온 것을 봤고요. 가담자가 더 있을 거라고 짐작했죠.

가해 경찰들이 영등포교도소로 온 후 동료 교도관들을 통해 진상을 파악해보려 했는데 쉽지 않았어요. 조한경은 매일 성경을 크게 읽고 찬송가를 불렀고 강진규는 흐느껴 울기만 했다는 얘기는 들었습니다."

안유는 말했다.

"경찰들이 거의 매일 면회를 왔어요. 2월 19일 면회온 사람들이 '너희 둘이 다 짊어지고 가라. 그럼 빨리 재판받게 해서 가석방이든 사면이든 빨리 석방되도록 하겠다. 대공조직을 위해 너희 둘이 끝까지 책임져라'고 했어요.

조한경은 실제 물고문했다는 동료들의 이름을 입에 올리면서 반발했고요. 깜짝 놀랐습니다. 잊을까 봐 얼른 업무일지에 경위 황정웅, 경사 방근곤(반금곤의 오기), 경장 이정오(이정호의 오기)라고 고문경찰 3명의 이름을 들리는 대로 적었죠. 그들은 대화에 빠져 있어 제가 적는 것을 미처 눈치채지 못했어요."

안유는 며칠을 고민한 후 이부영을 사무실로 불렀다. 커피를 대접하면서 말했다. "큰일 났다. 이러다 나라가 망하겠다. 형이 언젠가 출소할 테니 기록으로 남기라"며 보고 들은 내용을 전했다. 하지만 안유는 "당시 분노를 느껴 고민 끝에 이부영 씨에게 전했지만 그게 곧바로 바깥세상에 알려질 줄은 몰랐다. 다음날인가, 이부영 씨가 내게 박종철 관련 모든 업무일지와 자신과 면담한 기록까지 다 없애라고 하는 얘기를 듣고는 가슴이 철렁 내려앉으며 소름이 돋았다"고 회고했다.

정권을 뒤엎을 정보라고 판단한 이부영은 그 내용을 그날 바로 편지에 써서 다음날 한재동을 통해 외부로 내보냈다. 정권이 박종철 고문치사 사건을 축소·조작·은폐했다는 내용이 편지에 담겼다.

한재동은 말했다.

"여느 때처럼 오후 5시 부영이 형을 만나러 갔는데 부영이 형이 '재동아, 정말 중요한 이야기가 있다. 필기구를 가져오라'고 해요. 직감적으로 박종철 고문경찰들 얘기인 줄 알았어요. 사무실에서 재생갱지를 찢어 제 볼펜과 함께 건넸죠. 부영이 형이 내일 오라고 하더군요. 이튿날 가서 늘 그랬듯이 감방 창문의 쇠창살을 손으로 잡고 대화를 나누는 중에 형이 제 소매 속에 몇 번 접은 편지를 스윽 밀어 넣었어요.

그래야 지키고 있는 교도관이 눈치채지 못하거든요. 형은 저의 동료 교도관이었던 전병용한테 편지를 줘서 김정남에게 전달하도록 하게 하라고 말했어요. 전 편지가 교도소 정문을 나설 때까지 떨어지지 않도록 다섯 손가락으로 소매 끝을 부여잡고 퇴근했죠."

그즈음 교도관을 그만둔 전병용은 당시 경찰에 쫓기는 신세였다. 김정남의 요청으로 이부영, 장기표 등을 숨겨줬다가 장기표가 검거되는 바람에 범인 은닉 혐의를 받은 것이다. 하지만 한재동은 전병용과 경찰의 눈을 피해 몰래 자주 만났다. 편지는 전병용을 거쳐 3월 15일에야 김정남에게 전달됐다. 역시 수배 중이던 김정남이 연락하지 않으면 전병용도 그를 만날 수 없었기 때문이다.

전병용은 편지 전달 이틀 후인 3월 17일 경찰에 붙잡혔다. 김정남이 받은 편지는 2월 23일자 외에 추가로 3월 1일자로 작성된 것도 있었다. 2월 27일 담당검사인 안상수가 두 고문경찰의 요청으로 찾아와 가혹행위 가담자가 3명 더 있다는 이야기를 들은 후 '어느 쪽이 유리한지 잘 알아서 판단하라'고 한 내용이 담겨 있었다.

안유는 말했다.

"…… 저는 달랐어요. 역추적이 들어오면 간첩 누명이 씌워져 남영동에 끌려갈 것이라고 생각했고 두려웠습니다. 솔직히 가족에게도 말 못한 채 수많은 밤을 뜬눈으로 지새웠죠. 내가 어떻게 되면 우리 남은 가족은 어떻게 먹고살아야 할까, 걱정했습니다."

한재동은 말했다.

"정권에 충성하는 것과 국가에 충성하는 것은 다릅니다. 고문 경찰이나 군인 등 많은 공무원들이 흔히 자신들의 잘못된 행위를 변명할 때 국가를 위해서였다고 말하죠. 실제로는 자기들의 권력이나 부를 위해서였고, 국가가 아닌 정권에 대한 충성이었으면서도요. 정권이 아닌 국가에 충성해야 합니다. 그러려면 아닌 건 아니라고 말할 수 있어야 해요. 국민이 깨어나 양심적 행동을 하는 만큼 정권도 바르게 가는 거니까요.

박종철 사건은 최환 검사가 은폐 시도에 맞서 부검을 밀어붙여 물꼬를 텄고, 안상수 검사는 덮으려 한 건데 안상수 검사가 덕을 본 것 같아요."

* * *

강민창은 직권남용 및 직무유기 혐의로 전격 구속된 후 1심 재판에서 유죄, 2심에서 무죄, 대법원의 파기환송 등 우여곡절 끝에 기소 후 5년 5개월 만인 1993년 7월 대법원에서 징역 8월 집행유예 2년으로 유죄가 확정되었다.

그 당시 김경회 대검찰청 중앙수사부장이 발표한 혐의 내용은 다음과 같다.

강 전 치안본부장은 박종철에 대한 부검이 실시된 1월 15일

23시 30분 치안본부장실에서 부검의 황적준 박사로부터 박종철의 사인이 경부압박에 의한 질식사일 뿐만 아니라 가혹 행위를 당해 사망했을 가능성이 충분하다는 내용의 부검 소견을 보고받고도 다음 날 기자간담회에 사용할 부검 소견에 관한 메모의 작성을 요구하면서 가혹 행위로 인한 사망이라고 인정될 수 있는 박종철의 목, 가슴, 머리 등에 생긴 상해 등에 관하여는 소견을 빼라고 요구하여 황박사로 하여금 외표 소견으로는 '사인이 될 만한 특이한 소견을 보지 못함'. 내경 소견으로는 '우측 폐장에서 출혈반 소견이 인정됨'이라고 기재한 내용의 메모를 제출케 함으로써 그 직권을 남용하고 그 이튿날 오전 8시 30분경 사인을 은폐한 채 부검 내용을 발표했으며 17일 낮 1시까지 부검 소견에 따른 진상 조사 지시를 하지 않고 방치하여 직무를 유기했다.

박처원, 유정방, 박원택 등 상급자들은 범인은닉 혐의로 대검 중수부에서 수사를 받고 5월 29일 구속 수감되었다. 그 후 기소되어 8월 18일 1회 공판이 열렸다. 1심에서는 유죄판결을 받았다. 그러나 2심에서 무죄를 선고하자 검찰이 상고했고 대법원이 이를 파기 환송하였다. 결국 1993년 2월 서울고등법원에서 유죄판결을 내렸다. 박처원은 징역 1년 6월 집행유예 3년, 유정방, 박원택은 각각 징역 1년 집행유예 2년을 선고받았다.

고문경찰관 5명은 그 당시 모두 치안본부 대공 3부 5과 2계

소속이었다. 축소 조작 은폐 과정에서 조한경 경위와 강진규 경사만 구속된 후 얼마 안 되어 황정웅 경위는 경북 경산경찰서 대공과 대공 2계장으로 전보되었고, 반금곤 경장은 관악경찰서 수사과 형사계로 전보되었고, 이정호 경장은 서울시경 공안수사단으로 전보되었다.

그들은 추가 기소가 병합되면서 함께 재판을 받았다.

7월 4일 선고공판에서, 고문경찰관 중 조한경 경위는 1심에서 징역 15년, 2심에서 징역 10년을 선고받고 대법원에서 그대로 확정되어 복역 중 1994년 4월 가석방되었고, 강진규 경사는 1심에서 징역 15년, 2심에서 징역 8년을 선고받고 대법원에서 그대로 확정되어 복역 중 1992년 7월 가석방으로 나왔다.

추가로 구속 기소되었던 세 경관 중 징역 3년으로 가장 적은 형을 받은 이정호 경장이 1990년 5월 제일 먼저 출소했다. 황정웅 경위와 반금곤 경장은 각각 징역 5년과 징역 6년의 확정 판결을 받아 복역 중 1990년 12월과 1991년 12월에 각기 석방되었다.

그때 서울지방법원 대법정에서 열린 공판에는 대검 중수부의 강신욱 부장검사, 서울지방검찰청의 김동섭, 이승구 검사가 관여했다. 그 당시에 안상수 검사는 춘천지방검찰청으로 전보되었고 곧 사표를 낼 예정이었다.

그런데 법정에서는 커다란 난동이 일어났다. 처음에는 검찰의 구형량이 너무 적다고 방청객들이 야유를 하고 마이크를 부

수고 법대에 계란을 던졌다. 그래서 변호인들은 마지막 변론도 못 했고 피고인들 역시 최후진술도 하지 못 했다.

또한 선고공판에서는 또다시 형량이 적다는 이유로 이번에도 방청석에서 한바탕 소동이 벌어졌으니 재판장은 판결문도 제대로 낭독하지 못하고 서둘러 퇴정해야 했다.

* * *

영화 1987은 대부분 등장 인물들이 실존 인물의 이름을 그대로 사용하고 있다.

그 영화에서 박처원(성격 배우인 김윤석이 열연한다. 박처원은 본래 모습이 중후하고 거구이기 때문에 옷 속에 패드를 넣었고 그가 생전에 썼던 실제 안경을 끼고 연기를 했다.)은 비뚤어진 신념을 정의라고 굳게 믿는 남자로 나온다. 그릇된 신념을 맹목적으로 추종하며 세상을 이분법적인 논리로만 바라보는 편협하고 옹졸한 시각이 얼마나 위험한지를 새삼 깨닫게 해주는 인물이라는 것이다.

그는 그 당시 치안본부 5차장으로 있으면서 박종철 사건을 전체적으로 진두지휘한 인물이었다.

그는 평안남도 진남포 출생으로 해방 직후 월남하였다. 그래서 평소 말을 할 때면 평안도 말투가 튀어나왔다. 영화에서는 남영동 대공분실에서 조사를 받던 대학생이 사망했다는 보고를 받고 즉시 시신을 태우라고 지시한다.

"시신은 어떻게 할까요?"

"보따리 하나 터진 걸로 소란 떨 거 있네? 태우라우."

북한에 거주 당시 지주계급이라는 이유로 가족 모두가 처형을 당했고 그 역시 북한군에 체포되어 온갖 고문을 당하다가 겨우 탈출한 것이다.

그렇기 때문에 지독한 반공사상을 지니게 된 것은 너무나 당연하다고 할 수 있다. 우리가 그의 어둡고 복잡한 심연을 어떻게 짐작이나 할 수 있겠는가. 누가 그를 비난할 수 있겠는가.

우리는 남을 무작정 비난하고 제멋대로 처단하는 데 익숙하다.

우리는 위선자들이다.

* * *

그렇다면, 박종철 사건을 수사했을 당시 검사들은 그 후 어떻게 되었을까? 경찰과 검사의 운명은 확연히 엇갈렸다. (전두환 정권이 끝나고 노태우 정권이 들어선 후의 일이지만.) 경찰은 범죄자 집단으로 매도되며 엄중하게 처벌을 받았으나 그들을 수사 기소한 검사들은 그 후 승승장구하였으니.

세상은 돌고 돈다.

서울지방검찰청 정구영 지검장은 박종철 사건 수사와 관련하여 좌천을 당해 광주고검장으로 발령이 났다. 그 후 정권이 바

꿰면서 청와대 민정수석, 검찰청장을 역임했고, 차장검사 서익원은 마산지방검찰청장, 수원지방검찰청장을 역임했다.

신창언 부장검사 역시 좌천을 당하여 서울고검 검사로 발령이 났으나 그 후 제주지방검찰청장, 부산지방검찰청장, 헌법재판소 재판관을 역임했다.

검사 안상수는 수사검사로서 가장 고생을 많이 하였지만 문책 인사로 서울지검에서 춘천지방검찰청으로 좌천 발령을 받았고 거기서 사표를 내고 변호사 개업을 하였다. 전화위복인지 모르겠다. 4선 국회의원에 현재 창원시장이다.

박종철 사건의 막내 수사검사였던 박상옥은 현재(2017년) 대법관이다.

(그 당시 법무부장관은 김성기 장관이고 검찰총장은 서동권 총장이었다.)

그 당시 서울지검 최환 공안부장 이야기를 빼놓을 수 없다.
(영화에서는 지나치게 과장 미화되었지만 말이다.)

최환 부장은 박종철이 죽은 당일인 1월 14일 저녁 8시경 검사의 변사체 처리 지휘를 받기 위해 치안본부 경찰관 2명의 방문을 받았다. 그들은 말했다. *"아버지인 박정기 씨로부터 합의서를 받았습니다. 박 씨가 오늘 밤에라도 화장을 해서 유골 가루를 달라고 합니다. 박 군의 부모는 부산에 계십니다. 밤에 화장을 할 수 있도록 화장터 직원들을 대기시켜 놓았습니다. 밤에라도 화장을 해서 부산 집에 내려보내려고 합니다."*

그가 말했다. "두 분도 학교 다니는 애들이 있겠지요. 자녀가 학교 다녀오겠다고 나갔다가 죽었는데 화장이든 매장이든 그 전에 부모가 마지막으로 얼굴이라도 봐야 하지 않겠습니까. 한 번 처지를 바꿔서 생각해보세요."

경찰이 다시 말했다. "대공 요원이 실수를 했는데 공안부장님께서 봐줘야 하지 않겠습니까?"

그가 말했다. "돌아가서 내일 아침에 용산경찰서장의 '변사사건 발생 보고 및 지휘품신서'를 갖고 오면 일찍 처리해주겠다."

그가 안상수 검사를 불러서 말했다. "당신이랑 나랑 단단히 각오를 하고 일을 하자. 김근태 전기고문과 권인숙 성고문에서 보듯이 경찰의 인권 유린을 이대로 놔둬서는 안 된다."

(이 부분은 안상수 검사의 책에는 나오지 않지만 「박종철 탐사보도와 6월 항쟁」에 나온다. 저자가 이 책을 집필하는 과정에서 혹은 어떤 기회에 최환 부장으로부터 직접 그 이야기를 들었는지는 잘 모르겠다.)

* * *

장세동은 오랜 군 생활을 하면서 전두환 전 대통령의 심복지인이 되었다. 전두환 정권 3년 7개월 동안 경호실장을 했고 2년 3개월은 안기부장을 한 대통령의 최측근이다.

1987년 2월 말 이미 범인은폐 사실을 알고 있으면서도 대책회의 지시 때문에 본격적인 수사에 미온적이었던 서울지검은 뒤늦게 2차 수사팀을 구성하였다. 그리고 5월 29일 박종철 물고문 사건의 직접적인 당사자였던 황정웅, 반금곤, 이정호를 추가 구속 기소했다. 그 무렵 국무총리 노신영과 정권 2인자였던 안기부장 장세동도 물러나게 된 것이다.

장 부장은 수시로 내무부장관, 법무부장관, 검찰총장, 치안본부장이 참여한 관계기관 대책회의를 열어 시국안정 대책을 주도해나갔다. 경찰의 박종철 고문치사 은폐 조작을 덮기로 한 것도 관계기관 대책회의의 결정이었다.

안기부는 관계기관 대책회의를 통해 검찰의 손발을 묶어놓고 언론도 회유와 압박으로 장악하였다. 장 부장은 수시로 신문사 편집국장과 방송사 보도국장을 불러 식사를 했다. 관계기관 대책회의에서 결정된 보도지침을 문공부 홍보조정실이 집행했지만 중요한 사안은 안기부가 직접 챙겼다.

장세동은 5공 비리 청산이 시작되면서 일해재단(현재 세종연구소) 기부금 모금과 관련해서 첫 번째 옥살이를 했고, 용팔이 사건 재수사 과정에서 신민당의 이택돈 의원과 이택희 의원에게 5억 원을 주고 창당방해를 사주한 사실이 밝혀져 두 번째 옥살이를 했으며, 12.12 군사반란과 관련해 세 번째 옥살이를 했다.

그 영화에서는 사리사욕을 위해서라면 아무런 거리낌 없이 기꺼이 웃으며 남을 짓밟는 자로 나온다.

정권이 바뀌면 절대로 안 된다. 재수사로 덮어두었던 범죄 혐의가 새삼 드러나고 처벌을 받는다. 그래서 정권은 바뀌어야 한다.

(박근혜 전 대통령과 비선 실세 최순실은 미르와 K스포츠 재단을 만들면서 일해재단처럼 똑같이 재벌로부터 모금을 하다가 구속되었다. 그들은 역사로부터 뭘 배웠단 말인가.)

* * *

박종철 사건의 축소 은폐를 주도한 관계기관 대책회의에서 실무를 담당한 핵심 멤버는 당시 치안본부장 출신으로 안기부 국내 담당 이해구 차장과 검사 출신으로 안기부 수사단을 맡고 있던 정형근 단장이다.

정형근은 1983년 서울지검 검사를 끝으로 그해 안기부 대공수사국 법률담당관으로 파견 나가 대공수사국 수사 2단장, 대공수사국장, 기획판단국장, 1차장 등을 거쳐 1995년 안기부의 '지방자치단체 선거 연기 검토 문건'이 폭로되어 옷을 벗기까지 13년 동안 안기부에서 근무했다. (그는 「안 검사의 일기」에서는 J로 나온다.)

그런데 그 당시 전두환 대통령은 사건 전모에 대해 상세한 보고를 받았던 것일까. 만일 전 대통령이 이 보고를 받지 못한 상태였다면 관계기관 대책회의를 주도한 장세동 안기부장은 대통령에게 보고하지도 않고 자의적으로 사건을 은폐하려 한 책임을 져야 할 것이다. (그러나 대통령과 안기부장의 그 끈끈한 인간적 관계에 비추어 볼 때, 또한 안기부장의 공사를 불문한 지극한 충성심에 비추어 볼 때, 그리고 정권의 운명을 가를 만큼 그렇게 중요한 사건인데 어떻게 보고를 하지 않을 수 있었겠는가. 그렇게 합리적으로 추측할 수 있다.)

만일 대통령에게 보고가 되어 전두환 대통령이 그 사실을 알고도 축소 은폐를 용인하거나 지시했다면? 모든 책임은 전두환 대통령이 최종적으로 져야 한다. 지금에 와서 형사상 소추는 받지 않는다 해도 최소한 대통령이 국민을 기만하려 했다는 지탄과 비난만은 면키 어려울 것이다.

전두환과 장세동은 이 의혹에 대해 답변해야 한다. 국민들은 알 권리가 있다. 그리고 어떤 식으로든 책임을 물을 권리가 있다.

(이건 당시 안상수 수사검사의 견해이지만 나는 전적으로 동의한다. 그러나 그들이 죽을 때까지 혹은 유언으로라도 답변을, 변명이라도 할 리는 없다. 묵묵부답. 그들이 누구인가.)

이미 공소시효가 만료되었기 때문에 형사책임을 물을 수 없다고 하자. 그들에게 도덕적 기준에 따른 양심을 도저히 기대할 수 없기 때문에 양심의 죄를 물을 순 없을 것이다. 그러나 역사적 과오에 따른 역사적 죄는 그들의 사후에도 영원히 지옥에까지 따라다니게 될 것이다.

* * *

중앙대 부속 용산병원의 의사 **오연상**은 5층 조사실에 들어갔을 때 그곳은 마치 음습한 지하실처럼 쾌쾌하고 어두워 약간 당황했다. 무슨 조사실에 욕조와 세면대, 양변기, 이상하게 길

쭉한 침대까지 있는 걸까 의아해하며 바닥을 보는 순간 물이 흥건하다는 사실을 알아챘다.

그는 남영동 대공분실에 도착 즉시 박종철의 눈동자를 살펴보고 심전도 및 호흡 상태를 살펴보았으나 박종철은 이미 숨진 상태였다. 그는 기관지에 튜브를 집어넣어 인공호흡을 시키고 충격요법으로 사용되는 앰플 주사를 놓고 심장 마사지도 약 30분 동안이나 계속했으나 박종철의 심폐기능은 소생되지 않았다.

오연상은 의사로서 사인이 엉터리로 조작되는 것을 그저 지켜볼 수는 없었다. 그는 박종철 고문치사 사건의 진실 규명에 기여한 공로로 한국기독교교회협의회 인권위원회가 주는 제 1회 KNCC 인권상을 받았고 그해 12월 30일에는 동아일보로부터 올해의 인물로 선정되었다. 현재 중앙대 의과대학의 교수로 있다.

* * *

황적준 박사는 강민창 본부장의 압력을 폭로한 일기가 1988년 1월 12일 동아일보에 보도되자 경찰 조직에는 더 이상 남아 있을 수 없다고 판단해서 바로 당일 국립과학수사연구소 법의학 과장직을 사직하였다. 그 후 모교인 고려대 의대 교수와 법의학교실의 교수가 되었다. 현재 정년퇴직을 한 후 명예교수로 있다.

그는 박종철 사체를 부검한 후 이틀 동안이나 사인을 심장마비로 하라는 치안본부 간부들의 압력을 뿌리치고 진실에 입각해서 감정서를 썼다. 그가 압력에 굴복해서 치안본부의 요구대로 엉터리 감정서를 썼더라면 사건은 어떻게 진행되었을지 상상도 할 수가 없다. 그러나 그는 어떤 인권단체로부터도 상을 받은 일은 없었다.

그가 말했다.

"법의학에서는 증언의 신빙성과 관련해 기억을 되살리는 데는 한계가 있다고 가르칩니다. 기억이 생생할 때 역사적 사건의 정확한 기록을 남겨두자는 생각이었죠"

이한열이 사망할 당시 부검을 했던 이정빈(현재 단국대 법학과 석좌교수) 박사는 이한열의 사망 원인과 관련하여 최루탄이 터지면서 납 껍데기가 머리로 튀었는데 부검 과정에서 그걸 찾아냈다. 그는 여론이 어떻다고 해도 부검은 정직하다고 말했다.

* * *

로이터 통신의 **정태원** 사진기자는 최루탄을 머리에 맞고 피를 흘리는 이한열을 한 학우가 뒤에서 부둥켜안고 있는 사진을 전 세계에 타전하였다. 그는 다른 외신 기자들이 멀리서 망원렌즈로 찍을 때 시위대 속에서 방독면을 쓰고 사진을 찍었다. 필름을 압수당할 것에 대비해서 세 개의 사진기로 번갈아 가면서 찍었다.

그는 그간 공개되지 않았던 이한열이 최루탄을 맞고 뇌사에 빠진 당일 사진들을 2011년 5월 **이한열 기념사업회**에 기증했다.

정태원 기자가 이한열 기념사업회에 기증했던 사진들과 전시된 유품들을 종합해서 정리해보자. 그러나 그 이상의 자료는 입수할 수 없다. 한 세대가 지났으니.

이한열이 얼굴에 피를 흘리며 쓰러지는 순간 가슴팍을 붙잡고 어딘가를 바라보는 학생(마스크를 썼고 안경은 쓰지 않은 긴 머리의 곱상한 얼굴, 왼손에 검은색 밴드의 시계를 찼다.)을 찍은 사진.

이 역사를 바꾼 사진은 세계적 특종이었고 6월 항쟁에 불을 질렀다. 중앙일보 이창성 기자가 정태원 기자로부터 받아서 1987년 6월 11일 국내 최초로 보도된 사진이다.

나는 이 한 장의 사진이야말로 6·10 항쟁의 클라이맥스라고 생각한다.

그런데 또 한 장의 사진이 있다. 이때 쓰러지는 이한열을 화학공학과 학생으로 보이는 안경을 낀 학생이 깃발로 이한열을 감싼 채 붙잡고 있고 어린 학생 (1학년 신입생이 아닐까) 이 이한열의 기울여진 머리를 떠받치고 있다. 이한열이 쓰러질 때 그를 감쌌던 화학공학과 학생회 깃발은 학생회 창고에 오랫동안 방치되어 있다가 2015년 8월에서야 공과대학 건물 리모델링을 할

즈음 청소를 하던 재학생들의 눈에 우연히 띄어 기념관에 기증되었다.

그러나 전자의 사진과 후자의 사진의 전후 관계는 사진만으로는 정확하게 확인할 길이 없다.

6월 9일 오후 4시 30분쯤 연세대 정문 근처에서 쓰러져가는 이한열의 왼쪽 다리는 두 학생이, 오른쪽 다리는 한 학생이, 몸통과 머리는 두 학생이 붙들고 근처 세브란스 병원으로 옮기고 있다. 네 명은 안경을 썼고 네 명은 반팔 티셔츠를 입었으며 두 사람은 마스크를 썼다. 그리고 그 옆에서 이 광경을 바라보며 입을 가리고 울고 있는 여자가 있다. (이 여자는 짧은 머리에 검은색 바지를 입고 무늬가 있는 반팔 셔츠를 입었다.)

* * *

dino87@joongang.co.kr

신성호 기자

신성호 기자는 그 당시 중앙일보 사회부 소속으로 검찰청을 출입하는 7년차 기자였다. 현재는 성균관대 신문방송학과 교수로 있다.

그가 말했다.

"1월 15일 오전 9시 50분쯤이었다. 그 날도 검찰청 '마와리

(まわり・기자가 출입처를 돌아다니며 기삿거리를 찾는 일을 일컫는 일본말)'
를 돌던 중 이흥규 대검찰청 공안4과장 방에 들어갔는데 소파
에 앉자마자 대뜸 '경찰, 큰일 났어'라며 한숨을 내쉬었다. 그래
서 나도 맞장구를 쳤다. '그러게 말입니다'

무슨 일 터졌습니까 하고 물어보면 오히려 입을 다물 수 있
으니까 경계심을 풀 수 있게 이미 알고 있는 척을 했다. 맞장구
를 치니까 그제서야 '그 친구 서울대생이라며?'하고 묻더라. '경
찰' '큰일' '서울대생'. 이거 뭔가 있다는 느낌이 강하게 들었다.

흥분이 됐다. 엄청난 일이 벌어진 게 확실하다는 느낌을 받았
으니까. 공안4과장에게서 '조사를 어떻게 했기에 사람이 죽는
거야. 더구나 남영동에서'라는 말을 듣고 나니 사건의 윤곽이
잡히더라.

'남영동에서 조사받던 서울대생 한 명이 죽었다' 그 방에서
나오자마자 화장실로 뛰어가서 문을 걸어 잠그고 취재수첩에
키워드를 정리했다. 서울대생, 조사 중 사망, 남영동. 그리고 빈
방에 들어가 회사로 전화를 걸었다.

공안4과장 방에서 나온 뒤에 당시 이두석 사회부장에게 보고
하고 사실관계를 다시 확인할 필요가 있다고 생각했다. 신상 정
보 등 추가 취재도 필요했다.

당시 대검 중앙수사부 중수1과장이었던 이진강 부장검사를
만났는데 '어떻게 알았느냐'며 깜짝 놀라더라. 공안4과장 말이
사실이라는 게 확인된 거다. 서울지검 공안부에서 학원담당을

맡고 있던 김재기 검사 방에 들어가자마자 '숨진 서울대생 이름이 뭐죠?'하고 물었더니 '박종 뭐라던데'하고 답해줬다. 당시 서울대 출입기자가 학적부를 뒤져 신상을 확인했다.

물론 실제 기사에 대한 압박이 들어오긴 했다. 당시 문화공보부 홍보조정실에서 중앙일보에 전화해서 '이거 오보다. 당장 기사 빼라'고 욕하면서 소리를 쳤다. 우리도 '무슨 소리냐 팩트 취재하고 끝까지 확인해서 쓴 기사다. 못 뺀다'고 버텼다. 경찰도 당시 사회부장한테 전화를 걸어서 계속 기사를 빼라고 압박을 가했다.

당시 사회부장이 '이거 만약에 조금이라도 잘못되면 너, 나, 편집국장, 사장 줄줄이 남산이다'라며 사실 확인을 재차 요구했다.

기사의 사실관계가 조금이라도 틀리면 남산 안기부에 끌려가 곤욕을 치를 수밖에 없었던 것이다.

영화에서처럼 바로 도망친 게 아니라 그날 저녁 사회부 회식이 있었다. 회식이 끝난 뒤 선배들이 집에 가지 말라고 조언했다. 집 앞에서 잡혀갈 수도 있다고 그래서 회사 근처 여관에서 하룻밤을 보내는데 그날 밤이 굉장히 길었다. 별의별 생각이 다 들더라.

신 교수는 박종철 군 고문치사 사건을 특종보도한 뒤에 오히려 '신문기자를 그만둘 상황에 처할 수도 있겠다'는 생각을 했다고 한다. 엄혹했던 당시 상황을 감안하면 정권 차원의 보복이

157

있을 것이란 우려였다."

* * *

gojin@kyunghyang.com
hyein@kyunghyang.com
kimg@kyunghyang.com
julee@joongang.co.kr

영화 1987

나는 거의 매주 토요일마다 특별히 할 일도 없으면서 사무실로 나간다. 이번 토요일(2018년 1월 6일)에는 모처럼 집에서 여유 있게 쉬기로 하였다. 아침에 모닝커피를 느긋하게 마시면서 영화 1987에 대한 기획 특집 기사를 우연히 읽게 되었다. 나는 그 영화를 아직 보지 못했고 언제 보게 될지 예정도 없다. 내가 마지막으로 영화를 본 것은 까마득한 옛날 일이다.

장준환 감독은 말했다.

"내가 대학에 다닐 때도 학생운동은 활발했다. 그런데 핑계일 수도 있지만, 당시 나는 실존이라든지 좀 더 예술적인 것에 관심이 있었었다. 토론이나 데모를 안 해본 건 아니지만, 사회적인 문제에는 다른 친구들처럼 많이 참여하지 못했다.

블랙리스트는 개인의 밥줄을 끊는 문제가 아니라 영혼의 줄을 끊는 심각한 행위라고 본다. 사실 내가 블랙리스트에 올라 있을 거라는 생각은 못했다.

관객들과 굉장히 깊게 소통되고 있다는 느낌이다. 창작자는 소통을 통해 위로받는데, 요즘 내가 많은 위로를 받고 있다. 감독 입장에서 관객 수도 매우 중요하지만, 관객들과 깊이 통했다는 느낌을 얻는 게 얼마나 중요한지 모른다.

정말 만들어질 수 있을지 의문이었다. 어떤 형태로든 정치적 탄압 같은 게 있을 수 있다고 생각했다. 내가 느끼기엔 불과 2년 전만 해도 이런 영화를 편하게 만들 수 있는 시대는 아니었다.

1987년 그날, 그 광장에서 나와 우리는 제대로 걷고 있었는가, 지금 우리는 어떤 모습인가 하는 질문으로 이어졌으면 좋겠다. 2017년에 또다시 광장으로 나와야 했다는 게 어떤 의미인지도 돌아봤으면 좋겠다."

시나리오 작가 김경찬은 말했다.

"99% 실화예요. 연희의 존재 빼고는 거의 다 실화라고 봐야 합니다. 실화와 얼마나 비슷하게 만들지에 대해서 고민을 많이 했지만 실화를 영화로 만들 때 가장 중요한 건 팩트를 훼손하지 않는 것입니다. 역사는 왜곡과 훼손이 되어서는 안 되지요 제가 시나리오 작가 전에 다큐멘터리 PD로 일하면서 수많은 실화들을 봤잖아요. 오히려 영화로 만들면 말도 안 된다고 욕먹을 만한 이야기들이 실제로 벌어져요. 실화를 깊숙이 파고들어가 감춰진 것들을 끌어올리면 훨씬 힘이 세져요. 실화에는 상상할 수 없는 심연이 존재하죠.

이한열 열사와 박종철 열사라는 중요한 두 인물을 영화 속에서 자연스럽게 연결해 보여줄 만한 장치가 필요했는데 그게 연희였습니다. 개인적인 사정과 현실 여건 때문에 세상사에 관심을 끄고 살려고 하지만 참다 참다 둑이 터지듯 달려나가게 되는 평범한 시민을 상징할 인물이 필요했습니다. 이야기 이곳저곳에 연희를 배치해보다가 결국 교도관 한병용의 조카 자리에 앉혔습니다.

사실 전 영화를 통해서 직업윤리에 대해 말하고 싶었어요. 영화 속에서 누군가는 직업윤리를 지키고 누군가는 직업윤리를 저버리잖아요. 권력에 굴복하지 않고 직업윤리를 끝까지 지키는 사람들이 제자리에 있을 때, 우리 사회가 조금 더 건강해질 수 있는 거라고 생각해요"

그들(박종철과 이한열을 포함해서)은 1960년대에 태어나서 1980년대 대학에 입학했고 1990년대를 기준으로 하면 386세대였다. 그러나 1987년을 기준으로 해서 30년이 지난 지금에는 벌써 586세대이다.

관객 A는 말했다.

"연희와 비슷한 마음이었다. 집회는 한두 번 나가 봤을 뿐, 다른 친구들처럼 열성적으로 거리에 나서는 편은 아니었다. 그게 30여 년이 흐른 지금까지도 마음의 짐으로 남아 있다.

당시 친구가 가자고 해서 큰 집회를 몇 번은 따라나섰는데, 친구를 지켜야 한다는 마음에서 돌멩이를 집어 들었지만 결국 던지지 못했던 기억이 난다.

나는 사회적 의식이 투철하지 못하고 내 삶에만 충실한 편이었는데 목숨을 바쳐 싸웠던 친구들 덕분에 세상이 바뀌었다고 생각하고 그때 나서지 못했던 것에 늘 미안함을 갖고 있다.

그때 함께하지 못했던 것을 보상한다는 마음으로 지난해 촛불집회에 빠짐없이 참여했다."

관객 B는 말했다.

"나도 87년 당시 선배의 도망을 도와주다가 두 차례 구류를 살았는데, 선배의 소재를 불라는 경찰에게 많이 얻어맞아 공포가 컸다. 죽음과 삶을 넘나드는 것에 대한 공포감이 그 시절 많은 이들에게 있었을 것이다.

우리가 그 엄혹했던 시절을 함께했다는 것이 자랑스럽기도 하지만, 그때 세상을 등진 친구들을 생각하면 그립기도, 미안하기도 하고 만감이 교차했다."

관객 C는 말했다.

"시대의 무게감을 다룬 영화들은 너무 힘들어서 한동안 안 봤어요 그런데 이제는 왠지 봐도 괜찮을 것 같다는 생각이 들어요.

매일같이 거리를 쏘다니면서 시위를 했는데 대학생 운동권들이 주축이 됐던 시위에 넥타이 부대, 중년의 시민들이 참여하며 대규모로 커졌을 때는 굉장히 감동적이었고 엄청난 용기를 얻기도 했다.

그래서 시민들이 저항하면 이길 수 있다는 것을 87년의 경험을 통해 얻었고, 그 경험이 있어서 2017년 촛불도 켜질 수 있었다고 생각한다."

* * *

나는 다시 **김상진** 열사의 죽음을 생각한다.

그가 외쳤다.

"이것이 의미하는 바가 무엇인지 아십니까?"

상진의 왼손에 무엇인가가 들려 있었다. 햇살이 번쩍하며 빛났다. 섬광이었다.

누군가 놀란 목소리로 외쳤다.

"야, 너 뭐하는 거야?"

하지만 그때는 이미 늦었다. 상진은 손에 든 칼로 왼쪽 배를 깊숙이 찌른 뒤 다시 위로 힘껏 그어 올린 것이다. 손은 피로 이미 붉게 물들어버린 뒤였다. 몇몇 학생들이 상진의 손과 다리를 잡았다. 그리고 대학 본관 쪽을 향해 달리기 시작했다. 많은 학생들이 뒤를 따라갔다. 그가 힘겨운 목소리로 말했다. "애, 애국가를 불러줘." 학생들이 애국가를 부르기 시작했다. 상진은 혼수상태에 빠진 채 학생들에 의해 수원 도립병원으로 옮겨졌다.

1975년 4월 12일 오전 8시 55분 그는 죽었다.

* * *

작가 김숨은 장편소설 「L의 운동화」을 쓰면서 이한열을 부축해서 병원으로 옮겼던 학생들을 취재했다.

이한열이 최루탄을 맞고 쓰러질 당시 부축했던 학우들 중 한 명은 수년 전 암으로 세상을 떠났다. 또 한 명은 자신이 그 몇 사람 중 하나라는 사실이 외부로 알려지는 것을 극도로 꺼리고 있다. 5월 말만 되면 이유 없이 아팠다. 어디가 아픈지 설명할 수는 없지만 일상생활에 지장이 있을 정도로 아팠다. 본인은 아파서 죽겠는데 가족이나 직장 동료들이 볼 때는 꾀병을 부린다는 오해를 살 정도로 멀쩡해 보여서 힘들다고 했다. 또 한 명은 한쪽 눈을 실명했는데, 다른 집회에서 눈을 다쳤던 것이다.

* * *

궁정동 안가.

그날 밤 무슨 일이 있었던가. 현대사의 물줄기를 바꾼 역사적 사건. 시바스리갈을 마셨던 질펀한 술자리에서…… 두 명의 여자가 있었다. 기타를 치고 노래를 불렀던 꽤 유명한 가수와 여태껏 솜털이 보송보송한 앳된 여대생. 아직 포옹과 성적 쾌감의 헐떡임이 있기 전이다. 곧 단발마의 헐떡임으로 변할 터이다.

수십 발의 총소리. 총알은 빨랐다.

총을 쏜 가해자와 총에 맞은 희생자들. 어쨌거나 그들의 운명은 서로 끈끈하게 얽혀있었다.

그 안가는 철거되었다. 지금은 작은 공원이 되어 몇 그루의 앙상한 나무들만 서 있다. 인생무상! 역사의 아이러니!

* * *

박정기는 이한열의 아버지인 이병섭과 가깝게 지냈다. 이한열이 사경을 헤매고 있던 1987년 7월 초 박정기가 신촌 세브란스병원으로 찾아갔을 때 처음 만났던 것이다. 그러나 이병섭은 1995년 10월 20일 이한열의 곁으로 떠났다. 그는 해마다 6월이면 신체 마비 증상으로 고통을 겪었고 죽기 3년 전부턴 언어장애를 겪었다.

박정기는 **전국민족민주유가족협의회(유가협)**의 회원이고 2대 회장이었다. (유가협은 1986년 전태일의 어머니인 이소선 여사가 주동이 되어 노동 및 민주화운동 과정에서 희생당한 열사들의 유가족이 모여 창립한 단체다. 그러므로 초대 회장은 이소선 여사다. 지금은 종로구 창신 2동에 위치한 한울삶에 터를 잡고 있다. 한울삶은 한이 많은 사람들이 한 울타리에 산다는 뜻을 가졌다. 이한열의 어머니인 배은심 여사는 '우린 유가협이 없었으면 죽었어요. 위로가 되고 힘이 되고 나 혼자가 아니라는 게 인식되고…… 여긴 아픔의 장소였어요. 여기가 있어서 살 수 있었어요. 트라우마 센터 1호가 아닌가 싶어요.'라고 말했다. mercury@ilyo.co.kr)

유가협 회원들이 모두 앓고 있는 병이 있다. 바로 불면증이다. 자식을 잃은 지 20년, 30년이 지났어도 그들은 불면증을 안고 산다. 그들은 수면제를 반으로 쪼개서 나누어 먹는다. 한 알을 다 먹으면 너무 독하기 때문이라고 한다.

박정기는 1988년 12월 21일 박종철 2주기 추모식에 앞서 당시 서울 양평동에 있던 한겨레 신문사에서 박종운을 만났다. 박종운이 4년간 수배에서 해제된 즈음이었다.

박종철의 묘는 모란공원에 **전태일**이 묻힌 묘 뒤편 산자락에 있다. 떠오르는 해를 바라볼 수 있는 전망 좋은 곳이다. 그러나 박종철의 유해는 임진강에 뿌리고 말았기 때문에 관은 한동안 텅 비어 있었다. 박정기는 그 후 임진강에서 가져온 흙을 관 속에 넣어 두었다.

* * *

박종운은 그가 숨어 지내던 영등포구 대림동 독서실에서 1월

16일자 동아일보 보도를 보고 박종철의 죽음을 알게 되었다고 한다. 그는 1985년 10월 일어난 민주화추진위원회 사건으로 지명수배가 되었다. 수배가 된 상태에서 도망자 신세가 되어 독서실을 전전했다. 경찰에 검거된 운동권 인사들은 그를 배후로 지명했기 때문에 경찰은 그를 잡으려고 혈안이 되었다.

그는 말했다.

"박종운과 박종철, 우리는 이름까지 형제 같구나. 앞으로 자주 만나지는 못하겠지만 우리 열심히 살도록 하자.

종철이가 '형, 너무 추워 보여요'라고 하며 누나가 짜준 털목도리를 내 목에 둘러주고 만 원을 손에 쥐여 주던 그때의 모습을 잊을 수 없다.

그 당시 경찰은 나만 잡으면 학생운동을 잠재울 수 있다고 생각해서 무리수를 두다가 종철이가 희생됐다.

사람들이 나를 변절자라며 매도하지만 일상적으로 이뤄지는 반시장적 반민주적 행태를 극복하고 북한의 민주화를 이루는 것이 종철이의 정신을 발전시키는 것이라고 믿는다.

종철이가 목숨을 던져 살린 네가 어떻게 보수 세력인 한나라당에 입당할 수 있느냐는 주위의 거센 비판이 너무 괴로웠습니다.

변절자라는 욕을 먹거나 인간적으로 힘들 때마다 종철이를 생각했습니다."

그는 1991년에는 박종철기념사업회 운영위원을 맡아 일했다.

그러다가 2000년 한나라당에 입당했고 그 후 국회의원 선거에 세 차례 출마했다.

* * *

나는 30년 전 한겨울 그 동네 풍경을 상상한다.

신림동 95번 버스 종점이 있는 변두리 한적한 동네.

나는 신림동 고시촌 풍경이 낯설지 않다. 한때, 그러니까 1980년대 그곳에서 고시공부를 하며 고통스러운 날들을 보냈던 적이 있기 때문이다. 삶의 표류. 균열된 자아. 지금쯤 까마득하게 잊어버렸으면 더 좋았을 우울한 기억들.

그 해 겨울은 유난히 추웠다.

한겨울의 그 추웠던 밤.

이승에서 마지막 밤이었다.

그날 밤 종철이는 친구에게 '오늘은 *기분이 좋은데 한 잔만 더 하자*'고 하면서 하숙집과 가까운 '민속촌' 술집에서 기분 좋게 두부 안주에 동동주 한 단지를 마시고 반쯤을 더 마셨다. 내가 그의 주량을 상상할 순 없지만 상당히 취했을 것이다.

그날 밤 달이 떠올랐을까? 상현달 아니면 하현달. 달을 바라보며 부산 바닷가가 그리웠을까? 애처로운 마음에 눈물을 글썽이지는 않았을까? 그리고 새삼스럽게 눈을 들어 주변을 돌아보면서 눈 덮인 산꼭대기에 눈길이 머물지 않았을까?

죽음을 예감할 수 있었을까. 어떤 불길한 느낌이 불현듯 들었을까. 아무것도 못 느꼈을까. 차가운 바람이 얼굴을 스치고 지나가지 않았을까.

그때 분노를 느꼈을까? 무엇 때문에, 내가 뭔가 잘못하고 있는 건 아닌가 하고 죄책감을 느끼며 가슴이 무거웠을까? 머리를 흔들며 부정하고 혼자 중얼거렸을까?

'광주학살 책임지고 전두환은 물러가라.' '미국은 광주항쟁 개입을 공개 사과하라'고 마음속에서 외치며 울분을 토하고 있었을까?

나는 그가 쓴 편지와 공장 활동 일지 등을 읽었다.

…… 무슨 일이든지 가만히 앉아서 이룰 수 있는 것은 아무것도 없다. 비록 부닥치고 깨어질지라도 계속적인 실천과 투쟁이 있어야만 자아의 실현도 가치관의 정립도 나아가서 민주의 실현도 가능하리라 본다. 부닥치고 깨어지고 또 일어서서 다시 부닥치는 속에서 하나의 이론이 성립하고 그 이론을 바탕으로 실천을 행하면서 인간은 성숙할 수 있으리라. ……

…… 아버지, 어머니. 가난하고 어려운 생활은 결코 누구의 잘못도 아닙니다. 그것은 이 땅의 잘못된 정치, 경제적 구조가 만들어 낸 역사적 산물입니다. 언젠가는 분명히 가난한 국민들도 어깨 펴고 살 날이 올 것입니다. 항상 용기를 잃지 말고 살아갑시다. ……

…… 하루종일 앉아서 계속 되풀이되는 단순노동이 사람을

굉장히 멍청하게 만드는 것 같다. 그야말로 인간을 단순하게 만들면서 기계적으로 되게 하는 것이다. 하지만 이런 노동들이 진정한 의미를 가지고 정당한 대가를 받을 수 있을 때, 그때를 위하여 내가 할 일은 무엇일까. ……

……아버지 어머니, 더운 날씨에 고생들 많으시지요. 저들이 비록 제 신체는 구속시켰지만 저의 사상과 신념은 결코 구속시키지 못합니다. 저를 포함한 수많은 노동자, 학생들이 구속되어 있는 원인이 무엇입니까? 누가 우리를 구속시켰습니까? 저들을 미워합시다. 그리고 저들이 저들 편한 대로 만들어 놓은 이 땅의 부당한 사회구조를 미워합시다. 악한 것을 악하다고 말할 용기가 없다면 마음속으로 진실하게 믿는 용기가 있어야 되지 않겠습니까? 엄마 아버지의 막내는 결코 나약한 인간이 아닙니다.
……

……이 땅의 민주화와 민중 해방을 위해 싸우다 돌아가신 분들을 생각하면 나는 죄인이라는 생각을 떨쳐버릴 수가 없다. 결의를 다지고 또 다지기는 하지만 목숨을 바친다는 것을 생각하면 심지가 굳지 못한 나 자신에 맥이 풀리기도 하지. 하지만 장담할 수 있는 것은 나는 아직도 운동을 나의 전부로 생각하기를 포기하지 않았다는 거야. ……

종철이는 그 당시 하숙집 책상 위에 전태일의 사진 액자를 놓아두고 있었다. 지금 모란공원에는 박종철의 묘와 전태일의

묘가 앞뒤로 묻혀있다. 그러므로 전태일과 박종철 그들의 운명
은 *끈끈하게* 연결되어 있다.

나는 새삼스럽게 조영래의 「전태일 평전」을 읽었다. 그는 "내
죽음을 헛되이 말라"고 소리치며 숯덩이가 되어 쓰러졌다.
그가 22살 때였다.
1970년 11월 13일.
그날은 아침부터 옅은 잿빛 구름이 하늘을 덮고 있었다. 평화
시장 일대에 감도는 긴장감은 10월 24일 데모 때보다 더욱 짙
었다. 경비원들은 전보다 더 불어나 있었고 출동한 경찰대가 이
곳저곳에 삼엄하게 진을 치고 있었다.
…… 순간 전태일의 옷에 불길이 확 치솟았다. 친구들보고
먼저 내려가라고 한 뒤 그는 미리 준비해두었던 한 되 가량의
석유를 온몸에 끼얹고 내려왔던 것이다. 불길은 순식간에 전태
일의 전신을 휩쌌다. 불타는 몸으로 그는 사람들이 아직 많이
서성거리고 있는 국민은행 앞길로 뛰어나갔다.
"근로기준법을 준수하라!"
"우리는 기계가 아니다! 일요일은 쉬게 하라!"
"노동자들을 혹사하지 말라!"
"내 죽음을 헛되이 하지 말라!"
그는 몇 마디의 구호를 짐승의 소리처럼 외치다가 그 자리에
쓰러졌다. 입으로 화염이 확확 들이찼던 것인지, 나중 말은 똑

똑히 알아들을 수 없는 비명소리로 변하였다. 때마침 그 자리에 있었던 삼동회 한 회원이 근로기준법 책을 전태일의 불길 속에 집어던졌다. 이렇게 하여 근로기준법의 화형식이 이루어졌던 것이다.

…… 그것은 지옥 끝에서도 볼 수 없을 것 같은 실로 참혹한 풍경이었다. 그의 몸은 옷의 엉덩이 부분을 제외하고는 전신이 숯처럼 시커멓게 타고 온 살결은 화상으로 터지고 그의 눈꺼풀은 뒤집히고 입술은 퉁퉁 부르텄다. 인간의 모습이라고는 할 수 없는 그 참혹한 몰골로, 그는 마지막 남은 생명의 힘을 다 짜내는 듯 야차처럼 울부짖었는데, "내 죽음을 헛되이 말라"는 외마디소리를 제외하고는 도저히 알아들을 수가 없었다.

* * *

박종철이 1987년 1월 형사들에게 붙잡혀 끌려나왔던 그 하숙집은 지금도 서울대생들이 많이 사는 당시 신림 9동 녹두거리의 한 골목에 있었다. 그곳은 도림천을 따라 서울대 정문으로 이어진다. 그 당시 신림동은 서울대생들의 하숙집 천지였다. 방값이 없을 때는 친구 하숙집에 얹혀사는 경우도 많았다.

30년 전 그 시절 젊은이들이 자주 들렀던 신림동 주변에 널려있던 기껏해야 감자탕 아니면 두부 안주에 동동주나 소주를 마시며 노닥거렸던 학사주점들은 다 사라졌다.

탈, 민속촌, 선비촌, 청벽집, 스페이스 등.

이제는 그 시절 동네 슈퍼나 정육점, 세탁소, 야채 가게 등이 들어서 있던 낡은 건물들 대신 그 자리엔 다세대 주택 사이로 가정집을 리모델링한 요즈음에 어딜 가도 흔한 현대식 카페와 편의점, PC방, 노래방 그리고 많은 고시원과 오피스텔들이 자리를 잡고 있다. 버스 종점, 열린책방 등 그 일대는 변하지 않은 것이 없다.

버스 종점은 아파트 단지가 들어서 있다. 그러나 서울대 입구로 이어지는 변두리 풍경은 그대로이다. 어느 동네에서나 볼 수 있는 평범한 골목길일 뿐이다. 아기자기하지도 않고 감각이 돈보이지도 않는다.

그러니 페이스북이나 인스타그램에 올리기 좋은 세련되고 예쁜 장소는 없다. 오직 볼품없는 서울대 정문만 옛날 모습 그대로 덩그러니 서 있다.

종철이의 하숙집은 붉은 벽돌로 된 별다른 특징이 없는 2층 주택이었는데 이 주택은 이미 헐리고 원룸 주택용 새 건물이 들어섰다. 집주인은 하숙집 주택을 1989년 사들인 뒤 건물을 신축했는데 그 당시에는 1, 2층에 작은 방이 서너 개 있었고 종철이는 2층에서 하숙했다고 들었다고 했다.

내가 그 시절 그 동네 골목길에서 맨발에 슬리퍼를 신고 운동복 혹은 수면바지 차림에 외투를 걸치고 걸어오는 종철이와 우연히 마주치며 지나간 일이 있었을까. 그때 종철이는 입에 담배를 물고 있었을까. 그러나 어느 문헌에도 그가 담배를 피웠다는 사실은 기록되어 있지 않다.

이 동네에서 오랫동안 산 주민들도 박종철이 이 근처에서 살았다는 것을 아는 사람은 없다. 그러나 관악구청과 민주열사 박종철 기념사업회는 2018년 1월 박종철 거리를 만들었다. 박종철 거리는 신림동 녹두거리에서 우회전해서 대학로 5길 약 100미터 거리에 조성됐다.

박종철이 1986년 4월 전태일의 뜻을 잇는 청계피복노조가 중심이 된 가두시위에 참가했다가 경찰에 붙잡혀 성동구치소에 구속된 뒤 (그때 수인번호는 80번이었다.) 가족에게 보낸 편지의 한 구절과 약력을 담은 거리 안내 표지판, 얼굴을 새긴 동판이 설치되어 있다.

그 동판에는 '6월 민주항쟁 30주년을 맞이하여 우리의 민주주의가 그대의 숭고한 희생 위에 새겨진 것임을 잊지 않겠습니다. 치안본부 남영동 대공분실에서 고문으로 사망 6.10 민주항쟁의 도화선이 됨' 등의 문구가 새겨져있다.

민주열사 박종철의 비는 서울대 캠퍼스 중앙도서관 옆 언덕배기에 자리 잡고 있다. 추모사를 적은 기념비와 약력 등을 적은 얼굴 동상 2개로 구성되어 있다. 그러나 박종철 열사 추모비의 글씨는 흐릿해서 읽기가 쉽지 않다. 기념비 오른쪽에는 서양사학과 84학번으로 1987년 9월 8일 군에서 의문사한 최우혁을 추모하는 조형물이 '우혁이를 사랑하는 벗들'에 의해서 세워져 있다.

하지만 종철이가 세상을 떠난 지 한 세대가 지난 지금 그 기념비에 의미를 부여하는 학생은 거의 없다.

그들은 말했다.

"박종철이 누구인지는 대충 들어서 알고 있지만 특별한 느낌은 없습니다. 그게 어쨌다는 거죠?"

* * *

박종철이 물고문을 당하다 숨진 용산구 갈월동 98번지 남영동 대공분실은 역설적이게도 지금은 경찰청 인권센터로 변신했다. 1976년 대공분실로 처음 설립되었지만 2005년 경찰 창설 60주년을 맞아 경찰청 인권센터로 바뀌었고 2008년 6월부터 4층과 5층을 일반 시민들에게 개방하였다. (새 주소는 용산구 한강대로 71길 37이다. 주소는 용산구 갈월동이지만 담장 하나를 두고 남영역이 있었기 때문에 남영동 대공분실로 불렸다. 그 당시 정식명칭은 '경찰청 보안국 보안3과 남영동 보안분실'이었다.)

인권센터 정문에는 '경찰청 남영동 인권센터', '아동·여성·장애인 경찰지원센터', '고객만족 모니터센터'라는 현판이 나란히 붙어있다. 이곳이 그 옛날 무시무시했던 대공분실이었다는 사실을 알려주는 표시는 없다.

박종철은 과거 폐결핵을 앓은 일이 있다. 물고문 당시 그때 생겼던 오른쪽 폐의 결절이 욕조 턱에 눌리면서 그 압력으로 터졌을 수도 있다. 그러나 고문자들의 구타 등 외부 충격으로 터져 피가 쏟아졌는데 그 피가 오른쪽 폐의 공기 구멍을 모두 막아 오른쪽 폐는 호흡을 할 수 없었고 왼쪽 폐만으로 호흡을 하다가 짧은 시간 안에 질식을 하게 된 것이다. (이것은 그 당시 부검의 황적준 박사의 설명이다.)

그러므로 고문자들도 그가 그렇게 빨리 사망할 줄은 몰랐던 것이다. 불과 몇 분 사이였지만 그 순간 모두가 깜짝 놀라 얼어붙어 버렸을 것이다. 그들은 그 순간 자신들의 멍청하고 잔혹한 실수를 깨달았을 것이다. 그러나 어느 정도 정신을 차리고 나서야 현재 일어나고 있는 상황을 파악하게 된다.

그들은 속으로 외쳤을 것이다.

'이건 아니야, 널 죽일 생각은 애초부터 없었어, 뭔가 잘못된 거야, 실수라고, 실수, 빨리! 빨리! 어서! 어서! 어서! 깨어나라고! 그리고 집으로 돌아가라고'

그때 긴급했던 상황을 지금 다시 점검해보자. 그들은 정신이 반쯤 나간 채 계속 허둥댔다. 전혀 침착하지도, 냉정하지도 못했다. 다급하게 가장 가까운 병원인 중앙대 용산병원에서 의사 오연상을 오게 하였다.

나는 이 부분에서 그들이 인간적이었다고 생각한다. 어떻게 하든지 한 사람의 생명을 살려내려고 발버둥을 치지 않았던가. 그들에게는 음흉한 흉계 따위는 없었으니……

그 당시 구속된 강진규 경사는 면회 온 칠순의 아버지를 보며 시멘트 바닥에 엎드려 엉엉 울면서 불효자식을 용서하라고 빌었다는 것이다. 그리고 이 글에서 두 번에 나누어 길게 인용한 조한경의 신동아(484호) 인터뷰 내용을 읽어보라. 그의 인간적 고뇌를 이해할 수 있으니……

그렇다면, 그의 뒤늦은 고발을 어떻게 보아야만 할 것인가? 나는 로마 황제, 비비우스 갈루스의 말을 파스칼 키냐르의 「옛날에 대하여」에서 재인용하고자 한다.

나락으로 떨어진다고 느끼는 사람들은, 자신들을 떠민 자들뿐만 아니라 고통이 미치는 범위 안에 있는 모든 것을 끌고 간다.

다시 말하면, 파스칼 키냐르가 설명한 것처럼, 죽게 되는 사람들이 혼자만 죽지 않으려는 것은 절망에 빠진 영혼의 자연스러운 감정인 것이다.

* * *

그런데…… 만약…… 박종철의 죽음 당시 고문경찰들이 그 상황을 상층부에 즉시 보고했었다면 어떻게 되었을까? 모든 것을 극비에 부친 채 말이다.

상층부는 그들을 실질적으로 지휘 감독하는 안기부에 보고했을 것이고 상황은 빠르게 다른 방향으로 진행되었을 것이다. 위에 있는 사람들은 머리 회전이 빠르고 어떤 일도 감당할 수 있으니까 무슨 악랄한 흉계를 꾸밀 수 있었지 않았겠는가.

그들은 무소불위의 강력한 권력이 있었으므로 너무 자신감에 넘쳤고 수단과 방법을 가리지 않았다. 아무렇지도 않게 사람을 죽이는 일쯤은 서슴지 않는다.

사실 박종철의 죽음도 그냥 의문사로 처리될 수 있었다. 대공분실의 수사관들이 의사를 부르지 않고 상층부의 엄중한 지시에 따라 그의 시신을 외진 곳에 내다 버린 다음 심장마비나 자살로 처리해버리면 그만일 수도 있었다. 왜 아니겠는가.

서울대 사회복지학과 4학년 우종원은 삼민투 관련 수배 중 1985년 10월 경부선 영동역과 황간역 사이 철로변에서 변사체로 발견되었다.

서울대 지리학과 1학년 김성수는 1986년 6월 부산 송도 앞바다 17미터 수심에서 허리에 콘크리트 덩어리를 매단 채 발견되었다.

인천 연안가스 근로자였던 신호수는 1986년 6월 전남 여천군의 산중턱 바위동굴에서 변사체로 발견되었다.

이 세 사건에 대해 경찰은 모두 자살로 처리했지만 그러나 억울하고 의문스러운 죽음들이었다. (이 부분은 안상수 저 「안 검사의 일기」 248~249쪽을 참조하기 바란다.)

4층 박종철 기념 전시실에는 어린 시절의 사진, 그가 그 시절 사용했던 기타, 언어학과 학생들의 집단 창작시라고 할 수 있는

'우리는 결코 너를 빼앗길 수 없다' 등 기타 유품과 옥중에서 가족에게 보낸 편지가 전시되어 있고 물고문이 진행된 509호 조사실은 그때 그 모습 그대로 유리로 막아 항온 항습 장치를 해서 보존하고 있다. 방에는 붉은 벽돌로 둘러싸인 욕조와 세면대, 샤워기 등이 그때 그 모습대로 있다. 책상과 침대도 마찬가지다. (다른 취조실은 리모델링을 하면서 변기와 세면대 외에는 모두 철거되었다.)

세면대 바로 위에는 풍성한 검은 머리가 이마와 귀밑까지 덮고 있고 커다란 뿔테 안경을 쓴 앳된 얼굴의 종철이 사진과 시들어버린 꽃 한 송이가 놓여 있다.

그런데 1980년대 초반까지만 해도 그때는 고등학생들은 모자를 쓰고 교복을 입고 다녔다. 그러므로 긴 머리나 장발은 언감생심이었다. 종철이가 머리를 기른 것은 아마 재수생 시절이거나 대학 입학 이후였을 것이다. 그는 머리를 장발로 기르면서 무척 신기했을 것이다. 거울을 보며 머리를 쉼 없이 좌우로 돌리고 귀 뒤로 넘기고 고개를 건들거리며 머리카락을 흩뜨려보았을 것이다. 그게 청소년들이 처음 머리를 기르면서 하는 특유의 행동들 아닌가.

또 다른 한편에는 서울대 언어학과 84학번 동기들이 방이 너무 쓸쓸해 보인다며 갖다 놓은 학과 깃발도 있다.

그리고 5층에는 1985년 여름 김근태가 23일간이나 그 모진 물고문과 전기고문을 받은 515호실도 있는데 509호실과는 달리 아무런 안내문이 부착돼 있지 않다. 이곳에서 김근태는 칠성판에 묶여 누운 채로 전기고문을 당했다. 515호실이 다른 조사실보다 두 배 정도 넓은 이유가 있다. 그것은 전기고문 기구를 설치하기 위해서였다.

남영동 대공분실은 원래는 5층 건물이었고 나중에 두 층을 증축한 것이다. 일반인에게는 그 존재조차 알려져 있지 않을 정도로 비밀리에 운영되었다. 1985년 김근태 고문 사건으로 언론에 그 실체가 드러났고 1987년 박종철 고문치사 사건으로 6월 항쟁의 도화선이 되었다.

그런데 이 건물을 설계한 사람이 바로 우리나라 대표적인 건축가로 손꼽히는 김수근이다. 현대 건축의 선구자로 평가받는 김수근은 '공간 사옥'과 잠실에 있는 '서울올림픽 주경기장', '남산 자유센터', '경동교회', '부여 국립 박물관' 등을 설계했다. 그런 그가 어떻게 고문을 전문으로 하는 밀실이 있는 건물을 설계했단 말인가.

* * *

조한경은 고문치사 사건의 주범은 아니지만 어쨌든 한 인간의 생명을 빼앗는 일에 일조한 것에 대한 회한이 크다. 그는 번번이 실패하긴 했지만, 감옥에 있으면서 자신이 고문치사범이

된 사실을 참지 못한 나머지 두 번이나 자살을 기도했고 호적에서 자신의 이름을 파내달라고 요구하기도 했다. 이름도 바꿔버렸다. 정식으로 법원에서 허가를 받은 것은 아니지만 이제 조씨의 이름은 조한경이 아니다. 조한평이다. 그는 자신의 휴대전화에 조한평이라는 이름을 써 두었다.

7년 반 동안의 감옥생활을 통해 그는 국가에는 어느 정도 대가를 치렀다고 생각하였다. 그러나 피해자로부터는 여전히 용서받지 못하고 있었다. 그는 감옥에 있으면서 박종철의 아버지 박정기에게 용서를 구하는 편지를 두 차례 보냈다. 그러나 편지는 겉봉도 뜯기지 않은 채 그에게 되돌아왔다. 박정기가 편지를 보고 싶지 않다며 되 부쳤던 것이다.

겉봉에는 박정기가 쓴 '편지를 받고 싶지도 않고 용서하고 싶지도 않다'는 내용의 한시가 씌어 있었다고 한다. 그래서 감옥에 있을 때 많이 도와준 함세웅 신부를 통해 화해를 청했다. 그에 따르면 함신부가 '이젠 용서할 때가 되지 않았느냐'며 중재를 했으나 박정기로부터 아무런 응답도 오지 않았다고 한다.

* * *

박종철과 이한열.

그들은 어김없이 386세대이다. 그러나 2017년을 기준으로 하면 586세대이다. 그들이 살아 있었다면 그들의 인생행로는 어떻게 되었을까. 어떻게 인간의 운명을 짐작이나 할 수 있겠는가. 다만 어설프게 추측할 뿐이다. 그들의 부푼 꿈과 장래 계획이 무엇이었는지, 그들이 무슨 책들을 탐독했는지, 그들의 희망, 언어, 에피소드, 의심, 두려움에 대한 기록은 아무것도 없기 때문이다.

그들이 살아 있었다면 그들도 그 시대의 동기들 대부분과 비슷한 인생행로를 걷지 않았을까. 그들도 사랑하는 여자를 만나서 결혼을 하고 자식을 하나둘쯤 낳았을 것이다.

그러나 그들이 연애를 하였거나 어떤 여학생을 짝사랑했다는 이야기, 미팅 이야기는 어디에도 없다. 그들은 여전히 동정이었을까? 나는 그 나이 때 전쟁터에 있었기 때문에 당연히 동정이 아니었다. 그때 여인의 따뜻한 알몸은 나를 일깨워 주었다. 그런데 그 나이쯤이면 사랑의 열병을 앓을 때가 아닌가. 그러나 그 엄혹한 시절은 낭만적이라고는 할 수 없었으니……

그리고 군대에 다녀왔을 것이고 졸업 후에는 이한열의 경우 문학과 음악과 만화를 좋아했으니까 예술가적 기질을 살려서 예술 관련 회사, 영화 제작사, 출판사, 광고 회사, 또는 전공을 살려서 대기업이나 금융 관련 회사에 취업을 했을 것이고 아마 지금쯤 지점장이나 부장, 영업 실적이 좋았고 행운마저 따라주었다면 이사쯤 되지 않았을까.

그러나 박종철의 경우 그의 전과 때문에 회사에 들어가거나 교사나 교수가 되는 데 많은 애로사항을 겪었을 것이다.

그러므로 종철이의 경우는 달리 생각해 볼 수가 있다. 그는 한결같았을까? 물론 종철이도 세월의 무게를 어떻게 견뎌낼 수 있었겠는가. 변했을 것이다. 다들 변하니까. 혹시 운동권이었고 학생회장이었으니 박종운처럼 나중에 정치인으로 변신했을 수도 있다. 그럴 가능성은 충분하다고 본다.

그렇지만 평범하게 살았다면 그다지 출세는 하지 못하고 재테크에도 능하지 못해 마누라의 속을 끓이며 살긴 살았을 것이다. 이 에피소드를 돌이켜 보면 그렇다고 말할 수 있을 것이다.

그는 시위대와 함께 왕십리역에서 신당동 쪽으로 걸어가며 구호를 외쳤다. 시위대가 신당동 네거리에 이르렀을 때 기다리고 있던 전투경찰이 튀어나와 곤봉을 마구 휘둘렀다. 시위대가 해산하는 과정에서 다들 잘도 도망가는데 '억세게 재수 없는 사나이'인 종철은 이번에도 어김없이 잡혀서 성동경찰서로 끌려갔고 몇 번의 시위 전과가 밝혀지면서 구속되어 성동구치소로 넘겨졌다. 그는 약삭빠르지 못했고 고지식했다.

그러므로 그가 재테크를 한다는 게 도저히 상상이 되지 않는다. 그의 순박한 성정을 생각하면 말이다. 그러나 매우 정직하게 살았을 것이다. 혼자만 잘 사는 세상이 아닌 모두가 잘 사는 세상을 꿈꾸며 살았을 것이다.

* * *

세종대왕의 청동 동상에서는 섬세한 곡선미와 함께 선의 아름다움을 느낄 수 있다. 대왕이 광화문광장의 옥좌에 앉아 계신 지는 불과 2009년부터였다.

그러나 **이순신** 장군은 훨씬 이전인 1968년부터 서 있었던 것이다. 그때부터 광장에서 일어난 일들을 모두 지켜보았으니…… 임진왜란이라고 불리는 한국과 일본의 7년 전쟁에서 장군이 바다를 지키지 않았더라면 그때 진즉 우리나라는 일본의 식민지가 되었을 터였다.

백성을 버리고 도망친 무능하고 왜소한 왕과 당파적 이해관계에 혈안이 된 간사한 간신모리배들은 장군을 국문해서 고문하고 사형에 처하지 못해서 안달을 하였다.

이순신은 나라의 막대한 은혜를 받아 지위가 높아졌음에도 불구하고 군사를 끌어안고 섬 속에서 5년을 지냈습니다. 마침내 적이 바다를 덮고 달려와도 산모퉁이 하나 지키지 않았습니다.

그러므로 은혜를 배반하고 나라를 저버린 죄가 너무 큽니다. 청하건대 잡아들여 국문하여 죄상을 밝히시옵소서.

백의종군.

원군의 함대는 칠천량 해전에서 참패하여 삼도수군은 전멸하였다. 1698년(무술년) 11월 19일, 장군의 나이 쉰넷에 적의 총알을 맞고 전사했다. 그게 장엄한 순간이었을까. 전쟁은 끝났다.

그날 장군이 죽지 않았더라면 그 못난 왕과 조정의 대신들은 시기 질투심에 눈이 멀어서 또다시 대역죄로 몰아 극형에 처했을 것이다. 성웅은 자신의 운명을 진즉부터 예감하고 있었으리라……

(모든 생각에는 저마다의 기쁨과 상처가 있다고 했는데) 나는 난중일기를 다시 생각한다.

우리는 역사적 인물의 경우 오직 역사에 기록된, 그러니까 겉으로 드러난 빛나는 무훈 혹은 필생의 업적을 주목할 뿐이다. 역사는 주로 그것들만 기록하기 때문이다.

그러나 온화하고 단정했던 용모 뒤에 숨겨진 인간의 참모습을 진정으로 이해하기 위해서라면 인물의 내면, 정신적 측면을 어떻게 간과할 수 있겠는가. 그러므로 나는 난중일기를 읽으면서 행간에서 묻어나오는 위대한 장군의 사색의 편린, 굳센 심지를, 정신적 고뇌들, 불안과 강박을, 고독을, 두려움을, 적나라한 인간적 체취를 느낄 수 있다.

장군은 인생 역정에서 죽음보다 더한 모진 시련들을 겪었으며 얼마나 많은 술수와 인간적 모멸을 감내하여야만 했었던가. 나는 장군의 마지막 죽음에서 존재의 한계와 무의미에 대한 그의 허무주의를 이해할 수 있다.

참고 자료

나는 상당히 많은 참고 자료에 의지해서 여기까지 쓸 수 있었기 때문에 이쯤에서 당연히 이를 상세하게 밝혀야 한다. 1987년 혹은 6공화국의 역사적 사실을 기술해야 했기 때문에 참고 자료가 아주 중요했다. 그러나 역사적 사실에 대한 왜곡이나 편집이 있어서는 안 되므로 텍스트의 표면이 중요했고 텍스트의 이면이나 텍스트의 무의식적 층위에 대한 탐색은 필요치 않았다.

내가 여기서, '모든 텍스트는 상호 텍스트다. 그러므로 텍스트는 과거 책들에서 뽑아낸 인용문들의 모자이크일 뿐이다.'라는 과격한 상호 텍스트성 이론을 원용할 생각은 없다.

하지만 내가 정확히 이해하고 문맥에 맞게 제대로 인용 혹은 원용했다고 할 수 있을 것인가. 단순한 동어 반복에 불과하다면 무의미한 일이다. 누군가는 표절보다 무서운 게 무분별한 인용이라고 했으니 그걸 어떻게 장담할 수 있겠는가. 그렇다고 『인피니트 제스트 Infinite Jest』를 쓴 미국의 현대작가 데이비드 포스터 월리스처럼 주석을 달지도 않았다. 그는 소설을 쓸 때 엄청나게 많은 긴 주석을 다는 것으로 유명했다.

그래서, 원래의 텍스트로부터 불려 나온 인용문이 새로운 텍스트 속에서 거듭 태어나길 바라면서 미리 양해를 구하고 싶다.

1980년대의 시대 정신을 상징하는 사건은 두말할 것도 없이 1980년 5월 **광주항쟁**과 1987년 **6월혁명**이다. (내 생각으로는 피를 부르는 항쟁은 성공하면 혁명이 된다. 세계사적으로 의미가 있는 진정한 혁명은 1789년의 프랑스 대혁명과 1917년 10월의 볼세비키혁명이 있다. 우리 역사에서는 4·19 혁명과 6월혁명 그리고 2017년의 **촛불혁명**이 있다. 그러니까 2017년은 러시아혁명 100주년이 되는 해이다. 그러나 아시아에서 혁명다운 혁명을 한 나라는 대한민국이 유일하다. 그래서 대한민국은 위대하다. 천황제와 군국주의의 망령이 살아있는 일본과 뿌리 깊은 봉건 사상에 젖어있고 공산주의 일당 독재국가인 중국은 혁명이 도저히 불가능한 나라다.)

광주항쟁이 출발점이라면 6월혁명은 (미완성의) 완성이었다. (그래서 제9차 헌법 개정을 통해 6공화국이 탄생되었고 우리 헌정 사상 유례가 없는 30여 년간 지속되었다.) 그런데 두 항쟁 사이의 시간 간격은 7년에 불과했으니 역사적 지표가 되는 80년대의 시대적 특징을 공유하고 있다.

광주항쟁에서는 전남도청을 사수하던 **윤상원**은 1980년 5월 27일 새벽 진입한 계엄군의 잔인한 총에 맞아 죽었고, 5·18이 시작되기 직전 예비검속을 피해 도피했던 전남대 학생회장 **박관현**은 2년여의 도피 생활 끝에 1982년 4월 5일 체포되었으며 그해 10월 12일 옥중 단식 끝에 사망했다.

그 사이에 서강대생 **김의기**는 광주의 참상을 목격했기 때문에 자신의 목숨을 던져 이를 알리기 위해서 1980년 5월 30일 기독교회관 5층에서 투신했고, 서울대생 **김태훈**은 전남도청 진압 작전 1주기였던 1981년 5월 27일, 서울대 도서관 6층에서 투신했다.

그들은 민주주의 제단에 희생 제물로 스스로 목숨을 바친 순교자다.

우리는 그때 눈을 감고 귀를 막고 생각을 멈추고 무감각했다. 우리는 광주항쟁의 진실을 전혀 몰랐다거나 그런 사건이 있었는지조차 몰랐다고 태연하게 말할 수 있을까. 너무 무섭고 살이 떨려서 도피했다고 솔직하게 말하지 못한다. 먹고 살기 위해서 이러저러한 이유로 사건의 현장으로 뛰어들 수 없었다거나 진실을 알면서도 침묵했다는 것은 물론이고 진실을 적극적으로 알리고 하지 않았다고 말하지 못한다.

그러나 그들은 그렇게 하지 않았다.

그들을 일으켜 세운 순결한 양심.
목숨을 걸고 불의의 폭력에 맞선 굳센 용기와 불굴의 의지.
그들의 의지는 궁극적으로 승리했다.
역사는 그들을 기억할 것이다. 기억하지 않으면 안 된다.

그런데 국가에 의해 자행된 폭력은 1987년에도 똑같이 1980년을 반복했으니 두 항쟁은 숙명적으로 상호 연관성을 가지고 있다.

광주항쟁의 비극을 박종철과 이한열이 1987년에 다시 한번 재연한 것이다.

현재 광주항쟁의 공식 명칭은 광주민주화운동이다. 1988년 4월에 출범한 13대 국회 때부터 시작된 이름이다. '광주민주화운동 관련자 보상 등에 관한 법률'과 '5·18 민주화운동 등에 관한 특별법'에 의해 공식 명칭으로 자리 잡은 것이다.

그런데 그들은 시종일관 광주항쟁을 불순분자들이 유언비어를 퍼뜨리고 폭도들이 무장난동을 한 광주사태라고 하였다.

하지만 국가적 폭력을 명령하고 집행했던 자들은 역사에 남을 불명예를 면하고자 은폐와 호도, 책임 전가와 자기 합리화 과정을 거치지 않을 수 없었다. (너무 뻔뻔한) 전두환의 회고록에도 그렇게 되어있다.

(프랑스 정부는 알제리에서 1950년대 일어난 전쟁을 알제리 사태라고 하였고, 1968년 5월 파리의 라탱 지구에서 일어난 학생 혁명을 항상 5월 사태라고 하였는데, 그들은 프랑스 역사를 알고 있었던 모양이다.)

그러나 광주항쟁에 대한 자료는 그 역사적 비중에 비춰볼 때 대단히 빈약하다고 할 수 있다. 그래서 대부분의 진실은 어둠 속에 묻혀있다. 5공화국 정권 차원에서 방해공작이 있었기 때문일 것이다.

최근 (2018년 2월 초순) 국방부 5·18특별조사위원회는 1980년 5·18광주민주화운동 당시 계엄군이 헬기에서 시민들을 상대로 총을 쏘았다고 발표했다. 또 공군이 전투기에 폭탄을 장착한 채 대기했고, 해병대가 광주 출동을 위해 대기하는 등 육·해·공 3군이 합동 진압작전을 벌이려 한 정황도 드러났다.

특조위는 약 5개월 동안 62만 쪽에 이르는 자료를 수집, 분석했고 190개 군부대 등을 방문 조사했으며 5·18 당시 군 관계자들과 목격자 등 총 120명을 만났다고 한다. 이제서야 비로

소 구체적인 전모가 드러나고 있는 것이다.

6월 혁명과 관련해서는 사단법인 6월민주항쟁계승사업회와 민주화운동기념사업회가 공동 발간한 「6월항쟁을 기록하다」 전 4권과 서중석 저, 「6월 항쟁」을 읽었고, 다른 무엇보다도 생생한 기록인 6월 항쟁 사진집인 「80년 5월에서 87년 6월로」를 참고하였다.

박종철 관련 참고문헌으로는, 안상수 저 「이제야 마침표를 찍는다」, 이 책을 내용은 수정하지 않은 채 제목만 바꿔서 재출판한 「안 검사의 일기」, 「6월항쟁을 기록하다」제3권, 「살아서 만나리라」, 김윤영 지음 「박종철」, 신성호 지음 「특종 1987」 등이 있다.

마지막으로, 황호택 저 「박종철 탐사보도와 6월항쟁」이 있다. 이 책에는 '30년 만에 진실 밝히는 딥 스로트들'이라는 부제가 달려있다.

저자는 말했다.

"박종철 고문치사에서 6월항쟁을 거쳐 그의 1주기까지 고비고비마다 진실 규명에 기여한 사람들이 많다. 사슬에서 한 고리만 빠져도 체인의 기능이 상실돼 버리듯 그들 중 누구 하나가 역할을 하지 않았다면 민주화는 더 늦어졌거나 더 많은 희생을 치렀을지도 모른다."

그리고, 군사독재 정권의 지독한 고문에 대해서는 김근태 저

「남영동」, 조영래 변호사를 추모하는 모임이 엮은 「趙英來 변호사 변론 선집 — 그 인권변론의 발자취」, 「홍성우 변호사의 증언 — 인권변론 한 시대」, 대한변협의 1986년 「인권보고서(2집)」이 있고, 또한 신동아 1999년 1월호(472호) 「정형근을 고발한다」, 신동아 2000년 1월호(484호) 「파이프담배 문 정형근이 고문을 지시했다」, 신동아 2000년 1월호(484호) 박종철 고문경관 12년 만의 회한 토로 「두 번 자살 시도했죠 이름도 바꿨습니다」등이 있다.

이한열 관련 참고문헌으로는, 「6월항쟁을 기록하다」제3권, 서성란 지음 「이한열」, 김숨 장편소설 「L의 운동화」등이 있고, 6월 항쟁 관련 참고문헌으로는, 「6월항쟁을 기록하다」전 4권, 유가협 관련 참고문헌으로는 「너의 사랑 나의 투쟁」이 있고, 기타 김남일 저 「김상진」등이 있다. 나는 이 책에서 김상진의 죽음을 그대로 옮겼다.

* * *

관계기관 대책회의

관계기관 대책회의는 어떤 정치적 문제가 생겼을 때, 그 문제와 관련된 국가안전기획부를 비롯한 정보기관과 정부부처의 담당자들이 회합을 갖고 그 문제의 성격과 정부당국의 대처방안을 의논하는 것을 말하는데 정부조직법상 아무런 근거가 없이 사실상 관례적으로 존재해왔다.

독재권력의 속성상 집권자에 충성하는 집단인 청와대 비서실, 안기부, 보안사 등이 정책결정과 집행에 직접 관여하기 위해 만들어진 것이 관계기관 대책회의다.

관계기관 대책회의는 문제의 수준이나 정치적 의미에 따라 다양하게 구성되었다. 정권적 차원의 문제에 대처하는 모임으로서 가장 고차원적인 것으로는 국무총리, 민정당 대표위원, 대통령 비서실장, 안기부장이 정례 회동하는 것이 있다. 그 아래로는 대통령 특별보좌관, 안기부장 또는 차장, 보안사 담당자, 관계부처의 장관, 검찰총장, 치안본부장 등이 회동하여 시국에 대한 대처 방향과 부천서 성고문사건, 박종철 군 고문 살해사건과 같이 정권에 타격을 줄 수 있는 사건의 처리 방향 등을 논의하는 것이다.

이 회의는 현재까지 밝혀진 바에 따르면 관계부처 장관의 발의로 안기부장이 소집하며 주 2회 정도 안기부 별관이나 호텔 등지에서 회합을 가졌다. 비록 법령상 의결권이나 정책집행권이 없다고 하더라도 그 참석자들의 수준에 비춰볼 때 그 회의에서 협의는 사실상 정부당국의 정책결정과 같은 효력을 지닌 것으로 평가된다.

(대한변호사협회, 「87-88년 인권보고서」에서)

* * *

보도지침

5공화국 군사독재 정권은 안기부의 지휘 아래 문화공보부 홍보정책실이 언론사에 대하여 이런 내용은 실어라, 이런 내용은 싣지 마라는 지시사항을 직접 전화 또는 문서로 전달하고 심지어 이 기사는 이런 제목으로 몇 단으로 실어라는 주문까지 했다.

이러한 주문을 그 당시에 보도지침이라고 불렀고 언론은 이 보도지침에 순응했기 때문에 제도 언론이라 불렀다.

그 당시 문화공보부 홍보정책실에서는 신문사로 매일 한두 건씩 보도지침이 내려왔으니 1년 동안 모으면 오백 몇십 건이 되었다.

1986년 6월 권인숙 양 성고문 사건 보도와 관련하여 군사독재 정권이 보도지침을 통해 어떻게 언론을 철저히 통제했는지를 잘 보여주고 있다.

• 부천서의 '성폭행 사건'

현재 운동권 측의 사주로 인해 피해 여성이 계속 허위 진술.

검찰서 엄중 조사 중이므로 내주 초 사건 전모를 발표할 때까지 보도를 자제해 줄 것.

기사 제목에서 '성폭행 사건'이란 표현 대신 '부천 사건'이라

고 표현하기 바람. (7월 10일)

　•부천서 성폭행 사건, 검찰 발표 때까지 관련된 모든 기사를 일체 보도하지 말 것. 부천 사건의 검찰 발표 시기에 관한 것이나 부천 사건의 항의 시위, 김대중의 부천 사건 언급 등 이와 관련된 일체를 보도하지 말 것. (7월 11일)

　•부천 성고문 관계는 발표 때까지 일제 보도 자제 요망. 모든 보도를 자제할 것. (7월 12일)

　•부천 성고문 사건은 계속 보도를 자제할 것. 오늘 기독교교회협의회(NCC) 등 6개 단체에서 엄정수사와 관련자 처벌을 촉구했는데 이 사실은 보도하지 말 것. (7월 15일)

　•부천 성폭행 사건, 계속 발표 때까지 보도를 자제할 것. 성고문 고소장은 일체 보도하지 말 것. (7월 16일)

　•오늘 오후 4시 검찰이 발표한 조사결과 내용만 보도할 것. 사회면에서 취급할 것 (크기는 재량에 맡김). 검찰 발표 전문은 꼭 실어줄 것. 자료 중 '사건의 성격'에서 제목을 뽑아줄 것. 이 사건의 명칭을 '성추행'이라고 하지 말고 '성모욕 행위'로 할 것. 발표 외에 독자적인 취재보도 내용 불가. 시중에 나도는 반체제 측의 고소장 내용이나 NCC, 여성단체 등의 사건관계 성명은 일체 보도하지 말 것. (7월 17일)

　•18일 오전 8시부터 서울 기독교회관에서 NCC 인권위원회, 여성위, 구속자 가족 등이 공동으로 부천 사건 폭로 대회를 가질 예정. 이 내용은 보도하지 말 것.

부천 사건 변호인단 회견은 회견했다는 사실만 보도할 것.

신민당의 확대간부회의 결과와 의원 4명의 노 총리 방문, 항의한 사실은 조그맣게 실어줄 것. (7월 19일)

• 범야권의 '부천 성폭행 사건'규탄 대회는 경찰 저지로 무산된 사실은 2단 이하로 조그맣게 싣고 사진 쓰지 말 것.

이 사건과 관련해 김수환 추기경이 피해 당사자인 권 양에게 편지 보낸 사실과 신민당 대변인의 집회 방해 비난 성명은 간략하게 보도할 것.

재야 5개 단체의 재수사 촉구 성명은 보도하지 않도록 할 것. (7월 20일)

* * *

이 성고문 고발장은 고 조영래 변호사가 작성한 것이다. 나는 인천구치소의 변호사 접견실에 마주 앉아 있는 두 사람을 상상할 수 있다. 구치소는 언제나 사무적이고 무미건조하고 삭막하다.

조영래는 헝클어진 머리에 꾀죄죄한 흰 와이셔츠의 맨 위 단추를 푼 채 낡은 넥타이를 느슨하게 매고 앉아 그녀의 말을 메모하면서 가끔 그녀를 곁눈질로 흘낏 쳐다보았을 것이고, 그녀는 조영래의 무언의 독촉 때문에 어쩔 수 없이 그때의 치욕적인 상황을 얼굴은 붉게 상기되고 고개는 숙인 채 자주 머뭇거리며 겨우겨우 진술했을 것이다.

그녀는 의심의 여지를 남기지 않게 모든 것을 낱낱이 밝히기로 결심했다. 그래서 자제력을 잃지 않았고 솔직할 수 있었다.

그해 6월 말경 또는 7월 초순의 어느 여름날은 구름 한 점 없이 파랬는지 아니면 그날따라 여린 안개비가 내렸는지는 지금 확인할 수 없다.

조영래는 법률가로서 잔인하리만치 치밀하게 실체적 진실을 밝히기 위하여 그녀를 다그쳤음을 알 수 있다. 무거운 대화는 가끔가다 끊겼고 그럴 때면 두 사람은 침묵을 지켰다. 그는 뻔뻔하고 잔혹한 비현실적인 이야기를 고스란히 들었다. 그는 그때 귀를 의심하며 섬뜩한 이야기를 들었다. 온몸에 소름이 돋았고 걷잡을 수 없이 분노가 치밀어 올라왔다.

변호사는 의뢰인과 일정한 간격을 유지하고 인간적으로 거리를 두는 것이 필요하지만 그게 불가능하였다. 그는 강인한 인상이지만 자주 상대를 안심시키기 위해서 부드럽고 연민에 가득찬 시선으로 가벼운 미소를 지었다.

그녀의 분노에 찬 격렬한 감정을 가라앉히고 평정심을 회복시켜야 했다.

변호사로서 직업윤리와 임무와 책임을 새삼스럽게 통감했다.

그들은 독재정권의 압제에 더 이상 굴복할 수 없었다. 양심의 가혹한 명령에 따라 결연한 의지로 맞서 싸웠다. 이들 오누이는 어느새 운명 공동체가 되었다.

삶에서 아름답고 눈부시게 빛나는 순간.

나는 그들이 전지전능한 유일신을 믿고 있었고 그 신에게 의지하였는지, 아니면 무신론자 혹은 불가지론자여서 오로지 인간의 고귀한 영혼과 의지에만 매달려 있는지는 알 수 없다.

하지만 그들은 고문이 없는 평화스러운 나라, 자유와 평등이 넘치는 세상을 상상했다.

그들은 이상주의자였으니까.

그녀의 이름은 **권인숙**이다.

그녀는 1985년 당시 서울대 의류학과 4학년에 재학 중 허명숙이라는 가명으로 경기도 부천시에 있던 가스배출기 제조업체인 ㈜성신에 위장취업을 했다.

이듬해 6월 4일 권인숙은 주민등록증을 위조한 공문서 변조 혐의로 부천경찰서로 연행된 뒤 조사실에서 문귀동 경장으로부터 조사를 받았다.

찌는 듯한 열기는 밤이 돼도 여전했다. 그녀는 사각형 창문을 쳐다보았고 어둠이 검은 벽처럼 둘러싸고 있었다.

온몸에서 신열이 나고 머리가 멍해지며 심장이 두근거리고 숨쉬기조차 점점 힘들어졌다. 귀에서는 웅웅거리는 소리가 들리고 조사실의 퀴퀴한 냄새가 코를 찌른다. 하루 종일 긴장이 계속되면서 근육이 경련을 일으키고 뼈 마디마디가 쿡쿡 쑤신다.

병적인 성적 취향을 가진 사디스트 꿈틀거리는 동물적 본능과 욕망. 가장 길었던 밤의 공포와 불안.

구속 수감. 좌절과 절망. 폐쇄적이고 강압적인 분위기. 욕설과 고함소리. 피의자 심문과 자백의 강요. 정상적이고 합리적인 사고는 불가능했다.

증오와 분노.

자살 충동.

그녀는 한 세대가 훌쩍 흘러갔지만 지금도 가끔은 생생하거나 흐릿한 악몽 속에 그 순간이 나타날 것이다. 꿈은 속이고 악몽은 종이라고 했다. 악몽은 악마가 야기하는 꿈인 것이다.

그 악마는 늙고 나이 들어 어느새 온갖 고통과 죄책감, 모진 질병으로 일그러진 모습이었을 것이다.

나는 이 고발장을 제멋대로 요약 또는 축약할 수가 없었다. 가감 없이 고발장을 전재한다. 처음 읽었을 때 너무 생생해서 숨이 막히고 가슴이 먹먹했던 걸 기억한다.

그래도 여전히 의문이 남는다. 그건 어쩔 수 없는 남성의 관능적 욕망 때문이었을까 아니면 가혹한 고문행위에 불과했을까. 그는 그런 절박한 상황에서 삽입이라는 마지막 순간까지 가지 않았으니 대단한 자제력의 소유자였는지도 모르겠다.

성고문 고발장

1. 우리는 공문서위조 피의사건으로 인천소년교도소에 수감 중인 권 양의 변호인들로서, 권 양을 접견한 후 풍문으로 전해

들은 성고문 행위가 사실이라는 것을 확인하고, 놀라움과 분노를 금할 길이 없었다.

저 나치즘 치하에서나 있었음직한 비인간적인 만행이 이 땅에서도 버젓이 자행되고 있다는 사실을 알게 되었을 때, 경악과 공분을 느낌과 아울러 인간에 대한 믿음마저 앗아가는 듯한 암담한 좌절감을 느끼게 되었다.

단순히 충동적인 음욕 때문에 일어난 것이 아니고, 성이 고문의 도구로 악용되어 계획적으로 자행되었다는 점에서, 이 사건은 우리에게 더 큰 충격을 불러일으켰다.

이제 우리는 사건의 실상을 확인하고서도 계속 침묵을 지킨다는 것은 변호인으로서의 최소한의 의무마저 포기하는 것이라고 결론짓고, 이 사건 관련자를 고발하여 처벌을 요구하기에 이르렀다.

2. 고발내용

6. 4. 밤 9시경 집에서 형사들에 의해 부천서로 연행되어 4층 공안 담당실(?)로 가서 그 다음 날인 6. 5. 새벽 3시경까지 조사를 받았다.

권 양의 혐의사실에 대한 조사 외에도 양승조 등 인천사태 수배자들 중 지면관계가 있거나 소재를 아는 사람이 있는지 여부에 관하여 집요하게 캐물었다.

6. 5. 아침 9시경 1층 수사계 수사실로 끌려갔다.

정오도 경사가 권 양에 대한 수사를 담당키로 되어 4층 420호실(421호실인지도 모른다)로 데려갔다.

이때부터 오후 6시경까지 공문서(주민등록증) 위조 혐의와 수배자에 관한 조사를 받고 보호실로 가서 하룻밤을 잤다.

6. 6. 새벽 4시에 누군가가 데리러 와서 상황실로 데려갔다. 이때 부천경찰서에 무슨 비상이 걸린 모양으로 형사들이 다들 이미 출근해 있는 상태였다.

서장이 권 양을 보더니 "권 양이 수사에 너무 협조를 안 하는군"하고 화를 내며 밖으로 나갔다.

수사에 너무 협조를 안 한다는 것은 형사들이 권 양에게 인천사태 수배자들(대부분 인천노동운동연합 관계자들)의 명단을 대면서 그 중에서 아는 사람이 있는지 여부를 묻고 특히 인천노동운동연합 양승조 위원장을 알고 있거나 또는 양승조를 아는 사람이라도 알고 있는지를 캐물었는데, 권 양이 이에 대하여 아는 사람이 있는데도 협조를 하지 않는다는 이야기였다.

서장이 밖으로 나간 후 상황실장 (눈이 크고 약간 튀어나온 듯한 인상, 당시 전투복을 입고 '상황실장'이라는 완장을 두르고 있었다)이 말하기를 권 양이 너무 말을 안 하는데 아무래도 지금까지 조사과정에서 나온 사람들(인천사태 수배자들을 지칭하는 듯함)과 한 팀이 아니냐고 하면서 형사 문귀동('문기동'인지도 모른다. 형사들이 '문 반장'이라고 부르고 있었으며 얼굴은 검은 편, 입술이 두껍고 눈이 매서운 험악한 인상, 키는 보통, 나이는 35-36세 정도로 보이고 말씨는 서울말씨, 스스로 밝힌 바에 의하면 예전에 '부평'에 있었다고 함, 이하 일응 '문귀동'이라고 부른다) 을 보고 "문귀동, 자네가 맡아서 해보게"하면서 수사를 지시했다.

이에 문귀동은 권 양을 1층 수사계 수사실('조사실'인지도 모른다)로 데리고 가서 새벽 4시 30분경까지 사이에 걸쳐 아래와 같이 추잡한 성고문('1차 성고문'이라 부른다)을 자행하였다.

(1) 우선 문귀동은 권 양에게 "네 죄는 정책변화로 풀려날 죄도 아니고 하니 수배자 중에서 아는 사람을 불어라, 불기만 하면 훈방하겠다"고 강요하였다.

권 양이 끝내 모른다고 하자 문귀동은, "이년 안 되겠군"하고 운을 떼면서 "나는 5·3 사태 때 여자만 다뤘다. 그때 들어온 년들도 모두 아랫도리를 발가벗겨서 책상에 올려놓으니까 다 불더라, 네 몸(자궁)에 봉(막대기를 지칭한 듯하나 정확히 무슨 의미인지는 모른다)이 들어가면 안 불겠느냐"고 협박하였다.

(2) 권 양이 겁에 질려서 벌벌 떨고 있으니까 문귀동은 권 양에게 옷을 벗으라고 강요하였다.

권 양이 상의 겉옷(자켓)과 남방만을 벗고 티와 브래지어 및 바지를 입은 채로 있자 문귀동은 다른 형사 1명(젊고 직급이 낮은 듯함)을 불러들여 옆에 서 있게 한 후 스스로 권양의 바지 단추와 지퍼를 풀어 밑으로 내리면서 "너 처녀냐? 자위행위 해본 적 있느냐"고 묻고 브래지어를 들추어 밀어 올리면서 "젖가슴 생김으로 보니 처녀가슴 같지가 않다"고 하는 등 더러운 수작을 하면서 곧 이어 제발 살려 달라는 권 양의 애원을 뿌리치고 권 양의 바지를 벗겨 내렸다.

(3) 이에 권 양이 극도의 굴욕감과 수치심과 공포를 이기지 못하여 엉겁결에 한 친구(노동현장 취업과정에서 사귀게 된 이 모라는 여성으로 그 이름이 본명인지 여부도 모른다. 인천사태와 관계없는 사람임)의 이름을 대자 문귀동은 권 양에게 그 친구의 인적사항을 자세히 적으라고 요구하였다.

권 양이 위 이 모양의 인적사항에 대하여 자세히 모른다고 하자 문귀동은 옆에 서 있던 형사에게 "고춧가루 물을 가져오라"고 지시한 후 권양에게 책상 위로 올라가라고 하면서 "기어이 자궁에 봉을 집어넣어야 말하겠느냐"고 협박하였다.

권 양이 위 이 모양이 자취하던 집이라는 곳의 위치를 적어 넣자 문귀동은 그제서야 일단 수확을 거두었다는 듯 조사를 중단하고 권 양의 바지 지퍼를 올리게 했으나 그러면서도 다시 "진짜 처녀냐"고 물었다.

(4) 뒤이어 대공과 형사들이 권 양에게 수배자들의 사진을 보여주면서 위 이 모양이 수배자들 중의 하나가 아닌지를 확인하였다. 그 후 권양은 보호실로 끌려가서 그곳에서 하룻밤을 잤다.

6. 7. (토요일) 아침 7시경 문귀동이 다시 권 양을 데리고 가서 "너 양승조 안다고 그랬지?"라고 물어, 모른다고 대답하자 "더

아는 사람이 있으면 얘기하라'고 몇 번 다그치더니 돌려보냈다.

아침 9시경 누가 권 양을 데리러 와서 1층 수사과로 갔는데 가 보니 상황실에 상황실장, 정오도 경사, 문귀동 등 10여 명의 형사들이 모여있었다.

그들은 권 양이 일러준 대로 이 모양의 자취하던 집이라는 곳을 방문해 보니 그런 사람이 자취한 일이 없다고 하더라면서 집주인 여자를 권 양과 대질시켰다.

대질신문 결과 그들은 권 양이 이제까지 한 말이 거짓말이라고 판단, 경사 정오도가 권 양을 한 대 후려쳤고 상황실장은 권 양에게 "앞으로는 이제까지 대우한 것과는 달라질테니 이따가 오늘 저녁에 두고 보라'라고 협박하면서 옆에 있던 문귀동을 보고, "저녁 때 그런 방법으로 조사해'라고 지시하였다.

문귀동이 권 양을 다시 보호실로 데려가면서 "네가 이제까지 한 말은 전부 거짓말이니 그냥 안 두겠다'고 협박하였다.

그날 낮 내내 권 양은 보호실에서 대기하면서 불안과 초조에 떨었고 한시바삐 검찰청으로 송치되기만을 기다리는 심정이었다.

그러나 다른 수감자들에게 물어 본 결과 여기서 한 열흘쯤 있어야 검찰청으로 넘어간다는 절망적인 대답을 들었다.

밤 9시경 문귀동이 다시 권 양을 1층 수사과 조사실(문귀동이 조사하는 방의 옆방)로 불러냈다.

당시는 수사과 직원들이 모두 퇴근하였고 청내는 모두 불이 꺼진 상태였으며 조사실 역시 불이 꺼져 있었는데 다만 건물 바깥에 있는 등에서 나오는 외광에 의해 방안의 물체를 어렴풋이 식별할 수 있는 정도였다.

문귀동은 토요일 밤에 퇴근도 못하고 "일"을 해야 된 데 무척 화가 난 듯 권양에게 "독한 년"이라고 하면서 "남들은 다 퇴근했는데 네 년 때문에 한밤중에 또 조사를 해야 된다. 위에서 그 년 되게 악질이니 족치라고 했다"라고 겁을 주고 나서 다른 (남자) 형사 2명을 불러들여 권 양의 양 팔을 등 뒤로 돌려 놓은 상태로 양 손목에 수갑(이른바 '뒷수갑')을 채우게 하고 그 자세로 무릎을 꿇려 앉힌 후 안쪽다리 사이로 각목을 끼워 넣고 넓적다리와 허리 부위 등을 계속 짓밟고 때리게 하면서 권 양에게 이 모양의 본명과 출신학교, 사는 집 등을 불도록 요구했다.

이로 인하여 권 양의 넓적다리는 시퍼렇게 멍이 들고 퉁퉁 부었다.

권 양이 고통과 공포를 참지 못하여 비명을 지르자 문귀동은 "이년이 어디서 소리를 꽥꽥 지르느냐, 소리 지르면 죽여 버리겠다. 너 같은 년 하나 죽이는 건 아무것도 아니다"라고 윽박질렀다.

뒤이어 문귀동은 권 양에게 수배자 중 아는 사람을 대라고 추궁하다가 계속 모른다고 하니까 옆에 있던 형사에게 고문기구를 가져오라고 소리쳤고, 그 형사가 검은색 가방을 가져오자 불을 켜더니 인천노동운동연합 소속 수배자 20명의 인적사항과 사진 등이 편철되어 있는 서류철을 꺼내어 한 장씩 넘기면서 아는 사람을 대라고 다그쳤다.

권 양이 모른다고 하자 문귀동은 "이년 안 되겠다"고 하면서 형사들을 내보내더니 권 양을 조사실 옆에 있는 자기 방 (양쪽이 창문으로 되어 있음) 으로 데리고 갔다. 이때가 밤 9시 30분경으로, 이때부터 밤 11시경까지 약 1시간 반 동안에 걸쳐 문귀동은 인면수심의 실로 천인공노할 야만적 추행을 저지르면서 권 양을 고문하였다.

이 한 시간 반 동안, 방 안에는 계속 불이 꺼져 있었고 권 양은 계속 뒷수갑을 찬 채로 문귀동과 단 둘이 약 2평 정도의 방 안에 남아 있었으며 주위에서도 전혀 인기척을 느낄 수 없는 절망적인 상황에 처해 있었다.

문귀동이 저지른 추행의 내용은 다음과 같다.

(1) 먼저 권 양에게 아버지가 뭘 하느냐고 물어 권 양이 식당을 한다고 거짓 대답하자 (권 양의 아버지는 법원 서기관인데 권 양이 공무원 신분에 영향이 있을까봐 걱정이 되어 거짓 대답한 것임) 문귀동은 비시시 웃더니 "간첩도 고문하면 다 부는데 네 년이 독하면 얼마나 독하냐"는 취지의 말을 하면서 권 양에게 옷을 벗으라고 명령하였다.

권 양이 웃옷만을 벗자 문귀동은 권 양에게 다시 뒷수갑을 채운 후 브래지어를 위로 들어 올리고 바지를 풀어 지퍼를 내리더니 권 양의 국부에 손을 집어넣었다. 권 양이 비명을 지르자 소리 지르면 죽인다고 하면서 윽박 질렀다.

(2) 권 양의 팬티마저도 벗겨 내리고 의자 두 개를 서로 마주 보는 상태로 놓고 권 양을 한쪽 의자 위에 수갑 찬 손을 의자 뒤로 돌린 상태에서 앉게 하고 문귀동 자신은 맞은 편 의자를 바짝 끌어당겨 그 위에 앉아 권 양의 몸과 밀착된 자세를 취한 다음 계속 수배자의 소재를 불 것을 강요하였다.

권 양이 제발 이러지 말라고 애원하였으나 문귀동은 들은 척도 않고 "너 같은 년 하나 여기서 죽어도 아무 일 없다"고 협박하였다.

이때부터 문귀동은 수시로 권 양의 젖가슴을 주무르고 국부를 만지며 권 양의 몸에 자신의 몸을 비벼대었다.

(3) 그 후 문귀동은 권 양을 일으켜 세워 바지를 완전히 발가벗기고 윗도리 브래지어를 밀어 올려 젖가슴을 알몸으로 드러나게 해놓은 상태에서 뒷수갑을 찬 채로 앞에 놓인 책상 위에 엎드리게 한 후 자신도 아랫도리를 벗고 뒤쪽에 붙어서서 자신의 성기를 권 양의 국부에 갖다 대었다 떼었다 하기를 몇 차례에 걸쳐 반복하였다.

이때 권 양이 절망적인 공포와 경악과 굴욕감으로 인하여 거의 실신상태에 들어가자 문귀동은 권 양을 다시 의자 위에 앉히더니 담배에 불을 붙여 강제로 몇 모금을 빨게 하였다.

(4) 잠시 후 문귀동은 권 양을 의자 밑으로 난폭하게 끌어내려 바닥에 무릎을 꿇게 하고 앉힌 후 자신은 의자에 앉아 권양

이 자신의 성기를 정면으로 보도록 하는 자세로 조사를 계속하였다.

그러던 중 문귀동은 권 양의 얼굴을 앞으로 잡아당겨 입이 자신의 성기에 닿도록 하면서 자신의 성기를 권 양의 입에 넣으려 하다가 권 양이 놀라서 고개를 돌리니까 난폭하게 권 양의 몸을 일으켜 세운 후 강제로 몇 차례 키스를 시도하였다.

권 양이 입을 벌리지 않고 고개를 돌리니까 문귀동은 입을 권 양의 왼쪽 젖가슴 쪽으로 가져가더니 유두를 세차게 빨기를 두어 차례에 걸쳐 하였다.

(5) 그 후 문귀동은 다시 권 양을 책상 위에 먼저번과 같은 자세로 엎드러지게 해 놓고 뒤쪽에서 자신의 성기를 권 양의 국부에 몇 차례 갖다 대었다 떼었다 하는 짐승과 같은 동작을 반복하던 끝에 크리넥스 휴지를 꺼내는 소리가 들리더니 그것으로 권 양의 국부를 닦아내고 옷을 입혔다.

이 때가 밤 12시경.

(6) 위와 같은 짐승과 같은 동작을 계속하는 동안에도 문귀동은 집요하게 권 양에게 아는 수배자의 이름을 대라고 강요하였고 권 양이 비명을 지르면 죽이겠다고 하면서 윽박 질렀다.

또 위와 같은 동작을 하는 중간 중간에 문귀동은 권 양을 서너 차례 정도 쉬게 하면서 억지로 불 붙인 담배를 입 속에 밀어 넣고 물을 마시게 하였으며, 그리고 나서는 다시 갖은 협박을 하면서 수배자에 관한 추궁을 계속하였다.

그 동안에 권 양은 고통을 이기지 못하여 자신의 집에 찾아 왔던 어느 여성 한 사람의 이름과 동인이 종전에 다니던 회사의 이름을 댔으며 문귀동은 권양이 말한 내용을 종이에 쓰게 하였다.

위와 같은 추악한 만행을 저지른 후 문귀동은 권양에게 호언하기를 "네가 당한 일을 검사 앞에 나가서 얘기해봤자 아무 소용없다. 검사나 우리나 다 한 통 속이다."라고 하였다.

밤 11시가 지나 문귀동은 기진맥진해 있는 권 양을 보호실로 데리고 가서 권 양의 소지품을 챙기더니 유치장으로 끌고갔다 (이때 권 양에 대한 구속영장이 발부된 상태였음).

일반적으로 유치장에 처음 입감될 때는 몸수색을 위하여 속옷을 벗게 하는 것이 상례인데, 이때 문귀동은 여교관을 부르더니, "내가 다 봤으니 몸 검사는 필요 없다. 독방을 주어라"고 지시하고는 돌아갔다.

그 후 권 양은 검찰에 송치되기까지 유치장에서 열흘 간을 보냈는데 한 동안은 아무 것도 먹지 못하였고 먹으면 계속 체했으며 밤에는 악몽에 시달리느라고 잠을 제대로 이루지 못했다.

몇 차례나 자살을 하고 싶은 충동이 엄습해왔으나, 점차로 자신의 여성으로서의 전도를 희생해서라도 이와 같은 끔찍한 일이 다시는 일어날 수 없도록 하기 위하여 끝까지 싸우겠다는 결의가 굳어지면서 가까스로 자살충동을 이겨내었다.

6. 16. 교도소로 옮겨온 후 지금에 이르기까지도 권 양은 계속 악몽에 시달리고 있다. 원주법원의 서기관으로 재직하던 권 양의 부친은 이 사건의 충격으로 사표를 제출하였다.

권 양의 소식이 인천교도소 내의 재소자들에게 알려지면서 교도소 내 양심수 약 70명이 문귀동의 구속 등을 요구하는 무기한 단식투쟁에 들어갔고 권 양 자신도 6. 28.부터 시작하여 7. 2. 현재까지 닷새째 단식을 계속하여 건강이 극도로 악화되었다.

3. 이상이 국가권력의 집행자인 경찰에 의하여 저질러진 저 전대미문의 추악한 성폭행고문에 관하여 피해 당사자인 권 양이 변호인들 앞에서 밝힌 내용의 개요이다.

우리는 권 양의 진술태도나 기타 모든 정황으로 보아 위 내용이 진실인 것으로 확신한다.

우리는 이 입에 담기에도 더러운 천인공노할 만행이 다른 곳도 아닌 경찰서 안에서 다른 사람도 아닌 경찰관에 의하여 저질러졌다는 사실에 대하여 실로 경악과 전율을 금치 못한다.

더욱이 이 같은 만행이 인권옹호 직무수행자라는 검찰에까지 상세히 알려졌음에도 불구하고 그 범인이 아직까지도 버젓이 경찰관 신분을 유지하면서 바깥 세상을 활보하고 있는 데에 이르러서는 이 나라에 과연 법질서라는 것이 형식적으로나마 존재하고 있는 것인지를 근본적으로 의심하지 않을 수 없다. 최고

학부까지 다닌 한 처녀가 입에 담기조차 수치스러울 저 끔찍한 강제추행을 당한 사실을 스스로 밝힌 이상 그밖에 또 무슨 "증거"가 필요해서 수사를 못한다는 말인가? 경찰서 안에서는 목격자만 없으면 어떤 일이 일어나도 좋다는 것인가? 검찰이 경찰의 인권유린 행위에 대하여 이와 같이 수수방관적인 태도를 취한다면, 무고한 시민들이 경찰권력의 횡포 아래 희생되는 것을 막을 길도 전혀 없게 된다.

이 사건의 진상이 철저히 규명되고 직접 범행을 저지른 자는 물론 관계 책임자들이 모두 엄중히 처단되지 않는 한, 이후 여성들은 경찰서 앞을 지날 때마다 공포에 질리게 될 것이다.

이에 우리는 필설로 이루 형언할 수 없는 분노에 치를 떨면서 먼저 저 인간의 탈을 쓰고서는 차마 상상도 할 수 없는 패륜을 저지른 문귀동을 고발한다. 피고발인 상황실장, 성명불상자와 경찰서장 옥봉환은 제반 정황으로 보아 문귀동의 범행에 공모, 가담하였거나 교사, 방조하였거나 또는 적어도 이를 알면서도 묵인, 방치하고 단속하지 아니하였음이 명백하다고 인정되므로 아울러 고발한다. 피고발인 형사 성명불상자 3명 역시 문귀동의 범행에 공모, 가담 또는 방조한 혐의로 고발한다.

이 사건을 그대로 두고서는 실로 인간의 존엄성이니 양심이니 인권이니 법질서니 민주주의니 하는 말들을 입에 올리기조차 낯 뜨겁다.

우리들 고발인 일동은 문귀동을 비롯한 피고발인들 전원이

지체 없이 의법처단되지 않는 한 이 사건에서 한치도 물러나지 않고 모든 합법적 수단을 동원하여 기어이 고발의 실효를 거두도록 총력을 기울일 결의임을 천명한다.

4. 우리는 귀청이 이 사건을 수사함에 있어서 다음 몇 가지 점에 유의하여 줄 것을 촉구한다.

첫째, 이 사건은 문귀동이라는 변태성욕에 사로잡힌 한 개인에 의하여 우발적인 충동으로 저질러진 단독범행이 아니고 경찰권력 조직 내부의 의도적인 성고문 계획에 따라 자행된 조직범죄임이 명백하다고 생각된다.

우리는 귀청이 이 끔찍한 조직범죄의 전모를 낱낱이 파헤쳐 이 범죄가 어느 선에서부터 계획되었는지를 밝히고 피고발인들 외에도 일체의 관련자들을 남김없이 의법처단하여 주기를 강력히 요청한다.

둘째, 피고발인들의 소행은 강간죄 내지는 강제추행죄로 의률될 수 있음은 물론이나 이 점은 친고죄이므로 이 고발에서는 제외하였고 다만 인신구속에 관한 직무를 행하는 자의 폭행 및 가혹행위에 해당하는 부분만을 들어 고발한다.

그러나 우리는 이 사건이 종래에 흔히 볼 수 있던 통상의 고문, 가혹행위 수법이 아니라 여성에 대한 인간적 파괴를 노리고 반인륜적인 성고문 수법을 사용한 범행이며 더욱이 피의사실에 관한 조사가 아닌 단순한 수배자의 검거를 위한 수단으로 이와 같이 끔찍한 범행이 자행되었다는 점을 중시한다.

우리는 1984. 9. 4.에도 청량리경찰서에서 경희대 여학생들이 경찰서 전경들로부터 성폭력을 당한 사실을 기억하고 있다.

인천 5·3 사태로 구속된 피의자의 가족이 자기 딸도 부천 경찰서에서 권 양과 비슷한 고문을 당했다고 주장한 것을 들은 바 있다.

이 사건으로 인해 우리는 위 주장도 사실이라는 심증을 굳히게 되었고, 특정서에서 성이 고문의 수단으로 제도화되어 악용되고 있음을 알게 되었다.

인간의 존엄성을 최고의 이념으로 삼고 있는 민주법치국가에서 위와 같이 야만적이고, 비인간적인 만행이 제도적으로 자행된다는 것은 더 이상 묵과될 수 없다.

이 사건을 최단시일 내에 철저히 수사하여 그 진상을 백일하에 드러냄으로써 검찰이 추호라도 이 사건을 은폐하거나 비호할 의도가 없음을 분명히 하여야 할 것이다.

1986년 7월 5일

* * *

5공화국 시절 검찰은 꼼짝없이 정권의 하수인으로 전락했다. 관계기관 대책회의는 언론에 대해서는 보도지침을 하달하여 언론을 통제했고 검찰은 법무부 장관과 검찰총장을 통해 직접 통제 압박하면서 이 사건을 철저히 축소 은폐하였다. 박종철 사건의 축소 은폐와는 비교할 수조차 없다.

검찰은 수사결과를 발표하면서 성고문을 날조이며 성을 혁명의 도구로 삼는다고 매도하였고 공안 당국으로부터 보도지침을 하달받은 제도 언론은 '성적 수치심까지 정치적으로 이용하고 있다'며 여론을 호도하려 들었다.

인천지검 보도자료

부천경찰서 수사시비사건 수사결과

1. 수사경위

● 인천지방검찰청은 타인의 주민등록증을 절취, 자신의 주민등록증으로 변조하여 부천시 소재 주식회사 성신에 위장취업한 사실과 관련하여 절도죄와 공문서 변조죄 등으로 인천소년교도소에 구속되어 있던 권○○으로부터 자신이 부천경찰서에서 조사를 받을 당시 부천경찰서 수사과 근무 문귀동 경장으로부터 폭행과 성적 모욕행위를 당했다고 주장하는 고소장을 86. 7. 3. 접수하고 문귀동으로부터도 86. 7. 3. 권○○이 허위사실을 유포하여 자신의 명예를 훼손하였다는 내용의 고소장과 7.

5. 허위고소로 무고하였다는 내용의 고소장을 각각 접수하여

● 86. 7. 3. ~ 7. 16.까지 동 고소사실들의 진상을 규명하기 위해 집중수사를 전개하였음.

● 인천지검은 그 동안

- 사건 당사자인 위 문귀동을 7회, 권○○을 8회 소환, 조사하였고

- 관련 참고인 43명을 소환, 진술을 들었으며

- 또한 사건현장에 대한 면밀한 실황조사를 실시하는 등 가능한 모든 조사를 실시하였음.

2. 수사결과

● 권○○의 고소사실 중 86. 6. 7. 21:00-23:00 사이 문귀동이 권○○을 조사하면서 성적 모욕행위를 가했다는 부분은

- 문귀동이 조사를 행한 조사실은 2면 벽이 유리창으로 되어 있어 안이 들여다보이고 조사실 뒷편에 있는 무기고의 전등불빛이 조사실 안으로 비치고 있었을 뿐 아니라 당시 바로 옆의 조사실에서도 다른 경찰관들이 날씨가 더워 모두 문을 열어 놓은 채 다른 피의자를 조사하면서 문귀동의 조사실 앞을 왔다갔다한 사실이 있었으며

- 또한 권○○과 함께 부천경찰서 유치장에 수감되어 있던 최 모 여인(32세), 박 모 여인(30세) 등도 참고인 진술에서 조사받

고 권○○이 폭행을 당했다는 말은 유치장에서 한 일이 있으나 성적 모욕을 당했다는 말은 한 사실이 없다고 진술하고 있고 옆 조사실에서 조사를 한 경찰관 김해성, 권오성, 박경천 등도 그와 같은 사실을 목격하거나 감지한 바 없다고 진술한 점 등에 비추어 사실로 인정할 수 없음.

- 그러나 권○○의 고소사실 중

  - 86. 6. 6. 04:00~06:30. 문귀동이 제5조사실에서 권○○을 조사하는 과정에서 인천소요사건 관련수배자의 소재를 알아내기 위해 아는 사람의 이름과 주소를 대라고 거듭 요구했으나 권○○이 완강히 아는 사람이 없다고 말하자 권○○에게 자켓을 벗게한 후 티샤스를 입은 가슴부위를 손으로 3~4회 쥐어박아 폭행을 가한 사실과

  - 89. 6. 7. 21:00~23:00. 문귀동이 부천경찰서 제2조사실에서 같은 내용을 조사하던 중 권○○이 전일과 마찬가지로 계속하여 아는 사람이 없다고 말하자 권○○에게 또 다시 가슴부위를 손으로 3~4회 쥐어박아 폭행을 가한 사실 등은

  - 문귀동이 자백하고 있을 뿐 아니라 기타 증거에 의하여 사실로 인정됨.

3. 처리

- 이상과 같이 권○○의 고소사실 중 성적모욕행위 부분은

사실이 아닌 것으로 밝혀졌으나 폭언, 폭행 부분은 일부 사실이 인정됨.

• 폭언. 폭행 부분은 문이 조사에 집착한 나머지 저지른 우발적인 과오로서 이로 인해 이미 파면 처분을 받았으며

• 문귀동은 10년 이상 경찰에 봉직하면서 성실하게 근무하여 왔고,

• 현재 자신의 과오를 깊이 반성하고 있으므로 검찰은 이와 같은 정상을 참작 문귀동을 기소유예 처분할 방침임.

사건의 성격

• 급진좌경사상에 의한 노학연계투쟁을 전개해 왔던 권○○의 '성적모욕'의 허위사실 주장은 운동권 세력이 상습적으로 벌이고 있는 소위 의식화투쟁의 일환으로서

• 폭행사실을 성 모욕행위로 날조, 왜곡함으로써 자신의 구명과 아울러 일선 수사기관의 위신을 실추시키고 반체제 혁명투쟁을 사회일반으로 확산시켜 정부의 공권력을 무력화시키려는 의도로 판단됨.

• 이러한 사실은 동 권○○이 학원 의식화투쟁을 벌이다가 성적불량으로 대학 4년 제적 후(서울대 가정대 의류학과), 부모의 권유도 뿌리치고 가출한 후 위장취업으로 노동현장으로 뛰어들어 반정부, 반체제 투쟁활동을 전개한 전력을 볼 때에도 뚜렷하

게 나타나고 있음.

1986. 7. 16

인천지방검찰청

* * *

궁정동 안가는 이 소설에서 아주 중요한 역사적 배경이다.

1979년 10월 26일 이후 궁정동 안가는 세상에 느닷없이 그 흉측한 몰골을 드러냈다. (이 붉은 벽돌로 지은 2층 건물은 사건이 일어나기 수개월 전에 신축되었지만 그 후 철거되어 지금은 사진으로만 남아있다.)

그 독재자의 죽음은 청천벽력처럼 어느 날 갑자기 일어났다. 신이 있다고 한들 그걸 어떻게 예측할 수 있었겠는가. 우리는 그 당시 도대체 영문을 알 수 없어서 어리둥절했다.

장군은 독일제 월터PPK 권총을 손에 꼭 쥐고 있었다. 32구경에 손잡이가 짧고 얇아 손아귀에 들어있을 때 안정감이 좋았다. 이 권총은 손잡이를 잡은 오른손의 엄지손가락을 위로 펴서 안전장치를 올리고 사격을 하도록 되어 있다. 007영화에서 제임스 본드가 즐겨 사용하던 것이었다. 그 권총이 불을 뿜었던 것이다.

전국 교도소에 구속 수감되어 있던 수많은 양심수, 대학생, 시국 사범들의 반응은 어땠을까.

솔제니친은 강제수용소에 구속되어있을 때 '스탈린이 죽었다는 소식을 듣고 감옥 안의 모든 죄수들이 모자를 던지며 기뻐했다'고 고백했었다.

그러나 (서울구치소 2층 맨 끝 한 귀퉁이 방에, 구속되어 있었던) 김영일은 말했다.

"다른 건 다 잊었어도 날짜 가는 것만은 속으로 꼬박꼬박 세고 있었다. 그렇게 100일이 흘렀다. 그날은 1979년 10월 27일, 유난히 맑고 푸르던 가을날이었다. 그날도 나는 참선에 몰두하고 있었다. 그런데 점심 무렵 구치소 방송에서 흘러나오는 소리 가운데 유독 귀에 꽂히는 말이 있었다. '고 대통령께서······', '고인께서······'

그 순간 내 머릿속에는 세 마디가 떠올랐다.

내 속에서, 내 속 저 밑바닥에서 꼭 허공중에 애드벌룬 떠오르듯이 그렇게 세 마디 말이 줄지어 떠오르는 것이었다. 인생무상. 첫 번째 마디였다. 안녕히 가십시오. 두 번째 마디였다. 그리고 나도 곧 뒤따라가리다. 세 번째 마디였다. 이튿날 12시 추모방송에 나온 김수환 추기경의 첫마디도 인생무상이었다. 그렇게 소름끼치는 경험을 하기는 그때가 처음이었다."

인터넷을 검색했고, 민주언론시민연합의 증보판 「보도지침」을 읽었으며, 사건 당시 신문들을 자세히 참조하였다. 특히 특종을 많이 한 1987년 1월에서 1988년 1월까지 동아일보 기사들을 많이 찾아서 읽었다.

동아일보는 나중에서 시작했지만 특종을 많이 했고 가장 넓은 지면을 할애했다. 동아일보 보도 때문에 그 당시 검찰은 수사를 4번이나 했다. 처음 적발된 고문 경찰관 2명에 대한 안상수 검사의 1차 수사, 뒤늦게 시작된 고문 가담 경찰관 3명에 대한 2차 재수사, 박처원 대공수사처장 등 범인은폐 및 조작을 지휘한 경찰 수뇌부에 대한 3차 수사 (2차 재수사와 3차 수사는 거의 동시에 이루어졌고, 결국 대검 중수부에서 함께 맡게 되었다), 그리고 이듬해(1988년) 강민창 치안본부장에 대한 직무유기 및 직권남용 4차 수사가 이어졌다.

동아일보 기자들은 잘 알고 있었다.

그들은 집단적으로 트라우마를 앓고 있었다.

1985년 편집국장과 사회부장, 담당 기자가 보도지침을 위반했다는 단순한 이유로 안기부의 그 유명한 남산 지하실로 끌려갔다.

안기부 국장급 간부가 말했다.

"동아일보 편집국장의 인신 처리는 우리 마음대로 할 수 있다. 각하도 양해한 사실이다. 당신을 비행기에 태워 제주도에 가다가 바다에 떨어뜨려 버릴 수도 있고, 자동차로 대관령 깊은 골짜기에 데려가 아무도 모르게 땅에 묻어버릴 수도 있다."

안기부 대공수사단 요원들은 기자를 청색 군복으로 갈아입히고 무차별 폭력을 퍼부었다. 주먹세례에 몸을 웅크리자 발길질을 하고 몽둥이를 휘둘렀다. 급소를 제외하고 온몸을 동네북 치듯 두들겨 팬 뒤 발가벗기고 심문했다. 고문자들은 *"취재원의 이름을 대면 지금이라도 내보내겠다."*며 때렸으나 기자는 끝까지 이름을 입에 올리지 않았다.

안기부장은 직접 고문 받는 현장에 나타나서 "이 새끼들 죽여 버려"라며 채근하고 돌아갔다.

* * *

그 밖에, 중요한 참고자료로는 내가 광장에 갈 때마다 거둬들인 수많은 종류의 유인물, 팜플렛과 (광장에서 읽은) 낙서, 혈서, 리본, 풍선, 피켓, 현수막, 플래카드 등과 내 귀로 직접 똑똑히 들은 말들이 있다.

* * *

박종철 사건의 경우를 다시 돌이켜보자.

그 당시 수사검사 **안상수**의 「안 검사의 일기」와 「박종철 탐사보도와 6월항쟁」, 「6월 항쟁을 기록하다」제3권이 가장 중요한 자료이다.

이 제3권은 필자들이 그 당시 기자로서 사건을 취재했고 집필 당시에는 논설위원이었던 사람들과 재야인사들이다. 그들의 관점에서 쓴 것이다. 그러므로 수사검사와는 집필 의도와 필자의 관점, 문장의 뉘앙스가 다를 수밖에 없다. 어쨌거나 고문 및 용공조작 저지 공동 대책위원회(고문공대위), 고 박종철 국민추도회 준비위원회, 2월 7일의 고 박종철 범국민추도회, 3월 3일의 고문추방 민주화 국민평화 대행진과 박종철 49재와 불교인의 궐기, 지식인들의 개헌 성명, 사제단의 폭로 등등에 관해 상세한 것은 이 책 64쪽부터 169쪽까지를 참조하기 바란다.

그렇긴 하지만, 「안 검사의 일기」이후에 나온 모든 박종철 관련 저서들 또는 글들은 그 책에 의존하고 있으며 많은 신세를 지고 있다. 그 책은 이른 시기에 제일 먼저 나왔고, 더욱이 수사를 담당했던 검사가 직접 썼으니 말이다.

그러한 사정은 나도 마찬가지다. 나의 경우 그 책에 주로 근거해서 거의 복제 또는 차용해서 이 소설을 썼기 때문이다. (그는 영화 '1987'에서는 무슨 편견 때문이었는지 철저히 배제되었지만 말이다.) 그러나 변명을 하자면 글의 맥락에 따라 이음새를 만드는 것 외에 소설이라는 핑계를 대고 텍스트를 변형시키거나 유용하지는 않았다.

그 책 뒤표지의 다소 애매모호한 표정의 저자 사진은 언제적일까? 나는 그가 국회의원이 되어 정계로 진출한 이후에는 그를 만나본 적이 없다.

「이제야 마침표를 찍는다」에는 **박종철 사건 수사검사의 일기**라는 부제가 붙어있었는데 저자는 박종철 사건을 수사하면서 언젠가 때가 되면 이 사건의 진상을 알릴 수 있을 것이라 생각하고 열심히 일기를 써 나갔다라고 밝히고 있다.

그렇다면 역사적 사건이나 실체는 예술적 창조와는 무관하여 일개인의 소유물이 될 수 없으므로 사회적 공공재라 할 수 있다.

의사 황적준도 그때 일기를 썼다. 그러나 일기를 쓰는 일이 그렇게 쉬운 일일까. 뚜렷한 목적의식이 있었기 때문에 가능했을 것이다. 그렇다면 일기가 아니라 비망록일 수도 있다.

나는 일기 쓰는 일이 몹시 부자연스럽게 느껴진다. 일기란 아주 은밀해야 하고 절대 남에게 보여주어서는 안 되는 거라는 고정관념을 갖고 있었다. 어떻게 자기 자신에게 얼굴이 붉어지지 않으면서 일기를 쓸 수가 있겠는가. 자기 기만 없이. 나의 경우 내 성격을 고려할 때 일기 쓰기는 틀림없이 자기 미화이거나 과장 아니면 자기 파괴적인 행위가 될 것이다.

나는 도저히 미국 작가 존 치버처럼 그렇게 솔직하고 적나라하게 쓸 수는 없을 것이다. 그리고 버지니아 울프의 일기를 다시 생각한다. 나는 울프처럼 자의식이 강하지도 못하고, 존 치버처럼 그렇게 절대적으로 정직하지 못하다. 그렇다면 어떻게 진실을 말할 수 있겠는가. 그러니 위대한 작가는커녕 변변한 작가가 될 가망조차 없다.

그러나 그 책에 한계가 없는 것은 아니다. 제3자의 냉철한 객관적인 시각이 아니라 담당 수사검사가 주관적 관점에서 쓴 것이고 또한 엄밀한 역사적 기록으로 구성된 것이 아닐 뿐만 아니라 안상수 개인과 가족사에 관한 이야기가 혼재되어 있으므로 일부는 자기를 변명하고 미화하는 부분이 없지도 않을 것이다.

재수사 과정과 관련하여 김정남이 집필한 「6월 항쟁을 기록하다」제3권의 일부 내용과는 현저히 상충되고 있다.

김정남은, 서울지검 안상수 검사는 2월 27일 조·강 두 경관으로부터 3명의 고문 경관이 더 있다는 사실을 청취하고서도 "진실을 밝히는 것이 자신에게 유리할 것인지 잘 판단하라"면서 계속적인 은폐를 획책, 종용하고 이 같은 사실을 상부에 보고, 2월 28일 김성기 법무부 장관이 영등포교도소를 방문, 새로운 사실이 밖에 알려지지 않도록 철저히 보안단속을 지시한 것이 확인되었다.라고 썼다.

(수사의 주체인 검사가 범인이 축소 조작된 사실을 알고도 3달 가까이 수사를 하지 않고 있었던 것은 당연히 직무유기에 해당한다. 안상수는 대검 중앙수사부에서 직무유기와 관련한 혐의로 조사를 받았는지 여부 또는 조사를 받았지만 유야무야 넘어갔는지는 확인할 수 없다.

본인의 주장에 의하면, 추가 재수사를 못한 것은 검찰 상층부의 압박 때문이었기에 상당히 억울했을 것이다. 그 당시 축소 조작은 관계기관 대책회의를 통해 정권 차원에서 기획 집행된 것으로 아무리 직업의식이 투철했다고 하더라도 일개 수사검사가 어떻게 할 수 있는 상황은 아니었다.

그는 말했다.

검찰청법 제7조는 검사 동일체의 원칙과 상명하복에 관해 규정하고 있다.

검찰의 수사지휘권은 법적으로 어떤 사건이든 검찰 총장이 최종지휘권을 행사한다. 그러므로 검찰총장-검사장-차장검사-주임검사 순으로 수사명령이 떨어져야 수사가 가능한 것이다.)

궁금한 독자들은 상세한 내용을 확인하기 위해서라면 제3권의 146쪽부터 169쪽까지를 읽어보아야 할 것이다. 하지만 「안 검사의 일기」 118쪽부터 157쪽까지를 자세히 읽어보면, 그렇게 하지는 않은 것으로 나온다.

그런데 「안 검사의 일기」가 출판된 것은 1995년 3월인데 반하여 「6월 항쟁을 기록하다」는 10여 년이 지난 2007년 6월이다. 하지만 김정남이 「안 검사의 일기」를 읽고 검토하고 난 후 자신의 글을 썼는지는 알 수 없다.

(마지막으로 나온 게 「박종철 탐사보도와 6월항쟁」이다. 이 책은 그 당시 동아일보 법조팀 기자였던 저자가 새로운 사실을 발굴하여 저널리스트의 시각으로 썼기 때문에 객관적이라 할 수 있다. 나는 그 저자를 공식적인 모임에서 한두 번 만나서 악수를 나눈 일은 있지만 깊은 내용의 대화를 한 적은 없었다.

나는 저자의 양해도 없이, 또한 인용 또는 재인용 각주도 달지 않고 그의 책 중에서 많은 부분을 무단으로 인용하였다. 소설이니까 어쩔 수 없다는 점을 핑계로 내세우면서 말이다.)

그리고 안상수는 위 책에서 다른 사람들은 모두 실명으로 쓰면서 오직 정형근만 J로 표시하였다. 그들은 대학 동기 동창이고 막역한 친구였던 모양이다. 친구의 의리 때문에 J로 표시하였던 것일까. 그래서 그 책은 역사적 기록으로는 냉철하지 못하다는 비판을 면할 수 없다. 하지만 자신의 일기를 바탕으로 쓴

책이므로 뇌수술을 하는 신경외과의 손처럼 강인하고 냉철해야 한다고, 기대할 순 없을 것이다.

어쨌거나 기록문화가 발달하지 않은 우리나라에서 그 책이야 말로 최초로 집필된 박종철 사건에 관해 가장 많이 기술한 원전으로 봐도 무방할 것이다.

역사적 사건의 기록이 부실하면 할수록 왜곡과 축소, 반대로 과장과 미화의 대상이 된다. 영화 1987은 (역사적 기록이 명확한데도 불구하고) 그렇지 않은가. 역사는 이야기이기 때문에 역사적 사실을 전후맥락으로 하여 끊임없이 평가와 재평가, 해석과 재해석이 이루어진다.

* * *

과연 영화 1987은 99% 실화일까? 실화와 얼마나 비슷하게 만들지에 대해서 고민을 많이 했을까? 실화를 영화로 만들 때 가장 중요한 건 팩트를 훼손하지 않는 것이고 역사는 왜곡과 훼손이 되어서는 안 된다고 시나리오 작가 스스로 말하지 않았는가.

이 영화는 5공화국 정권의 폭력성을 30년이 훌쩍 지났는데 새삼스럽게 고발했다는 점에서 높은 평가를 받아야 할 것이다.

그러나 이 영화는 명이 짧은 5공화국의 단말마의 순간을 포착하려고 시도했겠지만 진실을 외면하여 왜곡투성이가 되었다.

6월혁명의 기폭제가 된 박종철 사건과 관련된 역사적 사실은 평가나 해석의 문제가 아니라 몇 가지 사실 자체가 크게 왜곡되었으므로 중대한 문제인 것이다.

우선, 이 영화에서 반동 인물(antagonist)은 박처원 처장으로 고정되어 있다. 그러나 그는 일개 처장일 뿐이고 그 위에는 강민창 치안본부장과 김종호 내무부 장관이 있었으므로 모든 행위는 그들에게 보고하고 지시를 받아 처리를 할 수밖에 없었다. 경찰 조직은 군대처럼 상명하복을 하는 특수한 조직이지 않은가. 실제 강 치안본부장은 나중에 직무유기와 직권남용죄로 처벌받았지 않은가.

그 당시 남영동 대공분실은 예산이나 조직, 업무처리에 있어서 안기부와 안기부가 주도하는 대책회의 지시에 따라 처리했음에도 불구하고 그가 마치 혼자서 모든 걸 결정하고 실행한 것처럼 몰아갔다.

물론 소설이나 영화에서 주동 인물(protagonist)과 반동 인물의 대립 구도를 모르는 바는 아니지만 적어도 역사적 사실에 기반한 영화라면 그건 아니라고 할 수 있다.

그야말로 박처원 처장이 악의 핵심인 것처럼 모두 뒤집어쓰게 하였으니 이 영화에서 그는 진짜 희생자가 되었다. 영화는 역사적 사실에 대한 심각한 왜곡을 통해 명예훼손과 인격살인을 자행함으로써 영화 그 자체가 악으로 변모한 것이다.

시나리오 작가는 직업윤리를 그렇게 강조했는데 이 영화야말로 심각하게 직업윤리를 위반한 것이다.

그의 유족의 심정은 어떠할 것인가. 지하에 잠들어있는 그의 영혼은 요즈음 마음이 편치 않으리라.

둘째, 그 당시 최환 공안부장은 경찰 쪽에서 박종철의 시신을 곧바로 화장할 수 있도록 지휘해달라고 하였지만 이를 거부하고 시신 보존과 부검을 지시한 사실은 맞다. 그러나 그는 수사가 본격적으로 개시될 무렵 처음부터 수사 라인에서 제외되고 이 사건 수사에는 직접 관여한 바가 거의 없다. 그럼에도 불구하고 최환 검사에 대해서는 지나치게 많은 활약을 한 것으로 왜곡하였다.

그 당시 공안부는 수사가 본격적으로 개시되기 전 처음부터 수사에서 배제되었기 때문에 따라서 최환 부장도 수사에서 배제되었고 그 사건은 형사2부로 넘겨졌던 것이다.

그러면 공안부는 무슨 부서였던가. 엄혹한 시절에 독재정권의 파수꾼으로 가장 잘 나가는 곳이었다. 그래서 모든 검사들이 선망했다. 1986년 그해 전국 교도소에는 무려 2800여 명의 시국사범들이 구속 수감되어 있었다. 구치소나 교도소마다 넘쳐났다. 그들은 전부 공안부에서 노동운동이나 학생운동을 했다는 이유만으로 조사를 받고 구속된 것이다.

박종철 사건의 경우 당연히 공안부 소관이었지만, 그 당시 검찰 상층부는, 공안부와 공안부 검사들이 국민들로부터 엄청난

욕을 먹고 있어 무슨 오해를 살까 염려되어 형사2부에서 맡도록 한 것이다.

왜 하정우가 그렇게 열연을 해야만 하였는가?

더욱이 그가 왜 중간에 사표를 내고 변호사로 개업했단 말인가.(이 부분은 그 당시 수사검사였던 안상수 검사에게 해당되는 이야기다. 그때 부검에 참여했던 검사 역시 안상수 검사이고 최환 부장이 아니었다. 영화는 무슨 의도가 있었기에 안상수를 왜곡 축소하고 최환은 실제 이상으로 부풀려야만 했던가. 그는 텔레비전에 출연해서 왜 그렇게 자화자찬했던가.)

어쨌거나 이건 너무나 지나친 왜곡이다.

최환 검사는 이듬해(1988년) 서울지검 남부지청 차장검사를 지내고 이후 검찰의 요직 중의 요직으로 빅4라고 할 수 있는 대검 중수부장을 제외한 대검 공안부장과 법무부 검찰국장, 서울지검장 등 3자리를 거쳤다. 그렇게 요직을 거친 사람이 몇 사람이나 있을까.

그는 부산고검장을 마지막으로 검찰을 떠나 1999년 개업했다.

셋째, 영화에서는 최환 검사가 이홍규 당시 대검 공안4과장에게 박종철 사망 사실을 흘리고, 그 사실이 기자에게 전해져 사건이 일파만파로 퍼져나간 것으로 되어있다. 그 당시 검찰 직제는 대검 공안부 1,2,3과장은 검사가 맡았으나 4과장은 자료과장으로 검찰 일반직이 맡던 때였다.

그런데 실제는 중앙일보 법조 출입 7년차 기자였던 신성호 기자가 이홍규 4과장 방에 우연히 들렀다가 기자들이 본능적으로 가지고 있는 예민한 재치를 발휘하여 특종을 한 것에 불과하다.

넷째, 이 영화와 관련하여 가장 억울한 사람은 다름 아닌 1차 수사와 2차 재수사를 담당하면서 엄청난 고뇌와 함께 고생을 했던 서울지검 형사2부 신창언 부장검사 (이 사건 1차 수사와 2차 재수사의 당초 주임검사는 바로 신창언 부장이었다), 박종철 사체의 부검과 1차 수사에서부터 2차 재수사까지 끝까지 참여했던 안상수 검사가 있고, 중간에 이승구 검사와 교체해서 수사를 담당했던 박상옥 검사가 있다.

이들에 의해서 박종철 고문치사 사건과 경찰의 은폐 조작 사건은 세상에 밝혀진 것이다.

그럼에도 불구하고 그들은 전혀 영화에 나타나지 않는다. 그 이유가 무엇인가? 왜 진짜 수사에 참여하지 않은 최환 부장검사만 부각되는가?

5공화국 시절 보도지침은 언론기관을 통해서 기자들에게 알게 모르게 암암리에 전달되어 기사 작성을 통제하였으므로 신문사의 편집국 칠판에 공공연히 적혀 있지는 않았다. 그것은 문공부의 방침에 어긋나는 일이었다. 그러므로 영화에서 신문사 간부가 편집국 칠판에 적힌 보도지침을 지우며 사실대로 보도하라고 지시하는 장면은 그 당시 현실과는 너무나 동떨어져 있는 것이다.

또한, 영화에는 경찰이 신문사 사무실 내부에까지 들어와서 최루탄을 쏘아 아수라장이 된 장면도 나오지만 그 시절 경찰이 신문사 사무실까지 난입한 적은 없었다. 실제는 기자들이 데모 현장에 나가 취재하면서 어쩔 수 없이 최루탄으로 범벅이 돼 신문사로 복귀하는 일은 있었지만 말이다.

박종철은 1987년 1월 14일 아침에 불법 연행되어 남영동 대공분실에서 물고문을 당하다 그날 12시 반경 죽었다. 그리고 15일 저녁 9시경 한양대 부속병원에서 부검이 있었고 다음 날 아침 8시 25분 박종철의 시체는 한양대 병원 영안실을 떠나 벽제 화장장으로 옮겨져 오전 9시 10분에 화장됐다. 그러므로 박종철의 부모와 누나가 부산에서 올라와 병원에 빈소가 차려진 것을 보고 오열하는 장면은 없었던 것이다.

과연 그 당시 영등포교도소 보안계장이었던 안유라는 인물은 정말 의인이라 할 수 있는가?

정신과 의사 강용주는 영화 1987에 대해 보이콧을 선언했다. 영화에 나온 안유라는 인물의 모습이 실제 행적과는 다르다는 이유 때문이다. 구미 유학단 간첩단 사건의 피해자인 강용주는 안유를 가해자로 기억한다. 간첩단 사건 후 안유가 보안과장으로 있던 대구교도소에 수감된 그는 상당한 가혹행위를 당했다고 밝혔다. 안유가 자신에게 수갑을 채워 개밥을 먹이고 전향서 작성을 강요했다는 것이다.

(gojin@kyunghyang.com)

왜 하필 연희는 교도관 한병용의 조카 자리에 앉혔던 것일까. 6월항쟁 당시 자료를 보면 여대생들이 시위에 많이 참여한 것은 틀림없는 사실이다. 그러므로 그런 여대생들 중 한 사람을 연희로 하였다면 도대체 문제될 것이 없을 것이다. 그런데 교도관 한병용의 조카 자리에 앉힘으로써 심각한 역사 훼손이 된 것이다.

시나리오 작가는 (혹은 감독은) 왜 99% 실화라고 장담했던가? 마치 역사학자나 되는 것처럼 '역사는 왜곡과 훼손이 안 되어서는 안 된다'고 말했던가. 그렇게 역사를 형편없이 왜곡시켰으면서 말이다.

정확하면서도 극도로 절제하고 객관성을 지키는 냉철한 역사 인식이 필요했지만 영화의 흥행 성적과 대차대조표에만 관심이 있는 그들에게 그걸 기대하는 것은 애시당초 무리였을 것이다.

'무슨 말을 하든지 그 말이 되돌아올 것임'을 모르는 바 아니지만 (마태복음 7장 1절은 '남을 심판하지 말라. 그래야 너희도 심판받지 않는다.'고 했다), 결론을 내리자면, 영화는 냉혹한 역사적 사실을 심각하게 왜곡하면서까지 부적절한 에피소드를 나열하여 관객을 모독하는 멜로드라마이다. 멜로드라마가 되면서 무언가 신성한 것이 신성 모독을 당했다는 절망적인 기분이 든다.

그런데 영화 속 사건과 인물들이 진짜라고 믿은 관객들은 어리석게도 자신이 모욕당하고 있다는 사실을 알아채지 못한다.

소설의 경우 다른 나라의 언어로 번역되기도 하고 각색을 거쳐서 연극, 영화나 TV 드라마로, 만화로, 뮤지컬이나 오페라 등 새로운 버전으로 전환한다. (트랜스 미디어 스토리텔링 시대에 컴퓨터 게임, 소셜웹, 가상현실 게임, 테마파크 같은 엔터테인먼트 분야로의 전환은 제외하고서도 말이다.)

그 과정에서 각색자는 원천 작품을 재해석하여 시간과 공간을 변화시키고 캐릭터를 다른 관점에서 정체성을 변형하고 플롯을 변경해서 디테일을 생략하고 주제를 변주하면서 개작하고 재조합한다. 그래서 그들 각각의 버전은 상호 텍스트가 되는 것이다.

그러므로 이야기에는 옹기 그릇에 도공의 손자국이 남아있듯이 이야기꾼의 흔적이 남아있는 것이다. 이제 각색자는 창작자가 되어 그 작품을 자신의 것으로 만든다.

그러나 논픽션과 역사적 사실은 그렇게 할 수 없다. 사실을 왜곡해서 지어낸다면 그것은 일종의 범죄행위로 여겨질 수 있다. 그래서 역사학자나 에세이 작가들은 이야기를 제대로 하고 싶어서 지어내기나 은유, 심지어 수식어까지 여러모로 삼가게 되는 것이다.

22. 나는 언제나 내 몸과 의식을 사용해서 내 방식대로 일을 처리한다. 그러나 나는 세상일을 완벽하게 이해하지 못한다. 내

가 그렇게 하기에는 세상은 너무 넓고 너무나 복잡하다. 결국 내가 아는 것은 티끌만큼의 세상일 뿐이다. 내가 내 능력의 한계를 알고 있을까? 워렌 버핏은 '능력의 한계를 알고 그 범위 안에 머물러라. 범위의 크기보다 중요한 것은 범위의 경계를 아는 것이라고 하였다.

그러므로 언제나 참여자가 아니었다. 앞장서서 행동하고 참여하지 못한다. 나는 그저 무감각하게 바라볼 뿐이다. 참새가슴의 겁쟁이니까. 높은 역사의식도, 비판적 사회의식도, 정신적 부채의식도, 남다른 윤리적 감수성도 없으니 기껏해야 시종일관 관찰자 혹은 침묵하는 방관자가 될 뿐이다.

지금, 여기, 우리에게 일어나고 있는 상황에 대해 무기력한 관찰자일 뿐이다. 그러니 다큐멘터리 사진의 속성처럼 생생하고 냉정하고 정확하게 관찰하지는 못한다.

그러나 가공의 인물이나 지어낸 이야기는 없다고 할 수 있다. 어쨌거나 나의 관점과 감정 상태에 따라 한쪽으로 치우쳐 있음을 스스로 인정해야 할 것이다. 어떻게 편견과 선입견이 개입되지 않았다고 자신 있게 말할 수 있겠는가.

23. 나는 2월의 마지막 주말에 다시 광화문광장으로 갔다.

나는 자석에 이끌리듯 추운 한겨울에도 몇 번씩이나 토요일 저녁에 개최되는 촛불집회에 밤늦게까지 참석했었다. 우리는 여태껏 주말 부부이다. 아내는 토요일 오후에 올라와서 월요일 첫차로 내려간다. 그러니 불문율처럼 토요일 오후에는 아내와 함께 지내야 했다.

그러나 마지막 탄핵심판 결정을 앞두고 온 나라 구석구석까지 팽팽한 긴장감이 감돌고 있었다. 인터넷은 가짜 뉴스와 온갖 음모론의 온상지였다. 블로그에는 몽상가들이 마구잡이로 근거 없는 소설을 쏟아내고 있었다.

나는 불면의 밤이 계속되면서 광장으로 나올 수밖에 없었던 것이다. 나는 깊이 숨을 들이마시며 광장의 상쾌한 밤 공기로 허파를 가득 채웠다.

이제 군중들은 눈에 띄게 줄어들었다. 진짜 골수분자라고 할 수 있는 사람들만 한겨울의 추위에도 상관하지 않고 나온다.

물론 촛불집회에 전혀 관심이 없는 사람도 많다.

그들은 말한다.

"…… 촛불이 타오른다고 해서 내 앞에 놓인 문제들이 결코 해결될 것 같지 않다. 나에게는 이미 일상이 식민지다.

…… 많은 사람이 정의와 대의를 말한다. 그들은 어떻게 살아가야 하는가 문제에 대해 무척 쉽게 대답한다. 그러나 그들이 자신의 영역에서는 얼마나 그러한 인간으로 살고 있는지 의문이다.

…… 먼 곳에서 벌어지는 악에는 쉽게 공감하지만 주변의 악에는 눈을 감고 마는 인간들은 어떻게 할 것인가"

광장에 바람이 불었다. 겨울은 미련이 남아있는 듯 아직 새 풀이 돋지 않은 누런 잔디밭에는 마지막 겨울이 머뭇거리고 있었다.

하지만 세월은 빠르다.

봄이 멀지 않았다.

봄은 마술처럼 찾아오리라.

언제 보아도, 광장 주변에 현대식 건물이 즐비하게 늘어서 있기는 하지만 광장에서 이국적인 정서는 느껴지지 않는다. 600여 년 전 태조 4년에 창건되어 혁명가 정도전에 의해 처음에는 사정문 四正門 으로 명명되었던 광화문과 세종대왕과 이순신 장군의 동상이 서 있으니 말이다.

그 광장은 언제든지 우리 민중의 의지가 결집하고 분출하는 민주공화국의 심장부이고 (나의 경우에는) 내 빈곤한 상상력이 끝없이 추락하는 곳이다.

봄은 늑장을 부리지 않는다.

광장에 늦은 밤 어둠이 깔린다. 모두 떠났다. 광장은 텅 비었다. 겨울의 차가운 바람이 한바탕 휩쓸고 지나간다. 나는 한 바퀴를 돈다. 그리고 몇 번이고 떠돌며 배회한다.

달은 이지러지고, 일그러지고, 형태를 잃어갔다.

24. 나는 1호선과 2호선 지하철이 교차하는 시청역 1번 출구

를 빠져나왔다. 익명의 흥분한 군중들. 그들은 원래 집단시위에 익숙하지 않다. 익숙하지 않을 뿐만 아니라 대규모 집회가 낯설 어서 거부감을 갖고 있던 꼰대 세대였다. 옛날 옛날에 늙은이는 밥이나 축내는 천덕꾸러기였다. 그래서 늙은이를 등에 업고 깊 은 산으로 가서 버렸다. 그런데 서울광장에 태극기집회의 태극 기들이 무수히 나부낀다. 하지만 간절히 호소하는 깃발이나 현 수막은 보이지 않는다. 강력한 확성기에서 목쉰 소리가 터져 나 왔다.

나는 쉼 없이 터져 나오는 말들을 들었다.

드러나는 탄핵농단의 배후. 시간 지날수록 탄핵소추 배경에 역모와 반란의 증거 속속 등장. 최순실이 아니라 고영태 일당의 국정농단이 다. 박근혜 대통령 탄핵 배후는 북한이다!!! 깨어나라 국민이여! 가자 대한문으로! 2017년 드디어 대한민국이 바로 선다. 무엇이 태극기 민 심을 일으켜 세웠나. 촛불의 광장 선동, 언론의 조작, 편파보도가 보 수 결집을 촉발한 것입니다. 헌법재판소의 낯선 풍경, 정의는 있는가. 태극기 군중세력이 정치세력화되어야 하는 이유가 있습니다. 영화 '놈놈놈'들을 현실에서 보아야 하는 시대입니다. 당리당략에 따라 국가안보를 흔들지 말라. 편파 왜곡 보도로 나라를 혼란케 하지 말라. 탄핵사태는 오직 법리적 판단과 합법적 절차에 따라 종결되어야 한 다. 종북좌익 세력을 척결하여야 한다. 군은 국방에만 전념하라. 퍼져 라, 동해물과 백두산이. 청명에 죽으나 한식에 죽으나 김진태와 나라 구하자. 충격적인 고영태 녹취록!!! 고영태 게이트를 즉각 구속수사하 라. 불공정한 탄핵심판 헌정질서 중단된다. 헌법재판소는 탄핵소추를

235

각하하라. 헌법재판소는 헌법재판소법과 형사소송법을 준수하여 피소추자의 방어권 행사를 보장하고, 재판절차를 공정하게 진행하라. 김수남 검찰총장과 이영렬 서울중앙지검검장은 부실 편파 수사에 대한 책임을 지고 즉각 사퇴하라. 탄핵을 탄핵한다. 인민재판식 대통령 탄핵은 한국의 법치민주주의에 대한 도발이다. 언론이 수사도 하고 재판도 하는가. 특검인가 혁명인가? 박 대통령 뇌물죄는 관습적으로나 법리적으로 성립할 수 없다. 세계 역사에 유례가 없는 임기 말 단임제 대통령 쫓아내기가 부끄럽지 않은가? 애국일보. 조갑제닷컴. 미래한국. 친박, 비박, 원박, 진박, 진진박, 반박, 멀박, 낀박, 쪽박, 탈박.

더렵혀진 감상주의. 설득력을 상실한 논리. 훼손된 윤리의식. 도덕적 마비상태. 닳고 닳은 주제. 보수적 가치라는 미명 속에 감춰진 야만과 망령. 그러므로 순수성은 없다. 그들은 까닭 없는 두려움에 몸을 떤다.

그들에게 언어는 너무 무거워서 소화조차 할 수 없었다. 위선과 아첨, 거짓말, 몰염치, 소심함, 상실감, 적대감, 무책임성, 소통 불능, 오해, 어설프고 값싼 동정심, 불신의 눈초리, 공화국의 시민으로서 시민의식의 결핍, 가면을 쓴 상투적 애국심만이 도처에 넘쳐난다.

대통령은 임금님인데 임금님에 대한 인습적 굴레에서 벗어나지 못하고 있다. 그들이 미련하게도 공화국 시대에도 기존의 권위적 사고방식을 탈피하는 것은 불가능하다.

그들은 언제나 반복되는 지루한 일상이 지겹다. 궁핍, 결핍,

박탈, 충족할 수 없는 마지막 남은 욕망들. 이 무미건조하고 비루한 일상에서 벗어날 방법이 보이지 않는다. 그러므로 그들은 상실감을 느끼고 분노한다.

이 세상은 모두 젊은이들이 차지하고 있고 젊음을 절대적으로 우대하는 일종의 인종차별주의가 만연하고 있다. 그들은 늙은이들을 벌레 보듯 싫어하고 괄시한다. 심지어 젊은 게이를 만나기 위해서 낙원동을 어슬렁어슬렁 배회하는 늙은 게이들조차 서럽다.

젊은 게이들은 늙은 게이를 몹시 싫어하고 기피한다. 그러므로 늙은 게이는 절망감 같은 것이 와락 밀려들고 울고 싶다. 그리고 이제는 젊은 남자를 단념해야 한다는 것을 확실히 알게 된다. 그들은 늙은이에 대한 욕망이 전혀 없다. 그러므로 늙은 게이는 너무 소심하거나 아니면 너무 서툴러서 그들에게 다가갈 수 없다.

태극기 집회에 나온 사람들은 대부분 나와는 동년배이다. 65세 이상이어서 지하철을 공짜로 탄다는 노인들을 지칭하는 지공거사들이다. 내가 그들과 공유하는 것은 무엇일까?

나이 듦에 대한 두려움, 늙음의 무의미함, 무의미함에 대한 두려움. 덧없는 삶. 과거로 회귀하기. 정신적 퇴행. 백내장. 퇴행성 관절염. 근육 감소

우리들은 함께 그 엄혹한 시절을 견디며 살아왔다. 지금 그때를 수치심을 느끼지 않으면서 기억할 수 있을까? 시간은 소멸

한다. 희미한, 반투명한, 모호한, 흘러가는 기억에 대해 그렇게 예민할 필요가 있을까? 그래서 그 시절을 추억하며 향수를 느낄 순 없을까?

나는 왜 의기투합해서 그들 속에 뒤섞이고 함께 호흡할 수 없을까? 나는 아직 구제불능은 아니다.

하지만 이 글 어디에선가 거명된 나의 동년배들인 조영래 변호사, 전태일 열사, 김근태 전 의원, 김상진 열사는 이미 고인이 되었다.

우리들도 젊은 시절 한때는 진보적이고 혁명적이었다. 우리는 4 · 19 혁명 세대이지 않은가. 그러나 인간은 보통 나이가 50을 넘어서면서부터는 안정을 희구하면서 보수적으로 바뀐다. 우리는 늙어가면서 점점 아둔해지고 점점 하찮은 일에 더 예민한 사람이 되어버린다. 급격한 비약적 변화를 두려워한다. 모든 면에서 굳어져 있다. 한때는 서정적이었고 과도한 모습을 보였지만 지금은 자기를 보존해야 한다는 뿌리 깊은 강박관념에 사로잡혀 있다. 그래서 수동적이고 소심하고 더욱더 비겁하게 되었지 않은가.

누가 우리를 탓하랴?

우리는, 너무 오래되어 끝나지 않는, 사라지기엔 너무 오래되고, 끝나지 않은 것 같은 존재인데.

높은 단상에서 과도하게 흥분하여 열변을 토하고, 누굴 비난하고, 자기만족감을 과시하면서 추종하는 어리석은 청중의 외침에 의기양양해하는 광경을 보며 나는 몸서리를 친다. 나는 그를 잘 알고 있다고 생각했다. 그자가 어떻게 그렇게 변할 수 있을까?

나는 소화불량이 되었고 감정이 메말라지면서 온몸이 답답했다. 가벼운 마음이 아니다. 왠지 꺼림칙하고 몸이 무거웠다. 속이 메스껍고 머릿속이 어지럽고 빙빙 돈다.

* * *

mi737@ilyo.co.kr

탄핵을 반대하는 사람들 중 극성스러운 일부는 나중에 박근혜 재판에도 어김없이 나타났다.

박근혜 전 대통령 지지자들 중 ○○○가 박영수 특검에게 물병을 던졌다가 특검법 위반 혐의로 불구속 기소됐다.

2017년 6월 20일 박 전 대통령이 서울지방법원 형사법정에 들어오자 한 지지자가 '대통령님께 경례!'를 외쳐 퇴장당했다. 이 지지자는 끌려나가면서도 '대통령님께 인사하는 게 무슨 잘못이냐. 대한민국 만세, 애국국민 만세'라고 소리쳤다.

지지자들은 '판사가 들어올 때는 일어나게 하면서 박 전 대통령이 들어올 때는 왜 못 일어나게 하느냐'며 제지하는 법원 경위들에게 오히려 항의했다.

7월 21일에는 한 중년 남성이 박 전 대통령이 법정에 들어서자 통곡하다 퇴정당했다. 이 남성은 '왜 퇴정시키느냐, 울지도 못하느냐'며 항의했다.

8월 10일에는 한 방청객이 갑자기 일어나 '질문이 있다'고 소리쳐 퇴정당했다. 이날 휴대전화 벨 소리가 울려 2명이 퇴정당하는 등 하루 동안 3명이나 퇴정을 당하는 기록을 세웠다.

7월 3일에는 한 여성이 '제가 박근혜 대통령의 딸이다'라고 주장하고 퇴정 명령을 받았으나 나가면서도 박 전 대통령을 향해 '엄마'라고 소리쳤다.

지금까지 박 전 대통령 재판에서 퇴정 명령을 받은 사람만 16명이다. 박 전 대통령 지지자들은 휴정 시간에도 기사 똑바로 쓰라며 취재진을 협박하거나 증인들에게 소리치는 일이 빈번했다. 법원은 재판이 진행되는 471호 법정에 CCTV 한 대를 추가로 설치했다.

법원 앞에서는 박 전 대통령 석방을 촉구하는 태극기 집회가 열리고 있었다. 인원은 10명이 채 되지 않았다. 집회 관계자는 '박 전 대통령 재판이 있는 날은 오전 9시부터 오후 3시까지 매일 집회를 열고 있다. 직장이 있는 분들도 있고 은퇴하신 분들도 있다. 모두 자기 시간 쪼개서 나오고 있다. 같은 사람이 매일 나오는 것은 아니고 시간이 있을 때마다 돌아가면서 나오고 있다'고 설명했다.

돈을 받고 나오는 것이 아니냐고 의심하는 사람들도 있다고 하자, '이제 정권도 바뀌었는데 누가 돈을 주겠냐. 우리는 자발적으로 집회를 열고 있다. 재판이 몇 개월째 진행되는데 박 전 대통령이 돈 받은 증거가 하나도 없지 않느냐. 억울하게 당하신 것'이라고 주장했다.

25. 나는 천천히 북쪽으로 발걸음을 옮긴다. 덕수궁 돌담길을 지나면서부터 동아일보사가 있는 광화문 네거리까지 300여 미터는 태극기집회와 촛불집회의 충돌을 방지하기 위한 비무장지대이다. 나는 서울시 의회 건물을 지나고 조선일보사 앞에서 잠시 멈췄다. 경찰 버스들이 차벽을 두르고 형광색 점퍼를 입은 경찰들이 한가한 표정으로 하품을 하면서 늘어서 있다.

돌연 눈앞에 깊은 신음소리를 토해내는 망망대해가 펼쳐진다. 문득 내 고향 남쪽 바다가 생각났다. 푸른 하늘 아래 거친 파도는 무섭게 흰 물거품을 일으키며 모래톱으로 밀려와서 부서졌다. 낯선 목소리들. 탄식과 침묵. 갈매기들이 아우성을 치며 끼익끼익 울었다. 나는 끝없이 밀려오는 파도 속으로 들어간다.

지금 광장은 촛불혁명의 불꽃이 활활 타오르고 있다. 늦은 오후 엷은 태양은 아직 밝게 빛났다. 공기 중에 파고드는 뜨거운 열기가 느껴진다. 내 가슴을 짓누르던 것들이 명쾌해지기 시작했다.

겨울바람에 힘차게 나부끼는 하얀색, 붉은색, 파란색, 녹색, 노란색의 무수한 깃발들, 노란 풍선들, 노란 리본들, 피켓들, 플래카드들, 현수막들, 천막들, 경찰버스들.

나는 이순신 장군 앞의 동상 앞에 섰다.

忠 武 公 李 舜 臣 將 軍 像.

얼마 전에 분신 자살한 민주·정의 평화의 수행자 비구 정원 큰스님을 기리기 위한 작은 제단이 설치되어 있다.

기도 끝에 불을 당기리라. 정원스님의 가르침은 우리 시대의 죽비입니다.

혈서, 낙서, 유인물, 풍물소리, 외침, 고함소리, 플래카드를 앞세운 스님들의 행진, 어떤 중년 남자의 밑도 끝도 없는 장황한 독백, 핸드마이크에서 나오는 소리, 귀청을 찢는 확성기의 말들.

나는 감격하고 당황하고 혼란스러워서 그들의 목소리, 어조, 억양, 높이, 유머, 기분, 은밀한 욕망, 절망, 언술을 정확하게 묘사할 수 없다. 다만 생생한 소리를 들을 뿐이다. 귀는 예민해지기 시작했고 몸 전체가 긴장한다.

대한민국은 민주공화국입니다. 독재자의 딸 박근혜, 독재자의 딸의

무당 최순실. 누가 감옥에 갈 타임인가. 최순실과의 소중한 인연 구치소에서 이어 가세요. 박근혜 4년, 너희들의 세상은 끝났다. 박근혜 구속, 재벌도 처벌. 내 삶을 바꾸는 박근혜 즉각 퇴진! 적폐 청산 투쟁. 이제 시작입니다. 헌정농단 박근혜 일당 지금 바로 감옥으로! 시가전 운운하며 협박하는 박근혜의 대리인들. 특검연장 가로막는 황교안과 법꾸라지 우병우도 단죄해야. 이제 박근혜 일당의 국민우롱은 헌정에 대한 반역 수준입니다. 조기탄핵, 즉각구속만이 답입니다. 박근혜 게이트 5대 주범 처벌, 청와대, 새누리당, 재벌, 정치검찰, 보수언론. 김기춘 구속처벌로 공작정치 뿌리 뽑아야. 조윤선 고발. 99%의 희망 민중연합당. 최순실을 전혀 알지 못합니다. 기자를 째려본 것이 아니라 놀라서 그랬습니다. 대통령의 지시에 따라서 했습니다. 저는 저런 말을 한 적이 없습니다. 진상을 규명하는 자리니까 전 진실을 말하고 있을 뿐이다. 검찰에서 팔짱끼고 웃었던 건 휴식 중이었기 때문입니다. 특검거부, 헌재기각 염병하네. 황교안 내각 즉각 총사퇴. 범죄온상 청와대 시민공원 개방하자. 환수복지당. 도로친박당 자유한국당 해체! 북풍사건 공안탄압 분쇄! 헌재기각은 민중항쟁으로! 헬조선 5대 악의 축 해체, 정치검찰 해체, 국정원 해체, 수구언론 해체. 닭 잡을 때까지 촛불은 꺼지지 않는다. 마당을 나온 암탉. 닭쳐! 광화문 투계. 촛불은 타오르고 병신년은 꺼졌다. 국민들의 어이 상실, 박근혜는 그만 퇴실. 숨는 자가 범인이다, 박근혜를 구속하라. 국민이 승리합니다. 촛불이 횃불이 됩니다. 양심이 승리하는 세상. 문화예술계 블랙리스트 다 모여라. 우리 모두가 블랙리스트다. 연극인들이 예술 검열과 블랙리스트 관련 백서기록을 시작합니다. 기록하지 않으면 잊혀지고 반복됩니다. 표현의 자유와 예술의 자유는 그저 종이 위에

쓰여진 글자가 아닙니다. 헌법을 유린한 자들의 이름을 역사에 남겨야 합니다. 촛불 시민 여러분의 관심과 후원을 부탁드립니다. 빼앗긴 극장, 여기 다시 세우다. 특검은 국정원을 수사하라. 대선, 그들은 또 움직인다. 정의를 세워라. 일터로 돌아가고 싶습니다. 〈노동자의 책〉 대표 이진영을 당장 석방하라! 학문/사상/표현/출판의 자유 탄압 중단하라! 수구적폐 공안검찰을 철저히 청산하자! 반민주, 반민중 악법 국가보안법을 철폐하자! 사드반대 전쟁반대 주한 미군 철수 평화협정 체결. 재벌체제 해체 없는 재벌정책, 대권주자들은 촛불민심 대변할 자격 있나? 삼성왕국 해체, 지금이 타이밍이다! 법원은 이재용을 구속하라. 손배가압류와 노란봉투법. 여러분의 손으로 노란봉투의 변화를 이끌어주세요. 우리에겐 노란봉투가 필요합니다. 한화그룹 규탄 금속노동자 규탄 결의대회. 택배기사도 노동자입니다. 대리점 피 빨아먹는 KT 황찬규 회장 퇴진, 거짓은 참을 이길 수 없습니다. 부정축재 재산몰수. 현대차가 지시한 노조 파괴로 유성기업 노동자 한광호가 죽었다. 노조 파괴 범죄자, 유성기업 유시영이 1년 6월을 선고받고 구속되었습니다, 여러분 덕분입니다. 기타 노동자. 콜트 기타를 아시나요. 서울복지시민연대, 사회진보연대, 전국노점상총연합. 비정규직 철폐해라. 빈민해방실천연대. 여성건강기본법 제정. 반민주 악법철폐. 민주화운동정신계승국민연대. 평화의 길, 통일의 길, 평화협정 체결하라. 전태일노동대학. 사드배치 철회 성주투쟁위원회. 희망사진관. 모두행복실천단. 박근혜체제포단. 진실실천연대. 장준하 부활 시민연대. 청년문화 포럼. 평화어머니회. 민주실현주권자회의. 서울의소리. 아이건강경기연대. 노동자연대. 노동자 해고하는 구조조정 저지 파업은 정당하다. 최저임금 1만원 비정규직 없는 세상 함께해요. 전국금속노

동조합. 한국응급구조협회. 국민의당 녹색깃발. 여성독립운동기념사
업회. 철도노동조합. 금융노동조합. 민족문제연구소. 더불어민주당.
정의당. 한국작가회의. 서울연극연합. 민주사회를위한변호사모임. 이
석기 석방하라. 최순실, 간첩 만들어서 통진당 해산. 청년당 추진 위
원회. 백병찬, 대통령 출마선언 기자회견. 양심이 승리하는 세상! 홍
익당이 꿈꾸는 세상입니다. 인양은 사람을 찾는 일입니다. 인양, 진상
규명의 시작입니다. 세월호 참사 희생자 및 미수습자 광화문 분양소.
노란엽서 보내기. 진실마중대, 잊지 않겠다는 약속 서명으로 지켜주
세요. 광화문 천막카페. 박근혜 퇴진 없이 세월호 참사 진상규명 없
다. 선체인양 진상규명. 대한민국 국회의원은 세월호 선체조사 관련
법, 세월호 특별법 통과시켜라! 가습기 살균제 철저한 재조사. 잘가라
핵 발전소. 100만 서명운동. 개성공단. 어느 나라 외교부인가. 윤병세
해임촉구 국민서명운동 참여하세요. 종편 재승인 심사, 방통위는 이
점을 제대로 심사해야 합니다. 과연 종합편성채널인가? 정책목표를
달성했는가? 막말 편파 방송 근절. 양평군은 즉시 몽양기념사업회와
위탁협약 체결하라! 조상을 모르니 얼마나 비극인가! 다산 정약용 선
생을 알고 배우자. 흙수저도 공부하고 싶습니다, 사법시험 존치 법안
통과시켜 주십시오. 금수저는 로스쿨 흙수저는 사법시험. 이번에는
공정사회다 사법시험 존치하라. 광장에서. 삼성백혈병. 작가는 지금
의 기록이다. 피었으므로 진다. 유신정권 오호통재. 인왕산 촛불바위.
새벽이 올때까지. 삼위일체. 변화의 빛. 해원. 평화를 품은 새. 흩어
진 나날을 채색. 촛불과 까마귀. 내 지역구는 내가 지킨다. 시민이 직
접 선거 과정을 감시해야 합니다. 7만 명의 시민이 모여야 대선을 감
시할 수 있습니다. 20대 총선에서 큰 성과와 교훈을 얻었습니다. 국

가 기관 선거 개입 막아야 합니다. 모두가 결과에 승복할 수 있도록 공직선거법을 개정해야 합니다.

박근혜 없는 3월, 그제야 봄이 온다.
일곱 빛깔 투쟁!
신영복 선생님 작품 글 써드립니다.

사람은 책을 만들고 책은 사람을 만든다.

대통령도 여잔데 화장도 하고 목걸이도 하고 꾸며야지.
나 같은 늙은이도 집 나올 땐 꾸미는데 말이오.
세상에는 부끄러워도 부끄러운 줄도 모르는 사람들과
자기를 불살라 세상을 밝히는 사람들이 있다

촛불이여! 아름다운 촛불이여! 찬란한 촛불이여!
전 세계를 놀래키고 감동시킨 위대한 촛불이여!
지난날의 무지몽매한 세월을 환희와 희망으로 바꾼 숭고한 촛불이여!

고맙습니다. 복 열려있는 손이 있고 주의 깊은 눈이 있고 나누어야 할 삶이 살아 있다.

직선은 신의 부재이다. 혼자 꿈꾸면 영원히 꿈이지만 함께 꿈꾸면 현실이 된다.

제 몸을 태우는 빛.

역사의 길라잡이.

촛불이여 거침없이 타올라라. 남김없이 타올라라.

촛불은 울분과 한탄으로 타올랐지만

상한 마음을 서로 다독이고 어루만지며

간절한 평화의 염원으로 번져나갔다

그들은 훨씬 더 진지했고 진실했다. 말들이 심장으로부터 힘차게 솟아올랐다. 피를 토하는 알몸의 절규가 있었다. 영혼이 깃든 소리가 공명 속에 울려 퍼진다. 영혼의 열정적인 율동. 원초적인 힘과 감정의 분출과 정신적 긴장의 이완이 있었다. 그들은 값싼 감상에 사로잡히거나 쓸데없는 걱정과 두려움 때문에 그들의 목표를 간과하지 않았다. 서로 끈질긴 연대감으로 묶여 있다. 그들은 증오했고 부정했고 해체를 요구했다. 변화를, 촛불혁명을 갈망했다. 그러나 냉철하고 엄격하고 준엄하고 가혹했다. 그렇긴 하지만 잔인한 폭력은 부정했다.

그들은 지금 (카뮈식으로 말한다면) 아주 비참하고 초라한 모순 투성이인 인간의 조건에 대해 반항하고 있다. 그들은 인간의 존재 의미를 재발견하기 위해서 허무와 고독과 절망과 공포와 전율과 어렵고 힘든 싸움을 하고 있다.

나는 광장 북쪽 끝 연단 쪽으로 갔다. 그때 텔레파시가 통한 것처럼 뒤를 돌아보았다.

술렁대는 사람들 틈에서 갑자기 솟아올라온 그녀를 보았을 때 경이와 놀라움이란. 여전히 탐스러운 검은 머리카락. 우리는 눈빛이 서로 스쳤다. 나는 그녀를 쳐다보았고 그녀 역시 나를 쳐다보았다. 그녀의 얼굴이 순간 진홍빛으로 물들었다. 나는 어찌할 바를 몰랐다. 나는 실망했다. 나는 옆에 동행자가 있기라도 한 듯 말했다.

"별일이 다 있습니다."

자세히 훑어보니 몹시 닮긴 했지만 그녀는 아니다. 그러면 그렇지. 그녀가 여길 왜 오겠는가. 그녀가 지나칠 때 아련한 향수 냄새가 코끝에 남았다.

자유 발언 시간에 수줍은 모습으로 올라온 한 주부, 참사 당시 단원고 학생이었던 생존자, 몇 달 전에 제대한 의무경찰, 해직 기자 출신의, 목소리에 범접할 수 없는 힘이 들어가 있던 할아버지가 생각났다.

하지만 할아버지는 혁명의 속성은 배신과 타락이라는 것을 명확하게 지적했다. (1789년의 프랑스 대혁명은 나폴레옹이, 1918년의 볼셰비키 혁명은 구소련의 스탈린 체제가 그랬던 것처럼) 4·19 혁명은 5·16쿠데타 세력이, 1980년 서울의 봄은 12·12군사반란 세력이 짓밟았고, 1987년 6월혁명은 9차 헌법 개정을 통해 6공화국을 탄생시켰지만 박근혜 정권이 끝내 배신하였다.

다시 말하지만…… 6월혁명은 박근혜와 그녀의 경제적 이익

공동체의 동업자인 최서원이 배신했다. 그 여자들은 철저히 타락했고 몰락했다. 배신자들은 타락한다. 그리고 그들은 어김없이 몰락했다.

역사적 평가는 냉혹하다.

돌이켜보면, 타락한 자들이기 때문에 배신한 것인지 배신자들이기 때문에 타락한 것인지는 알 수 없지만 말이다.

배신과 타락.

부패한 영혼과 숙명적 파멸.

오직 죽음과 시커먼 감옥이 기다리고 있을 뿐이다.

그러면 최후의 승리는 누구에게 돌아가는가?

나는, 국민소득 3만 불을 이미 넘어선 포스트 모더니즘 시대에 노동자와 도시 빈민을 의미하면서 너무 좌파적 냄새가 풍기는 (기층) '민중'이라는 말을 피하고 싶다. '대중'은 우매하다고 하니까 그 단어도 피하고 싶다. 어떤 목적에 이용되는 추상적 관념에 불과한 '민족' 혹은 '국민'은 국수주의 또는 군국주의 냄새가 난다.

우리는 시민이다. 우리 건전한 시민들이 광장으로 모였다. 언제나 시민이 주인공이고 궁극적으로 승리한다.

그러나 우리 중에서 누군가가 피를 흘리며 싸운 대가로 우리는 인간 삶의 본질적 요소라고 할 수 있는 자유를 만끽하고 있는데 그것을 터무니없이 낭비하고 있는 것은 아닐까.

그렇다면 자유민주주의와 공화국 체제는 영원해서 불멸의 존재라고 믿어도 되는 걸까. 그러나 인류의 역사는 그게 결코 불가역적이 아님을 보여주고 있다. 우리가 피땀 흘려 지켜내지 않으면 언제 다시 도로아미타불이 될 것이다. 벌써부터 우리가 모르는 어딘가에서 또 다른 배신과 음모가 꿈틀거리고 있는지도 모르겠다.

26. 3월 11일 (토요일). 정오의 광장.

3월 들어 가장 기온이 올라간 따뜻한 날이었다. 날씨는 화창했다. 봄이 거의 다가와 있었다. 곧 꽃들이 피기 시작할 것이다.

광화문 광장은 한가했다.

짙은 안개처럼 광장을 뒤덮고 있던 의심스러운 기운은 말끔히 사라졌다. 정오의 빛나는 태양 때문인지 모든 것들이 낯설고 신비롭게 보였다. 사람들이 이리저리 모였다가 흩어졌다. 어디서 본 듯한 사람들이 스쳐 지나갔다. 그들은 화사하게 웃고 있었다.

오늘 밤에는 별이 반짝반짝 빛나리라.

오늘 밤에는 승리의 환호성이 폭죽처럼 터질 거야. 함성이 불꽃이 되어 번쩍이며 폭발할 때마다 불덩이들이 광장을 뒤덮으며 승리를 자축하겠지.

촛불혁명에 검붉은 피는 없었다. 물대포도 최루가스도 없었다. 그 대신 촛불이 타올랐다. 불은 정화제다. 처음부터 끝까지 평화적이었다. 영국식으로 말하면 유혈사태는 일어나지 않았기 때문에 명예혁명이라고 할 수 있다.

나는 광장의 남쪽 끝 이순신 장군의 동상에서부터 시작해서 세종대왕의 동상을 지나서 광장의 북쪽 끝에 있는 무대 쪽으로 갔다. 두 분 할아버지는 의미가 담긴 부드러운 미소를 지었고 말씀하셨다.

일이란 순서대로 진행되는 거란다.

나는 환한 햇빛 속에서 가뿐한 마음으로 천천히 음미하며 한산한 광장 거리를 거닐었다. 설치 미술가가 설치 작업을 했고 유커들은 동상을 배경으로 사진을 찍었으며 간혹 사복 형사들로 보이는 건장한 사내들이 어슬렁거리며 지나갔다. 그리고 고학년 초등학생으로 보이는 해맑은 얼굴의 소년들이 사방치기를 하고 딱지놀이를 했다. 그들이야말로 우리들의 희망이고 미래가 아니겠는가.

지난밤의 흔적들이 남아있다. 이제 표어가 바뀌어 있었다. 그들은 아직도 목말랐다. 배고프다. 용서란 없었다.

박근혜 탄핵, 촛불의 승리입니다. 박근혜 구속. 방 빼 당장. 근혜야 감옥가자. 봄이 온다. 광장은 봄이다. 촛불과 함께 한 모든 날이 좋았

다. 촛불승리! 이제 박근혜 구속!

오늘 저녁 마지막 촛불집회가 있을 터였다. 그들은 환호하고 폭죽을 터뜨리며 승리를 자축할 것이다. 왜 아니겠는가. 더럽고 치사하고 지독했던 독재자와 그 DNA를 고스란히 이어받은 또 다른 독재자의 시대가 끝났으니.

지하에 있는 박종철과 이한열은 이제야 안도의 한숨을 내쉬리라.

나는 민주공화국의 정의, 대한민국의 정의, 헌법정신을 생각한다.

8인 재판관들의 용기와 선의와 굳센 의지를 찬양한다.

27. 나는 광장에서 열리는 촛불집회를 지켜보면서 30년 전으로 거슬러 올라가 역사적 사건을 기록하고자 시도한다.

동시대인으로서 그들에게 커다란 마음의 빚을 지고 있다는 생각을 지울 수가 없었기 때문이다. 30년이 흘렀으니 그나마 참고 문헌 이외에 참고할 만한 것은 전혀 없었다. 내가 무능력했기 때문인지도 모르겠다. 내가 얼마나 늙었는지를, 작가로서 양심과 의지가 얼마나 마비되었는지를 뼈저리게 깨달았다.

역사적 기억이란 격동의 사건과 그 사건에 연루된 저명 인사들 뿐만 아니라 막간에 묻힌 채로 버려져 있는 지극히 평범한 인물들의 사소한 순간들과 몸짓, 언어들이 차곡차곡 쌓인 것이기도 하다.

지난 30년 동안 연속해서 일어난 이들 사건과 관련해서 내가 그런 인물들을 만날 수 있었을까. 평범함 뒤에 감춰져 있는 삶의 낯선 비밀을 찾아낼 수 있을까. 그들을 만나서 취재를 하고 인터뷰를 할 수 있었을까. 나는 그들과 동시대인이다. 그러나 나로서는 역부족이다. 어떻게 만날 수 있겠는가. 몇몇 사람들은 생사를 확인할 길도 없었다. 어쨌거나 시도해 보았던가 아니면 지레 포기한 것인가. 그럴 용기와 인내심도 없었고 시간도 없다고 변명 아닌 변명을 해야겠다.

그들이 날 만나줄, 만나서 그 옛날 이야기를 해줄 이유가 없지 않은가. 무엇 때문에? 혹시 오래 전부터 당신 같은 작가를 기다리고 있었지. 그런데 작가이기는 한가? 도통 이름을 들어본 일이 없는데. 당신이 무슨 별난 재주가 있다고 그런 책을 쓸 수 있겠어?

오랜 세월 동안 잊기를, 잊어버려야 한다고 곱씹었기 때문에 시간의 마모 작용에 의해 기억들이 깡그리 사라져 버렸을 수도 있고, 아니면 너무 생생한 기억이어서 도저히 잊을 수가 없어서 자기 죄를 잊어버리게 만들 정도로 너무 많이 곱씹은 탓에 깡그리 잊어버렸을지도 모른다.

인간의 기억이 일반적으로 작동하는 방식이란 시간적으로 불연속적이고 부분적이다. 우리는 기억의 천재가 아니지 않은가.

기억은 절대적으로 순수하지 않고 중립적이지도 않다. 언제든지 자기만의 방식으로 왜곡을 동반한다.

그러므로 그들이 기억이 생생하게 살아나서 이야기를 해준다고 가정하더라도 자기 보호 본능과 자기기만에 따른 변명과 과장과 미화에 의해 진실은 왜곡되고 흐려질 수밖에 없을 것이다.

이제 와서 뭘 알겠다고? 그때 다 나왔지 않나? 빠진 게 있다고? 날 만나서 뭘 알겠다는 거지. 네까짓 놈이 뭔데. 내버려 두라고. 잘난 척 그만 좀 하라고 진실 좋아하네. 그런 건 없어. 이걸 꼭 알아두라고 고통을 겪을 만큼 겪었고 충분히 대가를 치렀다니까.

내가 '후련하게 털어놓으시면 정신 건강에도 좋지 않을까요? 시원하지 않겠어요? 자신에게서 해방될 수 있는 절호의 기회가 아닌가요?'라고 말하면 '나 같은 하찮은 사람을 만나서 뭘 듣겠다고. 다 지나간 일이라고…… 다시는 생각하고 싶지 않아. 해방 좋아하시네. 꺼지라구…… 빨리……'라고 대꾸할 것 아닌가.

나는 어떤 마비, 다시 말하면 신체적 마비가 아니라 양심의 마비에 대해 생각한다. S. 버틀러는 '습관은 심하게 마비시키는 것이다'라고 했다.

경찰이라는 관료 조직, 직속 상관의 명령, 직무수행의 오랜 관습, 타성, 매너리즘, 비뚤어진 국가관, 승진의 유혹 등에 이끌려 그들의 사고방식과 양심은 이미 오래 전부터 경직되고 마비되어 있었던 것이다.

하지만…… (그 엄혹한 시절 대충 눈 감고 비루하게 살아온) 우리 중에서 누가 감히 그들에게 돌을 던질 수 있겠는가? 당신은 무슨 염치로 '저 사람들을 용서해주죠 그들은 자신들이 무슨 일을 저질렀는지 알지 못하였거든요' 라고 말할 수 있겠는가? 그들에게 시대상황은 가혹했던 것일까? 그들이 지금처럼 대명천지에서 경찰이 되었더라면 모범 경찰이 되었을지도 모른다.

지금 다시 돌이켜보면…… 진짜 역사적 죄인은 철가면을 쓰고 시치미를 떼고 있다. 그가 쓴 자서전을 읽어보라지. 온통 미화와 과장, 자기 변명뿐이지 않은가. 거기에는 진실은 묻혀있거나 심각하게 왜곡되어 있고 단 한 줄 반성의 기미도 보이지 않는다. (반쪽의 진실은 허위보다 무섭다고 했으니 말이다.)

애꿎게도 직무 명령에 충실한 하수인에 불과했던 그들만이 모진 정신적 고통과 갖은 고초를 겪었다.

나는 (발터 벤야민처럼 독일에서 태어났고 독일 사회에 완전히 동화된 중간 계층의 유대인인) 한나 아렌트의 '악의 진부함(banality of evil)에 대한 보고서'라는 부제가 붙은 「**예루살렘의 아이히만**」을 생각한다.

악은 어느 특정한 악독한 개인이 저지른 것이 아니라 관료조직에서 주어진 명령을 아무 생각도, 의문도 없이 충실하게 수행한 평범한 사람들 때문에 가능했다는 것이다.

(김근태의 말과 얼마나 정확히 일치하는가.)

그런데 시간은 언제 와서 언제 가버렸는지 모르는 채로 너무 많이 흘렀지 않은가. 1987년 6월 항쟁 당시 군부정권의 압제에 맞서 싸운 주역들이었던 386세대는 어느새 머리가 빠지기 시작하고 흰 머리가 반쯤 뒤덮인 50대 중반이 되었다.

그러므로 인간의 삶이란 종래 화해와 관용으로 귀결되는 것이 아니겠는가. 어쨌거나 가해자이건 피해자이건 그들의 운명은 *끈끈하게 서로 이어져 있다는*, 생각이 든다.

* * *

끝이 아닌 끝을 향하여

3월 초순이지만 날씨는 춥다. 한 줄기 매서운 바람이 섬뜩하다. 아침 일찍 출근길에 같은 아파트에 사는 사법연수원 시절 교수님과 조우한다.

"소설은 잘 쓰고……?"

"그럭저럭이지요. 잘 안 써집니다. 아직도 제대로 쓸 줄을 몰라요."

"그런 거지 뭐."

"네, 그렇지요."

"문단 활동은 열심히……"

"작년 가을엔가, 처음으로 큰 맘 먹고 문학단체 몇 곳에 가입했습니다."

"그랬다고…… 이제 호도 지어야겠구만."

"……"

나에게 아호가 필요할까? 누가 나에게 의미심장한 또는 그럴 듯한 호를 지어주겠는가. 스스로 짓는 것은 쑥스러운 일이 아니 겠는가. 이제 생각해보면 언제인가, 아주 오래 전에 스스로 우 물愚物이라고 부른 적이 있다. 다시 생각해보면 그게 나에게는 참으로 알맞은 호가 아닌가.

나는 사법연수원 1년차 시절을 생각한다. 까마득한 옛날 일 처럼 느껴진다. 그게 언제인가. 나는 그때 정신적으로 질곡에 가까운 상태에서 겨우 벗어나고 있었다. 그러므로 내 몸 하나 겨우 추스를 수 있었다. 그때는 여전히 철저한 무신론자였다. 내가 신을 믿기까지는 그 후로도 오랜 시간이 필요했다. 하지만 오해는 없기 바란다. 내가 믿는 신은 전지전능한 유일신이 아니 기 때문이다. 나는 믿음이라는 것이 무엇인지 이해하지 못한다. 그러므로 그 신은 내게 아무런 도움이 되지 않는다.

(나는 이에 관해 쓸데없이 논쟁적이고 길게 쓴 에세이 **나는 무신론자인가?** 와 신은 누구인가?에서 이미 썼다.)

내 정신 세계의 깊은 곳에 뿌리 깊게 드리워져 있는 상처는 영원히 아물지 않는다.

1987년이었다.

박종철이 죽고 이한열이 죽고 6월혁명이 일어났던 그 해 말 이다. 역사에 대한 방관자, 역사로부터의 소외, 외면, 막연한 두려움, 의도적인 거리두기, 수치심, 변명, 자기 기만, 망각, 침묵.
(나는 사람들과 침묵을 공유했다.)

역사가 기록되는 것은 이야기하기 위해서이지 증명하기 위한
것은 아니다,라고 한다. 그러므로 나는 그 시절을 이야기한다.
우리는 한 시대의 위대한 흔적을 한낱 먼지로 흩날려버리고 있
지 않은가.

그러나 누군가는 장편소설이란 정오가 아니라 황혼의 양식이
라고 했다. 서사 양식 중에서도 장편소설은 특히 발이 느리다는
것이다. 그렇다면 나는 너무 조급한 것이 아닌가. 촛불혁명에
대한 충분한 평가가 나오기도 전에 섣불리 이 소설을 쓰고 있
기 때문이다.

그러나 나는 너무 빠르다고는 생각하지 않는다.

나는 소위 말하는, 픽션을 주조함과 동시에 그 픽션의 주조
과정과 방법 자체에 대해 말하는 소설인 메타픽션 meta fiction 혹
은 실제 발생한 사건인 실화, 에피소드에 대한 르포르타주, 에
세이, 비평, 아포리즘과 인용, 문헌자료, 가상의 내러티브와 플
롯, 대화, 작가의 감정, 사유가 몽타주처럼 결합된 소설인 인프
라 소설을 시도했을지도 모른다.

그러므로, 나는 다윈의 생물학적 진화론에 영향을 받은 사회
적 다원주의 또는 그 대척점에 있는 마크르스의 계급투쟁의 역
사관, 국수주의적인 민족주의 역사관, 역사에 있어서 센티멘털
리즘, 수상한 진보주의, 부적절한 낙관주의 등을 모두 배격하는

입장에서 거창하건 또는 사소하건 간에 어떤 사회적 담론을, 역사적 평가를, 성찰을, 쓰고자 시도한 것이 아니다.

그렇다고 해도 나는 믿을만한 자료에 근거해서 역사적 사실을 정확하게 써야 한다는 강박관념에 사로잡혀 있었다. 소설임을 내세워서 역사적 진실을 교묘히 우회할 수는 없었다. 그들을 영웅시해서 허구적 인물을 창조하고 나서 그들의 삶에 생동감을 불어넣어 입체적으로 묘사해서도 안 될 것이다.

역사소설이나 영화, 드라마에서 역사적인 사실을 왜곡해서 지나치게 극적이거나 흥미 위주의 이야기를 만드는 것은 흔히 있는 오랜 관행이기는 하지만 나는 그걸 악습이고 죄악이라고 생각한다. 역사의 진실을 왜곡하고 부정하다니.

나는 아름다운 문장이 아니라 정확한 문장으로 써야 한다.

그러므로 (자기 이름이 호명된) 등장 인물들은 가공되지 않은 실제 이름 그대로인 실존 인물이다. 가명을 써서는 안 된다고 생각했다. 이름이란 무엇인가? 이름이란 한 인간의 정체성을 나타내는 첫 번째 표지이고 그 인간의 명제이므로 이름은 그 개인에게 고유한 의미를 갖는다.

그러므로 역사적 사실에서 어설프게 가명을 쓰는 것은 그 역사를 심각하게 훼손하는 일이 될 것이다. 역사에 기록된 실체적 진실을 알아야 하고, 그것은 공소장이나 판결문 등에 의해 또는 신뢰할 수 있는 참고문헌에 의해 이미 충분히 공개되어 있다.

그러나 몇몇 장면 묘사와 대화는 그 상황에 맞게 상상하면서 재구성한 것이다. 나는 이 글이 문학적 긴장감을 끝까지 유지하면서, 소설의 편린이거나 소설적인 것이 아니라 오직 소설로 읽혀지기를 바라면서 썼다.

그래서 이 글에는 작가의 관점이 희미하게나마 드러나게 될 것이다. 어떤 역사적 혹은 인간적 진실을, (그게 있다면 말이지만) 진실된 허구를 전달하려는 목적은 달성될 수 있을까? 그러나 여전히 의구심이 든다. 이게 소설이라고?

나는 (시대에 한참 뒤떨어진) 사회주의 리얼리즘의 문학이론처럼 윤리적 설교나 목적의식을 갖고 있는 게 아니다. 철학적, 형이상학적인 소설을 쓰려는 것도 아니다. 다만 악과 불의와 야만과 위선과 불륜과 비겁에 대해 말하려고 했을 뿐이다.

나는 멈추지 않고 계속 써 나가야 한다.

역사적 사건들과 인물들의 말을 쫓아가야 한다.

공허한 절망에는 인내심이 필요하다.

하지만 아무리 소설이라고는 해도 문학의 무한한 상상력과 창조적 힘을 생각한다면. 오직 참고 문헌에만 의지한 관계로 그 한계를 여실히 드러내고 말았다. 이 정도 분량의 글이 될 수밖에 없었다.

레닌은 '진실은 항상 혁명적이다'라고 말했지만 중요한 진실은 여전히 기약 없이 어둠 속에 묻혀 있다. 나는 진실의 작은 흔적, 실마리조차 더 이상 찾아내지 못했으니. (진실에의 길은 엄하고 험난하다.)

하지만 그 영화처럼 낯뜨겁게 진실을 왜곡하지는 않았으니 다행이라고 해야 할까. 거짓말을 잘 이용하면 유용한 도구가 될 수 있다고 했다. 그렇지만 어설프게 해서는 안 된다. 그러려면 차라리 침묵을 지키는 게 낫다.

나는 여전히 어디에서 멈춰야 하는지, 더 나아가야 하는지를 두고 고심한다. 하지만 이쯤에서 멈춰야 한다.

1987년은 우리 현대사를 관통하는 시대정신의 정점에 있었다. 그 해는 그만큼 팽팽한 긴장감과 함께 새 시대를 향한 열망이 극에 달해있었다. 지금 돌이켜보면 1987년은 우리 모두에게 희망과 영감을 준 한 해였다.

내가 80년대 역사를 촘촘하게 재구성했다고 할 수 있을까? 80년대는 5·18 광주항쟁부터 시작되지만 내가 광주항쟁에 대해서 본격적으로 쓰기에는 자료가 턱없이 부족하고 연구도 미진하다.

더 긴 글이 되려면, 다시 말하면 긴 대하소설이 되기 위해서는 한 세대가 지나는 동안 역사적으로 축적된 방대한 분량의 정치적, 사회경제적, 법률적 맥락에 따른 지식과 연구, 더불어 그 무수히 얽히고설킨 수많은 등장 인물들의 영광과 오욕의 삶에 대한 세밀한 조사가 있어야만 할 터이다. 나로서는 그게 불가능한 일이라고 실토하지 않았는가.

종막 아닌 종막이거나 끝이 아닌 끝일지도 모른다.

「문장백과 대사전」과 「라루스 세계명언 대사전」에서 '끝'에 관한 금언이거나 명언을 찾아본다. 아리스토텔레스는 *전체란 시작과 중간과 끝이 있는 것이다* 라고 했고, 라퐁텐은 *모든 것에 있어서 언제나 마지막을 고려해야 한다* 고 했고, 존 가워는 *끝이 모든 것을 증명한다* 고 했고, 초서는 모든 것에는 끝이 있다 고 했고, 셰익스피어는 끝이 좋으면 모든 것이 좋다 고 말했다.

이 소설에 종막이나 끝이 있을 수 있을까? 전통적인 기승전결도 없지 않은가. 그러나 마지막 마침표를 찍어야 한다.

* * *

30년이 지났다.

2017년 3월 10일 11시 21분.

헌법재판소 대법정.

피청구인 대통령 박근혜를 파면한다.

촛불혁명은 피를 흘리지 않았다.

영국식으로 말하면 명예혁명이었다.

광화문은 언제나 거기에 서 있고 한결같은 믿음으로 국가적 자존심을 지키고 있다. 광화문 광장은 지금 이 순간, 여기에서 우리에게 일어났던 역사의 현장으로 가슴속에 영원히 새겨질 촛불혁명을 상징한다.

그러므로 이 소설의 주인공이 혹은 주인공들이 누구였는지는 이제야 확실하게 밝혀졌다. 우리 주인공은 아주 편안한 마음으로 만족스럽게 이 짧은 소설의 종결을 선언할 수 있을 것이다.

작가 유중원 柳重遠

전남 고흥 출생. 한반도 남단 고흥반도의 끝. 가도 가도 붉은 황톳길. 소록도 부근 바닷가가 고향이다. 바다는 위안이고 심연의 상처이다. 그는 다양한 일을 했다. 은행원 변호사 대학교수 사회활동가 월남전 참전유공자 칼럼니스트 사막여행가 작가 아름다움의 절대적 본질을 탐색하는 탐미주의자 등등. 본래 직업은 변호사이다. 그는 30년 동안 국제거래와 금융 전문 변호사로 활동했고 대학에서 강의하였다. 그 분야에서 탁월한 업적을 남겼으니 80편이 넘는 학술논문과 판례평석, 12권의 법학 전문 학술서를 발표하였다.

그러나 자기만의 세계에 몰입해 있는 자폐적이고 독특한 개성을 가진 복합적인 인물이다. 그러므로 모순적이다. 믿음을 상실한 회의주의자이면서 (특정한 이념에 매달리지 않는) 현실주의자이고, 불신자이거나 불가지론자이지만 범신론자로서 신들과 영혼의 불멸성을 믿고 있고, 자유의지를 강조하면서도 운명을 순순히 받아들이는 운명론자이다. 그는 인간의 선에 대해 회의적이다. 인간은 본성적으로 위선자라고 생각한다. 하지만 우리가 그의 말을 전적으로 신뢰할 필요는 없을 것이다. 인간에 대해 깊은 연민과 함께 미련을 갖고 있는 센티멘탈리스트이기 때문이다.

그의 지적 삶 속에는 빛나는 모티프, 고갈되지 않는 영감의 원천이 있다. 그는 지금까지 장편소설 『사하라』와 『광화문 광장』, 중편소설집 『달빛 죽이기』, 『무진기행, 그 후』, 단편소설집 『인간 해방』, 『아버지와 아들』, 『우리들의 시간』, 『귀휴』, 『티베트 기행』, 에세이집 『변호사가 웬 소설을……』 등을 발표했지만, 여전히 무명 작가이다.

그는 법학자에서 작가로 변신하였지만 그 과정에서 (나라는 존재의 자아정체성이 혼란스러워지는) 정서적으로 심한 어려움을 겪었다. 우리 시대의 사회문제가 안고 있는 양가적 측면과 모호성, 갈등, 위선과 비굴함, 미묘한 복잡성을 포착하여 소설로 형상화하는 데 관심이 많다.

지금/여기/우리의 시대 상황을 증언한다.